KB236526

한낮에 별을 보다

한낮에 별을 보다

조정희 장편소설

한낮에 별을 보다

초판 1쇄 인쇄일_2013년 5월 13일
초판 1쇄 발행일_2013년 5월 18일

지은이_조정희
펴낸이_최길주

펴낸곳_도서출판 BG북갤러리
등록일자_2003년 11월 5일(제318-2003-00130호)
주소_서울시 영등포구 국회대로 72길 6 아크로폴리스 406호
전화_02)761-7005(代) | 팩스_02)761-7995
홈페이지_http://www.bookgallery.co.kr
E-mail_cgjpower@hanmail.net

ⓒ 조정희, 2013

ISBN 978-89-6495-049-4 03810

이 도서의 국립중앙도서관 출판시도서목록(CIP)은 e-CIP홈페이지(http://www.nl.go.kr/ecip)
와 국가자료공동목록시스템(http://www.nl.go.kr/kolisnet)에서 이용하실 수 있습니다.
(CIP제어번호 : CIP2013005426)

조정희 장편소설

한낮에 별을 보다

BIG 북갤러리

차례

1부 나는 죽었다

불이야

불이야! 불!

저런 나쁜 놈이 있나. 홧김에 불을 질러?

저 못난 줄 모르고 괜히 부모에게 소리를 지르고 집을 뛰쳐나온 놈이 골목길에 세워놓은 차에 불을 놓았다. 돈이 없는 게 죄라면, 제 놈도 죄인이란 걸 아직도 모르는 철없는 놈이다. 그나마 부모 덕에 고등학교라도 졸업할 수 있었다는 걸 알 리가 없다. 날마다 싸움에, 이유 없는 결석에, 그때마다 학교로 달려가 머리를 숙이고 자식 대신 잘못을 빈 부모의 은공은 아직 몽매한 그놈의 눈엔 보이지 않는다.

졸업을 했으면, 아니 어른이 되려면, 일자리를 찾아 착실하게 일을 하고 그 대가로 받은 돈으로 생활을 해야 한다는 걸 도무지 이해하지 못하는 놈이다. 허영은 하늘 끝에 닿아 있고 사람의 도리는 아직 땅바닥이다. 성인이 된 마당에 용돈을 받아쓰는 걸 부끄러워하기는커녕 가난한 부모가 아직도 원망스럽다. 뜻대로 되지 않는 세상을 원망하고 자기 처지를 원망한다. 어디론가 울분을 터뜨려야 하는데 화풀이할 데라곤 자식 가진 죄인인 부모밖에 없다.

못난 놈 머릿속엔, 어떻게 하면 편하게 살면서 멋지게 놀아볼까 하는 궁리뿐이다. 친구들과 놀러갈 약속은 되어 있고 여비는 마련되지 않았다. 잠깐씩 하는 주유소 아르바이트로 돈이 모일 리가 없다. 성실하고 진득하게 하고 있는 일이 없다는 생각을 할 리는 더구나 없다.

그만한 돈이 없는 줄 뻔히 알면서 어머니를 다그치고, 뒤이은 잔소리만 듣는다. 어머니의 애타는 걱정은 그저 세상에서 제일 듣기 싫은 소음일 뿐이다. 고생과 낙담으로 목소리조차 갈라진 어머니의 소리보다 더 큰 소리를 내지르고는 집을 뛰쳐나온다. 구질구질한 집구석 다시는 들어오지 않겠다면서. 그 소리가 어머니의 가슴에 못이 되고 나중에 제 가슴에 평생 멍이 될 줄도 모르고.

뛰쳐나오긴 했지만 마땅히 갈 데도 없고 세상이 온통 원망스럽다. 제 놈이 세상에 한 거라곤 쥐뿔도 없으면서 세상을 향한 욕심스런 마음엔 염치까지 없다.

발길과 성질이 닿는 대로 내지르는 독 품은 걸음걸이.

그놈이 품은 고약한 독기가 공기를 가른다. 누구라도 고개를 돌리고 싶다. 골목길과 담장까지 눈을 감고 귀를 닫는다. 그러나 마음의 문을 닫아버린 놈의 마음이 그것을 알아챌 리도 없다. 화난 걸음걸이는 놈의 화에 점점 불을 지르고 불길은 바람을 일으켜 이젠 육신의 눈까지 멀어버린다.

때마침 원망의 눈길 속에 들어온 것.

골목길에 주차된 자동차.

바퀴를 발로 걷어찬다.

차가운 날씨에 꽁꽁 언 발만 아프다.

화가 폭발한다.

주머니에서 라이터를 꺼낸다.

차 꽁지에 대고 불을 켜보지만 붙을 리가 없다. 찬바람이 불을 자꾸 꺼버린다.

깜깜한 골목길.

어둠 속에서 번뜩이는 눈빛.

기어코 불을 내겠구나!

나는 그놈의 마음이 그대로 읽힌다.

주변을 두리번거리던 그의 눈에 들어온 제법 큰 돌.

안 돼!

그는 두 손에 묵직하게 들리는 돌을 들더니 그대로 자동차 뒤창에 던져버린다. 엄청난 소리와 함께 무너지는 유리.

큰소리에 놀라 주춤하나 싶더니 깨진 틈으로 손을 넣어 양털 방석을 꺼낸다. 방석에 불을 붙인다. 몇 번을 깜박거리다 드디어 불길이 날름거리는 방석. 불붙은 방석을 다시 깨진 창으로 던져 넣고는 줄행랑을 친다.

네 인생도 참 가엾다. 네 부모는 더 가엾고.

앞으로 일어날 일들이 훤히 보인다.

어둠 속으로 멀어지는 그놈의 발자국 소리.

탁탁탁!

아니다. 이건 발자국 소리가 아니다. 불꽃이 튀는 소리다. 방석에 불이 제대로 붙었다. 불길은 시트에 옮겨 붙는다. 합성물질이 타는 냄새가 진하게 밤공기에 섞여든다.

집이 빼곡한 주택가 골목길.

큰일이다. 기름통이라도 터지면 큰일이다. 불길이 커지기 전에 꺼야 한다. 11시가 넘은 한겨울 밤. 골목엔 인적도 없고 아무것도 모르는 집들은 평화롭게 잠에 빠져 있다.

불이야!

나는 소리를 지른다.

이상하다. 아무 반응이 없다.

도둑이야, 하고 소리 지르면 문을 닫고 집안으로 더 꽁꽁 숨지만, 불이야, 하면 너나없이 뛰어나오게 마련이다. 그런데 아무도 나오지 않는다. 아니, 창에 불이 켜지는 집도 없다. 골목은 도리어 무거운 적막 속으로 가라앉는다. 나만 홀로 이상한 곳에 남겨진 것 같다. 다른 세상을 보는 듯하다.

이제 불길은 깨진 창틈으로 긴 혀를 널름거린다. 이제 곧 차가 녹아내리고 기름통이 터질지도 모른다. 거대해진 불길이 처마로 옮겨 붙으면 끝이다.

불이야, 불!

나는 소리를 지르며 집으로 뛰어간다. 불타고 있는 자동차 옆 담장이 바로 우리 집 담장이다. 담장 안에는 부엌으로 연결된 프로판 가스통이 있다. 그리고 집에는 아내와 딸, 정이 자고 있다. 식구부터 깨워야겠다.

대문으로 가 초인종을 누른다.

그런데 나는 왜 이 밤에 밖에 있었을까.

이상한 생각이 스쳤지만 생각을 하고 있을 시간이 없다.

초인종이 눌러지지 않는다. 아무리 눌러도 초인종은 그대로다. 내 손끝은 초인종 속으로 자꾸 빠지기만 한다.

정아! 여보!

소리쳐보지만 소리는 헛되이 도로 내 귀로 들어온다. 내 소리는 공기를 타고 가지 않는다.

맙소사!

나는 죽었다!

나는 죽었다. 그랬구나. 이제야 생각이 난다. 나는 죽었다. 어쩐지 처음 보는 그놈의 마음이 훤히 읽히더라니. 생판 처음 보는 놈인데 말이다. 보이지도 않는 부모의 마음까지 읽혔다. 그게 왜 하나도 이상하지 않았을까.

아니다. 지금은 이럴 때가 아니다. 불부터 꺼야 한다. 그런데 도무지 어떻게 해야 할지 모르겠다. 내 소리는 이곳에 닿지 않고 내 에너지는 이곳의 풀한 포기도 옮길 수 없다.

마침내 불이 차창유리를 깨뜨린다. 그리고 점점 커지는 소리. 콩 튀는 소리 같다. 자동차가 불타고 있는 골목 건너편 집 창에 불이 켜진다. 창문이 열린다. 커다래진 중년의 여자 눈에 비친 공포의 빛. 눈동자 속에 붉은 불길이 너울거린다.

"불이야!"

찢어지는 소리가 사방에 퍼진다. 소리의 진동이 집집마다 날아간다. 골목 안이 술렁거린다. 여기저기 창문이 열리고 불이야, 소리가 이곳저곳에서 난다. 처음 불을 본 건너편 집 여자가 소방서에 신고를 한다. 그리고 바로 물바가지를 들고 뛰어나온다.

이제 불길은 우리 집 처마 바로 밑에까지 와서 너울거린다. 기름통에 불이 옮겨 붙기 전에 불길을 잡아야만 한다.

나는 불길에 휩싸인 자동차가 있는 곳에서 대문까지 허둥지둥 뛰어간다. 문을 두드리지만 헛수고다. 다시 대문에서 불길로, 불길에서 대문으로 뛰어가는데 대문이 열린다.

정이다.

불빛에 훤하게 드러난 얼굴이 새하얗다. 붉은 불빛 속에서도 놀란 얼굴이 하얗게 질려 있다. 정은 방으로 뛰어 들어간다. 급하게 들어 올리는 수화기가 손에서 떨어지는 소리가 들린다. 다시 수화기를 들고 번호를 누른다. 정이 뛰어 들어오는 서슬에 아내가 일어난다. 아내는 잠귀가 어둡다. 눈을 뜨고 있지만 아직 영문을 모른다.

정아, 신고는 벌써 되었다. 물부터, 물부터!

나는 소용도 없는 소리를 지르고 있다.

소방서에 신고하는 정의 다급한 소리에 아내는 잠에서 완전히 깨어난다. 의식은 깨어났지만 의식이 아직 몸으로 전달되지는 못한다. 망치로 머리를 맞은 표정이다. 혼이 그녀의 정수리 바로 위에서 벌벌 떨고 있다.

정이 밖으로 뛰어나온다. 가슴이 마구 뛴다. 제 정신으로 뛰어나오는 게 아니다. 정의 놀란 가슴이 그대로 보인다. 마당에 있는 수돗가로 가 감겨있는 호스를 풀려고 한다. 마당 한 귀퉁이 채마밭에 물을 줄 때 쓰던 호스다. 호스는 추위에 꽁꽁 얼어 잘 풀리지 않는다. 정은 포기하고 양동이에 물을 받는다. 물이 다 차기도 전에 허둥지둥 들고 뛰어나간다. 맨 손에 찬 물이 튀고 발이 젖지만 정은 느끼지 못한다.

나는 정을 따라 나간다. 물동이를 든 어깨와 팔이 바들바들 떨린다. 옆으로 가 물동이를 들어보지만 아무 소용도 없다. 깃털만한 힘도 보태주지 못한다. 죽고 싶다. 정말 죽고만 싶다.

아내가 드디어 뛰어나온다. 혼은 아직 정수리 부근에서 들락날락이다. 신이 발에 꿰일 리 없다. 맨발로 대문으로 뛰었고 담장 밑에서 너울거리는 불길을 보았고 바로 돌아서서 담장 안 처마 밑으로 뛰어간다. 불이 타고 있는 담장 바로 안쪽 처마 밑에는 프로판 가스통이 있다.

아내는 처마에 물을 뿌려야 한다고 생각한다. 불길이 처마에 옮겨 붙으면 끝이라고 생각한다. 물을 뿌려 불이 옮겨 붙는 걸 막아야 한다고 생각한다. 아내의 생각이 맞다. 오래된 목조가옥이다. 불길이 닿기만 하면 걷잡을 수 없다. 불길이 옮겨 붙는 순간 가스통과 부엌 가스레인지를 연결하고 있는 호스가 녹을 것이고 가스가 새고 그리고 폭발할 것이다. 집이 날아가는 것과 동시에 아내도 사라질 것이다. 순식간에 목숨을 잃을 것이다. 그러나 아내는 잃어버릴 목숨까지는 생각하지 못한다. 그저 집을 지키겠다는 일념뿐이다.

아내는 바가지로 물을 퍼서 처마를 향해 뿌린다. 하지만 높은 처마에 물이 닿을 리가 없다. 처마 근처에도 가지 못한 물은 고스란히 아내에게 쏟아진다.

한겨울 밤.

얼음 같은 물을 뒤집어쓰면서도 느끼지 못한다. 아내의 머릿속은 텅 비어 있다. 물이 처마까지 가는지, 판단을 해볼 의식 같은 건 없다. 그저 처마에 물을 뿌려야 한다는 생각뿐. 절대 불길에 집을 내줘서는 안 된다는 생각뿐.

물을 들고 뛰어다니던 정이 아내를 발견한다. 가스통 옆에서 헛되이 처마로 물을 흩뿌리고 있는 아내. 정은 거의 기절한다. 정은 소방차가 늦으면 집으로 불이 옮겨 붙을 수도 있다는 생각을 한다. 마지막 순간엔 집을 버려야 한다. 그런 생각을 한다. 그런데 어머니가 가스통 옆에 있다. 그래서는 안 된다. 너무 위험하다. 거기라면 일이 벌어지는 순간에 도망칠 기회조차 없다.

정이 어머니를 부른다.

"엄마, 나오세요!"

하지만 아내는 듣지 못한다.

내 소리처럼 정의 소리도 아내에게 닿지 못한다.

"엄마!"

정의 심장은 불구덩이 속 자동차처럼 타들어간다. 나를 잃고 상심한 가슴이 엄마까지 잃을까 기름처럼 끓고 있다.

정이 양동이를 버리고 엄마에게 뛰어간다. 물바가지를 든 팔을 끈다. 아내는 정의 손을 뿌리친다. 완강하다. 정은 엄마의 팔에서 그것을 느낀다. 힘으로도 안 되고, 말도 들리지 않는다는 걸 깨닫는다. 그 자리에 주저앉아 울고 싶은 심정이지만 그러지도 못한다. 피부 속이 온통 눈물로 차올라도 눈물을 내보내고 있을 여유는 없다.

아내를 그대로 두고 정이 다시 양동이에 물을 받는다.

다섯 번째 양동이를 들고 나갔을 때 놀랍게도 불길이 잡히고 있었다. 동네가 다 깨어났고 물통을 든 사람들이 줄을 이었다. 물통을 든 사람들이 줄줄이 나왔고 장정 둘이 앞에 서서 물을 받아들고 불길에 쏟아 부었다. 순식간에 이루어진 질서와 단결. 정말 해야 될 일 앞에선 말이 필요 없다.

불길이 거의 잡혔을 때 소방차가 도착한다. 신고한 지 채 5분이 지났을 뿐이지만 정은 그 시간을 영원처럼 느낀다. 소방차가 물웅덩이가 생길 정도로 물을 쏟았고 자동차는 검은 잿더미로 변했다.

불이 꺼진 줄도 모르는 아내는 아직도 처마에 물을 뿌리고 있다. 물은 한 방울도 처마에 닿지 않았다. 대신 아내의 집념이 처마를 서늘하게 식혔다.

정이 집으로 들어간다.

엄마와 단 둘이 있을 때 일어난 불. 정은 지금 내 생각으로 가득하다. 그러지 않아도 쓸쓸하고 막막한 가슴이 놀라기까지 하여 종잡을 수 없는 심정이 된다.

"엄마!"

처마 밑으로 간 정은 아내의 젖은 팔을 잡으며 그만 울고 만다.

"불 다 꺼졌어. 엄마."

그제야 정을 돌아보는 아내.

아무런 표정이 없다.

놀라고 있을 정신도 없는 아내.

남편을 잃은 상심과, 앞으로 살아야 할 걱정과, 남은 자식들의 장래에 대한 염려로 감정이 그만 막혀버렸다. 돈을 벌 수 있는 능력이 없다는 자책과 불안감은 집을 지켜야 한다는 생각으로만 뭉쳐버렸다.

그리고 집은 지켜졌다. 그걸로 된 것이다.

그날 아내는 울지 않았다.

＊　＊　＊

방들에서 소리가 나기를 기다리는 것인가.

왜 계속 귓바퀴에 힘이 들어가 있는가.

무엇이 신경을 꺼버리지 못하게 하는가.

한밤중이다. 신경을 끊고, 눈을 감고, 귀를 닫고 잠을 자야 할 시간이다. 그런데 신경은 날카롭게 무엇인가를 향해 열려 있다.

어머니와 둘만 남은 집은 한없이 넓어졌다. 그저 아버지만 안 계실 뿐이다. 하지만 한 사람이 떠난 자리는 한 사람의 부피로만 비는 게 아니었다.

내 방을 가지는 게 소원인 시절도 있었는데.

지금은 방을 세 개나 비워두고 어머니와 같은 방에 누웠다.

아버지가 계실 때는 방을 하나씩 차지하고 잤다.

아버진 유난히 잠귀가 밝았다. 같이 자는 어머닌 아버지가 잠이 들어 있을 땐 뒤척이는 것도 맘대로 못했다. 잠귀가 유난스레 밝은 것도 문제라면 문제겠지만 정말 문제는 다시 잠들기가 힘들었다는 것이다. 불면증이었다. 겨우 든 잠을 깨우는 건 아버지 자신에겐 재난이었고 상대는 재난을 일으킨 가해자가 될 수밖에 없었다. 그래서 언니들이 시집을 가고 빈 방이 생기자, 아버진 잠자리를 옮겨 가서 자는 경우가 많아졌다. 물론 아버지의 옷이나 물건들까지 옮겨진 것은 아니다. 그저 잠을 잘 때나 그랬다는 것이다. 생활의 주요 터전은 어디까지나 안방이었다. 안방에서 같이 저녁을 먹고 텔레비전을 보는 시간이 지나면 세 식구는 다른 방으로 갈라졌다. 그렇게 따로 누워도 방도, 집도 크지 않았다.

하지만, 어느 날 갑자기 헐렁하게 커져버린 집.

아버지가 돌아가시고, 장례가 끝나고, 친척들과 언니들이 자신들의 보금자리로 떠나버린 집에 둘만 남게 되자, 어머니와 난 제 자리를 찾지 못했다. 어머니는 혼자 쓰는 안방이 낯설고 나는 내 방이 터무니없이 넓게 느껴졌다. 둘이 된 첫 날, 난 이부자리를 들고 안방으로 갔다. 어머니는 아무 말도 하지 않았다. 내가 들고 간 이부자리를 같이 손보는 것으로 당신의 마음을 엿보였을 뿐이다.

그날부터 밤마다 다른 방들은 홀로 어둠에 싸였다.

나는 날마다 소리에 예민해져 간다.

예민해져 가고 있다는 걸 느끼면서도, 그래서 밤마다 잠을 설치면서도 그 문제는 깊게 생각하지 않는다. 그냥 단지 아버지의 부재가 익숙하지 않은 탓으로 돌린다. 슬픔 때문이라고만 생각한다.

슬픈 건 사실이다. 난 아버지의 죽음에 몹시 절망했고 슬펐다.

내가 사람을 죽였다 하더라도 결코 나를 버리지 못할, 완전한 나의 지지 자를 잃었다. 다시는 얻을 수 없는 사람. 다시는 그런 신뢰를 나에게 보내는 사람이 없을 것이라는 상실감. 더 이상 자랑하고 싶은 것도, 자랑거리도 없을 것 같은 앞날. 순간순간 그만 따라가고만 싶었다. 그런 낯설고 불안하고 황량한 마음으로 살아가야 된다는 걸 믿을 수가 없었다. 그런 삶은 내 것이 아닌 것 같았다.

잠자리에 누워 그런 생각에 빠져드노라면 아버지가 안 계신다는 현실이 가슴을 무겁게 누르고 귀는 점점 밝아진다. 가는 빗방울 소리에도 귓바퀴가 움직이고 바람에 대문이 덜컹거리면 가슴이 따라 덜컹거린다.

한옥에선 안과 밖의 소리가 별 차이 없이 들린다.

조용한 밤이면 골목을 지나다니는 사람들의 발소리도 들릴 정도다. 신경을 쓰고 있으면 끊임없이 온갖 소리들이 들려온다. 그저 문짝들이 스스로 아귀를 맞춰 가느라 끽끽 소리를 낼 뿐이라는 걸 알면서도 신경이 누그러지지는 않는다.

그전엔, 그 모든 소리의 원인에 대한 궁금함을 아버지한테 맡기고 태평했다. 아버지는 예민했고 잠귀가 밝았고 지나치리만큼 몸이 가벼웠다. 작은 소리에도 반응하고 나가보고 살피는 아버지가 계셨기에 나는 그럴 필요가 없었다.

그때는 그런 아버지가 성가시게 느껴질 때가 많았다. 아무리 살금살금 주방에 들어가도 반드시 들려오는 아버지의 반응. 〈왜?〉 나는 그때마다 대답을 해야 했다. 〈아무 일 아니에요〉 〈물 마시러 나왔어요〉.

늦은 시간에도 인간에겐 볼일이 생기는 법이다. 그리고 나이가 들면 일일이 방을 붙이며 알리고 싶지 않은 때도 있다. 한밤중에 화장실 갈 일이 생길 수도 있고, 또 포도주 한잔이 생각날 때도 있다. 포도주가 나쁜 음식은 아니지만 밤중에 포도주 한잔하는 일까지 들키고 싶지는 않다. 괜한 걱정을 끼칠 수도 있고 말이다. 부모는 본래 자식 문제엔 지나치게 예민해서 그저 낭만이 난만해져 치기를 부리는 것을 커다란 고민이나 실연으로 충분히 오해할 수도 있다. 그래서 난 사실 아버지의 예민함이나 잠귀 밝음이 상당히 불편하기까지 했다.

지금은, 그 모든 소리를 내가 궁금해 해야 한다.

어머니는 다행히 잠을 깊이 잔다. 그런 어머니 때문에 내가 더 예민해지는 것도 있겠지만 한편으론 편하다. 내가 아무리 뒤척여도, 번민으로 밤을 새워도, 심지어 울어도 들키지 않을 수 있기 때문이다. 한밤중에, 사소한 감정까지 들키고 질문을 받고 조심을 해야 된다는 것도 성가실 것이다.

조용하게 내 감정에 푹 빠질 수 있는 시간도 내겐 필요했다. 낮에는 학교라는 공간에서, 퇴근해 집에 오면 어머니의 마음을 생각해서, 슬픔을 마음대로 느끼지도 내색도 하기 힘든 까닭이다. 어떤 날은 어머니가 빨리 잠들기를 기다리며 내 시간을 기다리기도 한다.

그리고

망상에 빠져있는 시간들이기도 했다.

아버지가 아직 죽지 않았다는, 턱도 없는 망상.

땅 속에 묻힌 날 갑자기 숨이 돌아와 무덤을 헐고 나왔다는 상상. 그리고 어떤 피치 못할 운명의 사슬 때문에 숨어서 살고 있다는, 그래서 몇 달 후, 아니면 몇 년 후, 여행을 간 낯선 곳에서 우연히 아버지를 찾게 된다는 상상. 너무나 터무니없다는 걸 알면서도 망상을 접을 수가 없었다.

염하는 걸 처음부터 끝까지 똑똑히 지켜보았다. 수의와 천으로 여러 겹 싸이고 일곱 곳이 묶인 채로 관에 들어갔다. 설사 숨이 돌아왔대도 혼자선 결코 헤어나올 수 없다. 하지만 눈으로 본 것도 믿고 싶지 않을 정도로, 아버지의 빈자리는 낯설고 싫고 감당하고 싶지 않았다.

망상에 빠져 있다가 잠이 드는 건 차라리 행복이었다. 대신 꿈으로 이어졌으니까. 매일 밤 꿈에서 아버지를 찾고 아버지를 보고 이야기를 하고 아침이면 아버지를 또 잃었다. 난 반대의 삶을 살았다. 낮의 아버지 대신 꿈속의 아버지를 얻었다. 그렇게라도 볼 수 있는 게 나에겐 다행이었는데 어머니와 언니들은 걱정스런 얼굴을 했다.

나도 알고는 있다. 내 상상이 상식을 너무 벗어난다는 것을.

49재도 지났다. 현실을 받아들여야 한다. 믿거나 말거나 그게 현실이었다. 이제는 정말 믿어야만 한다고 생각한다. 믿는 데서부터 출발해야 한다고 생각한다. 새로운 상황에 잘 적응하려면 새로운 상황을 인식하는 데서

출발해야만 한다. 난 이론에는 이렇게 똑똑하다. 하지만 하는 짓은 바보다. 나도 놀랐다. 내가 이렇게 터무니없고 바보 같을 줄은 몰랐다.

하지만 믿으려고 마음을 먹으면 더 서러워졌다.

그래서 서러움이 깊어지기 전에 얼른 망상 속으로 도망가곤 한다. 망상 속에선 왜 그러지 말아야 하는지도 모르게 된다.

날은 차가와졌고 찬 공기는 소리들을 더 날카롭게 증폭시켰다.

잠을 자야겠다.

생각만 하며 누워 있었다.

골목길에서 소리가 났다. 뭔가 깨지는 소리였다. 빈 방이나 마당에서 나는 소리가 아니었다. 술 취한 행인인가. 술병이 깨지는 소리인가. 나가볼 일은 아니라 생각했다. 가끔 골목이 소란할 때가 있다. 밤늦게 나는 소란은 대개 술 취한 사람들이 내는 소리다. 시비가 붙고 큰소리가 나더라도 같이 술을 먹은, 아는 사람끼리일 경우가 많다. 관여할 일이 아니다.

소리는 한 번으로 끝나고 조용해졌다.

어머니는 깊이 잠들었다. 잠자는 복은 타고 났다. 아버지가 부러워하던 잠이다.

탁! 탁! 탁!

누가 골목길을 뛰어가나? 불량배에게 쫓기는 여자의 다급한 뜀박질인가? 안정되어 있지 못한 심장이 금세 불안해져 몹시 뛴다. 내겐 불안증이 생긴 것 같다.

깜깜한 겨울밤.

홀로 깨어 있는 밤.

마당도, 주방도, 방들도 텅텅 빈 무거운 집.

빈 공간들의 무게가 그러지 않아도 머리를 누르는데, 다급한 듯한 소리는 잠기운을 천길 만길 멀리 쫓아버린다. 가슴이 방망이질을 하고 신경은 온통 무슨 일이 벌어지고 있는 밖으로 촉수를 뻗어 더듬는다.

팽팽한 시간이 얼마나 흘렀을까.

어머니의 숨소리가 유난히 크게 느껴지는 순간,

"불이야!"

놀란 귀가 얼굴보다 더 커진다. 벌떡 일어나야 하지만 믿기 싫은 의식이 내 몸을 그대로 잠자리에 잠시 눌러둔다. 몇 초가 지나서야 나는 벌떡 일어난다.

어머니는 역시 아무 소리도 듣지 못했다. 잠자는 자세 그대로 미동도 없다. 방문을 열고 마루로 나왔다. 주방 쪽 창문이 붉다. 가슴이 철렁한다. 아니 심장이 쓰윽, 칼에 베인 기분이다.

어떻게 마루를 지나 무거운 마루문을 열고 대문까지 뛰어나왔는지 모르겠다. 대문을 열자 눈앞을 밝히는 너울거리는 불꽃. 세상에 그렇게 공포스러운 불길은 처음이었다. 바로 눈앞에, 바로 우리 집 담장 밑에서 너울거리는 불길.

무슨 생각을 할 수 있었을까.

물.

그 생각은 났다.

그리고 그때, 난 분명히 보았다.

아버지였다. 아버지가 오셨다. 아버지가 허둥지둥 불길 쪽에서 내게로 오고 있었다. 생전(生前)에 급하게 걸을 때 보았던 바로 그 모습으로. 머리와 어깨가 좌우로 크게 흔들리며 보폭이 넓은, 바로 그 모습으로, 불길과 대문 사이를 왔다 갔다 뛰어다녔다.

땅 위 1m 정도 높이에서. 허공에서.

불길은 소방차가 오기도 전에 잡혔다.

동네 사람들이 다 나왔고 물통이 줄을 이었다. 곧 소방차가 도착했고 불 난 자리에 물웅덩이를 만들었고 사람들이 놀란 가슴을 쓸며 집으로 돌아 갔다. 갑자기 기운이 쭉 빠진 나도 어머니와 함께 방으로 들어갔고, 잠시 불에 대한 이야기를 나누었고, 다시 잠자리에 누웠고, 신기하게 금방 잠이 들어버렸다. 그렇게 놀랐는데 신기하게도 말이다.

배가 몹시 아팠다. 맹장염인가 할 정도로 찌르는 듯한 통증이 깊이 든 잠 을 깨웠다. 시계를 보니 새벽 2시였다. 두 시간을 잤다는 말이다. 꿈도 없이. 배가 아프지 않았다면 아침까지 내처 잤을지도 모르겠다. 깊은 잠이었다.

난데없는 설사기.

화장실로 뛰어갔다. 대변이 소변처럼 쏟아졌다. 그러고 나니 통증이 씻은 듯이 사라진다. 배탈은 아니었던가 보다. '생똥 싼다'는 말을 떠올린다. 몹 시 놀라면 설사를 하는 수가 있다고 들었다. 바로 그것이었던가.

놀라서 그랬구나. 정말 놀란 모양이구나.

불이 꺼지고 방으로 들어왔고 자리에 눕자 곧 잠이 들어버렸다. 그리고 아버지가 왔다는 것도 잊어버렸다.

화장실에 앉아 있는데 아버지가 떠올랐다. 아버지가 왔었다. 불을 끄려고 바쁘게 뛰어다녔다. 안타까워 어쩔 줄 몰라 했다. 그때는 아버지를 보면서 도 이상한 줄도 몰랐다. 아버지가 아직도 곁에 있다고 생각하고 있었던가.

나는 화장실에 앉은 채로 한참 동안 아버지를 떠올렸다. 그리고 미안하단 생각을 했다.

죽으면 다 잊고 편해야 하는데.

내가 못 미더운 걸까.

아버진 죽어서도 걱정 많은 우리 아버지일까.

죽으면 그뿐이라는데.

다 잊어버린다는데.

자기가 누구였는지, 아내도 자식도 모른다는데.

영혼은 모른다는데. 믿기는 싫지만 그렇다는데.

하지만 지난밤엔 아버지가 왔었다.

흔적

아내 이름은 연(蓮)이다.

예쁜 이름이다.

소연.

사람들이 아내 이름을 물으면 소연이라 대답한다. 그러면 대개 이름이 소연인 줄 안다. 성(姓)이 '소'이고 이름이 '연'이라고 반드시 설명을 붙여주어야 한다. 설명을 듣고 나면 더 감탄한다. 예쁜 이름이라고. 성하고 참 잘 어울리게도 지었다고. 나도 그렇게 생각했다.

아내의 외자 이름이 마음에 들어서 아이들 이름도 전부 외자로 지었다.

사실 낳기도 전에 이름을 여섯 개나 지어 놓았다. 진, 선, 미, 정, 숙, 현이라고. 아들이든 딸이든 차례로 그 이름을 붙여 주리라 생각했다. 운이 좋았든지, 아님 그저 나만의 착각인지 몰라도 내 성에 이름을 붙여보니 듣기도 부르기도 좋았다.

윤진, 윤선, 윤미, 윤정, 윤숙, 윤현.

멋지지 않은가.

더 멋진 일은 기적같이 육 남매를 두었다는 것이다.

가끔 그런 생각을 해보았다. 애들이 더 있었으면 어떤 이름을 붙여 주었을까. 내가 아내에게 농담 삼아 물으면 아내는 이렇게 대답했다.

'그건 당신이 잘 하는 일이잖아요.'

아내는 나를 너무 믿었다. 나의 능력과 없는 재주까지. 사실 과대평가를 받았다고 생각한다. 그러나 그게 싫지는 않았다. 무조건 나를 믿어주고 인정해주는 게 좋아서 집 밖의 일처리는 너무 혼자서만 해왔다. 그래서는 안 된다는 걸 죽고 나서야 알았다. 아내는 은행에 한 번 가본 일도 없었다. 그래서 내가 떠나자 그 일은 모두 정의 일이 되어 버렸다.

무겁다.

못할 일도, 어려운 일도 아니지만 그건 내가 했던 일이었고, 그런 일들은 정에게 나의 부재를 끝없이 떠올리게 하는 일이 되었다.

아내가 했더라도 물론 그랬을 테지만, 그래도 돌아다니며 처리해야 할 일이 있는 게 나았다는 생각이다. 일이 과한 건 좋지 않지만 너무 생각할 시간이 많은 것도 해롭다. 그런 일들은 아내가 다니며 하는 게 옳다. 그래야 나갈 일도 생기고 햇빛을 쬐일 시간도 늘어난다. 정은 직장일이 있어 낮에 시간을 내어 무얼 처리하는 게 시간적으로도 그렇지만 신체적으로도 힘들다.

물론 누가 하든 마음이 몹시 무거운 일들이긴 하겠지만.

오늘도 정은 어깨를 늘어뜨린 채 출근을 했다.

버스 정류장에서 버스를 기다리다 조금 울었다. 정류장에 서 있는 사람들은 눈치 못 챌 만큼 조금.

하늘을 보며 내 존재를 찾았다. 정은 내가 어딘가에 존재한다고 믿는다. 마음을 모으면 보일 것이라고도 생각한다. 그래서 허공을 응시하는 버릇이 생겼다. 사실 그때 나는 정 바로 앞에 있었다. 정은 나를 어렴풋하게 느낄 뿐, 보지는 못한다. 물론 내 존재를 느끼면서도 그저 마음의 착각이라 생각한다. 살아있을 때 나도 그렇게 알고 있었으니까. 아니 정확히 말하면 그런 거라고 믿어야 하는 세상이었다. 그게 그 세상을 지배하는 상식이었다.

알게 모르게 마음을 움직이는 생각이 사실은 더 진리에 가깝다는 걸 그때는 몰랐다. 진리는 배우는 게 아니라 본성 속에 있다는 걸 몰랐다. 어렴풋이 느껴지는 그 무엇이 정말 진리인지 몰랐다. 모든 존재는 마음을 내는 순간 벌써 함께 있다는 걸 몰랐다. 보이는 것이든 보이지 않는 것이든.

살이 내려 광대뼈가 좀 더 도드라진 얼굴. 어깨에 멘 가방 끈을 잡고 있는 손등도 앙상하다. 교사 노릇도 고된 일이고, 학교에서 감정을 참고 하루 종일 지내는 것도 힘들고, 집에 와서 꿋꿋한 척하는 것도 힘겹다. 머릿속에서 내가 떠나지 않으니 잠도 편치 않고 입맛도 없다. 그러니 살이 붙을 수가 없다.

나는 정이 버스에 오르는 것을 보고 집으로 간다.

아내는 밥상을 밀쳐둔 채 울고 있다.

내 짐을 정리한답시고 서랍을 열었지만 정리는 핑계일 뿐, 그냥 내 흔적을 마음 놓고 찾고 싶은 것이다. 하루 이틀 이러고 있는 게 아니다. 장례가 끝난 뒤부터 거의 매일이다. 정이 출근을 하고 나면 하루 종일 이 서랍을 뒤지고 저 서랍을 뒤지며 나를 찾는다. 정리할 물건을 찾는 게 아니라 내 흔적을 찾아다니는 것이다.

아내는 30년도 더 지난, 내가 보냈던 편지를 찾아 읽고 있다. 물론 하염없이 울면서. 울지 않을 방도는 아직은 없다.

내 기억에도 가물가물한 편지.

결혼 초에 아내는 고향에, 나는 도시에, 7년 동안 떨어져 지냈다. 결혼할 때 난 아직 학생이었고 졸업 후엔 곧바로 그 도시에서 직장 생활을 시작했다. 거처를 마련해 아내와 아이들을 불러올릴 때까지 하숙방에서 지냈다. 그 시절 아내에게 가끔 편지를 썼다.

고향에 다니러 왔다가 아내의 배웅을 받으며 버스를 타고 하숙방에 돌아오면, 마을 버스정류장까지 따라 나왔던 아내의 모습이 가슴 속에서 흔들렸다. 타고 내리는 사람들도 거의 없는 시골 정류장. 자잘한 꽃무늬 한복이 버스가 보이지 않을 때까지 홀로 서 있었다. 다녀올 때마다 그날은 아내에겐 참 미안했고 나는 쓸쓸했다. 복잡하고 스산한 마음이 유난한 날이 있다. 그런 날엔 아내에게 편지를 썼다.

아내는 내가 글재주가 있다고 생각한다. 아까도 말했지만 나는 아내에게 과대평가를 받고 살았다. 그리고 그 평가에 사실 흐뭇해했다. 아내의 자부심이 되는 걸 싫어하는 남편이 있겠는가. 아이들이 학교 백일장에서 상을 타 오면 '느 아버지 닮았다'로 칭찬했다. 그게 나에 대한 은근한 자랑이었지만 아이들이 그 속마음을 알아차렸는지는 모르겠다. 그렇지만 내게 받은 편지 이야기는 하지 않았다. 그 말은 결코 하지 않았다. 내 편지는 아내 혼자만 보는 아내의 것이었다.

편지를 읽고 있는 아내는 지금 몹시 서럽다. 울타리가 무너졌다고 생각한다. 자신은 그동안 나를 등에 업고 당당했다고 생각한다. 자식들이 이제 자기를 무시할지도 모른다고, 자기의 위치가 불안하다고, 잘못 생각하고 있다. 사실은 앞으로 일어날, 자식들의 장래에 일어날 일들을 혼자 감당해야 된다는 불안감이 그녀를 자책하게 만들고 있다는 걸 알지 못한다. 벅찬 책임감에 대한 불안이 자꾸 위치에 대한 불안으로 몰리고 있다는 걸 모른다. 서러운 생각이 서러운 마음을 자극해 자꾸만 약해진다. 눈물이 장맛비처럼 시름시름 끝없이 볼을 타고 흐른다.

정리를 한다고 앉아 있지만 방은 점점 어지러워진다. 아내의 등 뒤에는 어미닭 꽁무니에 모여 있는 병아리들같이 자질구레한 것들이 총총히 앉아 있다. 나는 아내의 등 뒤에, 어지러운 방 가운데, 한 마리 병아리가 되어 같이 앉아 있다.

아내가 꺼내어 뒤집어보고 방 한쪽에 내려놓은 연도별 수첩들. 수첩 속에서 꺼내어진 명함들. 나와 관계있었던 이름들이 적힌 명함들. 그 이름 중엔 아내가 아는 이름들도 많다. 부부가 같이 나가는 모임에서 보았거나 나를 찾아왔던 가까운 사람들. 이젠 아내 혼자선 볼 일이 없는 사람들이 되었다.

내가 보냈던 여러 통의 편지들. 하나하나 펼쳐보고, 울고, 다시 접어 봉투에 넣어 방에 놓인 편지들.

내 이름으로 된 통장들. 그리고 도장. 조금 호사스런 인감도장과 투박한 목도장들.

낡은 가죽 장갑. 몇 번을 잃어버렸다가 기적처럼 다시 찾곤 했던 정말 낡은 가죽 장갑. 그리고 딱 한 번 껴보기만 했던 새 가죽 장갑. 정이 지난겨울

사 온 장갑이다. 장갑이 너무 오래 되었다고 사 준 것인데, 낡은 장갑이 아직 쓸 만하다고 그걸 끼느라 아껴두었던 장갑.

많이 빨아 질감이 거칠어진 머플러. 20년도 넘게 겨울마다 목에 둘렀던 푸른색과 흰색의 체크 머플러.

아내는 저것들을 언제 다 버릴까. 아마도 결국은 버리지도 어쩌지도 못하고 도로 서랍 속으로 들어갈 것이다. 아내까지 죽고 나면 결국 애들 손에서 처리가 될 터이다.

해는 중천에 떴는데, 마당엔 겨울 햇살이 제법 따사로운데 아내는 어둑한 방 안에서 계속 울고만 있다. 한낮의 햇살이 강해져 방은 더욱 어두워 보인다. 방만큼 어두워진 아내는 너무 울어 가슴이 답답하고 숨도 차다. 머리까지 아프다. 몸에 해롭다. 누가 말리지 않으면 정이 올 때까지 그러고 있을 것 같다.

진은 두 돌이 막 지난 딸, 미석을 업고 소금에 절인 배추를 씻어 건지고 있다. 시어머니가 계시지만, 아니 시어머니 때문에 내키지 않는 김장을 하고 있다.

진은 육 남매 맏이로 태어났다. 동생들이 많은 맏이는 대개 마음가짐이 남다르다. 진도 그렇다. 아버지가 없는 친정 걱정에 일이 손에 잡히지 않는다. 친정어머니 걱정도 되고 가보고 싶기도 하고 또한 그 자신 아직 아버지를 잃은 슬픔이 몹시 깊다. 하지만 마음대로 할 수 없는 처지다. 그게 시집살이다.

이래저래 서글픈 마음에 그깟 김장 한 해 안 하면 못살겠나 싶지만 시어머니한테 내색은 하지 못한다. 집에 시어른만 계시지 않아도 애들만 데리고 친정에 좀 가 있고 싶다. 하지만 남편은 어떻게 설득이 되겠지만 시어머니는 아니다. 진은 거절당하는 상처가 두려워 말도 못하고 속앓이만 하고 있다. 진의 심정을 알 리 없는 시어머니는 어제 김장 배추를 들여놓았다.

조선시대 감각으로 살고 있는 시어머니는 일거리만 들여놓고 내다보지도 않는다. 어제는 혼자 배추를 갈라 소금물에 절였고, 오늘은 절인 배추를 씻어 건지고 있다. 손자 정현을 데리고 방 안에 있는 시어머니는 밖은 내다보지도 않는다. 손자만 귀한 어른은 둘째로 난 손녀 미석에겐 관심이 없다. 울기라도 하면 건성으로 그만 뚝, 할 뿐이지 안고 어르고 달랠 마음은 더구나 없다. 그런 할머니의 마음을 아는지 미석도 할머니 손을 반기지 않는다. 그리고 한 번 울기 시작하면 엄마 외엔 아무도 소용이 없다. 엄마만 떨어지면 죽는 줄 알고 울어서 업지 않고는 일을 할 수가 없다.

아이라도 할머니 방에서 놀아주면 일을 좀 덜겠다, 보는 사람은 그런 생각을 하겠지만, 진의 마음은 그렇지 않다. 딸로 태어나 자기와 같은 푸대접을 받고 있는 것 같아 그저 미안할 뿐이다. 그래서 진은 아들보다 딸에게 더 애착이 크다. 시어른이 딸을 봐준대도 맡길 마음이 지금은 없다. 시어른의 차별하는 마음이 딸에게 전해질까 두렵기까지 하다. 여자라는 이유만으로 멸시를 받게 하고 싶지는 않다.

여자라는 이유로 같은 여자에게 받는 멸시.

시집을 오기 전엔 그게 뭔지도 몰랐다. 그런 게 있다는 말은 들었지만 이렇게 이상한 세계일지 상상도 하지 못했다.

왜 바보처럼 그렇게 살고 있냐고? 타파할 노력을 하지 않느냐고?

의식이 없는 사람이 아니고야 아무런 꿈틀거림도 없이 고분고분 그렇게 괴상한 세계와 타협을 했겠는가. 그럴 만한 이유와 사연이 왜 없겠는가.

남의 이야기는 쉽다. 말을 하는 건 쉽다. 진도 결혼하기 전엔 누군가에게 그런 말을 했을 지도 모른다. 하지만 말은 쉽지만 행동은 말만큼 쉽지 않다. 그리고 상상한 대로, 의도한 대로 상황이 변해주는 것은 더구나 아니다. 상식이라고 생각했던 것이 다른 사람의 머릿속에선 아닐 수도 있다는 걸 알고 놀란 적이 있는가? 시어른과 부딪치면서 놀라고, 때때로 기절해버린 상식들. 한 번 놀라고 두 번 놀라고 드디어 이젠 상식이 뭔지 잘 모르게 되었다.

남편의 도움? 기대하지 않게 된 지 옛날이다. 시어머니에게 억지가 있다 해도 자신을 낳고 길러준 어머니한텐 어쩔 수 없는 것이다. 결코 진의 편을 대놓고 들어줄 수는 없다. 남편이 진의 편을 들고 나설 때마다 상황은 더 나빠졌다. 얼마 안 가 남편도, 진도 그 문제에 남편이 절대 끼어서는 안 된다는 걸 파악했다.

살려면 혼자 극복하든지, 완전히 바보가 되든지 해야 했다.

헤어질 결심을 수천 번 했지만 그냥 물거품이 되었다. 집을 나간다면 어떻게 어디에서 살아야 할까. 경제적 능력도 없고 더구나 친정에 신세질 수는 없었다. 힘이 되지는 못할망정 짐이 되면 안 되었다. 육 남매 뒷바라지에 평생 여유 없이 빠듯하게 살아온 걸 너무나 잘 안다. 자신보다 더 마음 아파 할 부모를 대할 자신은 정말 없었다.

그러다 정현이 태어났고, 진은 갈등을 버렸다. 의식을 버렸다. 자식을 두고 감정 타령을 할 수는 없었다.

나는 진의 마음을 읽는다.

죽을 때까지 진의 마음고생을 몰랐다. 그런 내색을 한 적이 없었다. 그것도 모르고 난 진이 친정에 올 때마다 꼭 시어른 잘 모시라,고 당부하는 말을 했다. 그 말이 잘못되었다는 생각은 지금도 하지 않는다. 다만, 진이 처한 형편을 너무 몰랐다는 게 마음이 아프다. 물론 내색을 하지 않는다고 해서 부모가 자식 상태를 생판 그렇게 모르지는 않는다. 수척하고 어두운 얼굴빛. 다녀가고 나면 매번 가슴이 아팠다. 그래도 해보지 않은 살림을 하느라 그런 거려니, 시집살이가 꽃밭은 아니니 힘든 점이 있겠지, 짐작하는 정도였다. 그리고 누구나 겪는 일이니 할 수 없다고 억지로 위안을 삼았다.

하지만 그토록 마음이 상해 있는 줄은 몰랐다. 자존감을 잃을 정도로 심신이 지쳐있는 줄은 몰랐다. 인생의 행복은커녕 습관처럼 살아가고 있는 줄은 몰랐다.

진은 집 나올 결심을 그렇게 수천 번을 하며 살았다.

참 미안하다.

미안하다.

나는 업혀 있는 손녀의 차가운 뺨을 만지고 있다.

이 아이가 행복이 될 날이 올 것이다. 진의 발목을 잡은 것도 아이들이지만 진의 삶도 이 아이들로 인해 풍성해질 것이다. 진은 올바른 판단을 했다.

미석은 내 손길을 느끼는지 눈을 또렷하게 뜨고 나를 본다. 웃기까지 한다. 엄마의 힘겨운 등에 힘겹게 업혀 웃는다. 그 웃음 속에 어리는 아스라한 입김. 코에선 맑은 콧물이 흐른다.

진의 입에서도 연신 숨이 뽀얗게 새어나온다. 날이 차지만 등에 애까지 업고 일을 하는 터라 이마엔 땀이 송송하다. 씻어 건져 포개어 놓은 배추가 수북하지만 커다란 소금물 통에 절여진 배추가 아직 많이 남아 있다.

언제나 끝이 날까. 배추를 다 씻고 나면 점심상을 봐야 할 것이다. 그리고 양념 준비도 해야 하고 또 돌아서면 저녁이 될 것이다.

잠자리에 들 때나 조용히 친정에 전화할 시간이 나겠지.

셋째 집으로 간다.

미는 막 돌이 지난 아들 찬을 품고 달콤한 낮잠에 빠진다.

순한 아들은 벌써 한잠이 들었다.

나는 자고 있는 셋째의 엉덩이를 힘껏 걷어찬다.

* * *

엉덩이를 걷어찼다.

아버지는 아무 말씀도 없이 나를 내려다보시더니 다짜고짜 엉덩이를 걷어
찼다. 얼마나 세게 차였는지 아, 저절로 비명이 터졌다.

비명을 지르며 잠에서 깨어났다.

꿈이었다.

생생한 아픔이 엉덩이에 남아있었다. 나는 엉덩이를 만졌다. 묵직한 통증
이 느껴졌다. 꿈이었을 뿐인데 정말 차인 것처럼 아팠다. 아주 맛있는 잠이
었지만 잠은 순식간에 천리 밖으로 달아났다.

찬은 아직도 달콤하게 자고 있다. 자는 얼굴이 천사다. 보드라운 머리가
송송하게 둘러있는 예쁜 이마와 살짝 감긴 눈, 그린 듯한 작은 코와 입술,
완벽하게 동그란 얼굴. 미는 따뜻한 찬의 이마에 조심스럽게 뽀뽀를 한다.
입술에 밀가루가 닿는 듯한 보드라운 살결이다. 배만 부르면 칭얼대지도 않
고 잘 자고 잘 노는 순한 아이다. 이런 아이라면 열도 더 낳아 키울 수 있

을 것 같다.

찬을 들여다보며 아버지를 떠올린다.

뭔가 원망하는 듯한 얼굴이었다. 못마땅해 하는 표정이었던가. 나한테 하고 싶은 말이 있었을까. 내가 뭘 잘못하고 있는 건가. 무엇이 편치 않는 걸까.

49재도 지났다.

폭풍과 같이 밀려오던 슬픔들. 믿기지 않았다. 그런 슬픔이 있다는 것이. 그러나 그 슬픔은 신기하게도 한 주, 한 주 재를 지낼 때마다 조금씩 순해졌다. 찬을 돌보고 출근하는 남편의 시중을 들면서 잊고 지내는 시간이 많아졌다. 좋은 곳으로 가셨겠지.

찬을 보고 있으면 그런 생각이 쉽게 들었다. 물론 그런 생각을 하면서도 마냥 편했던 것은 아니다. 가슴 한 구석에 숙제처럼 어머니가 있었다. 어떻게 지내고 계실까. 정이 출근을 하고 나면 하루 종일 혼자 계실 텐데. 뭘 하고 보내실까. 울며 시간을 보낼 거란 건 너무도 분명했다. 걱정이 많이 되는 날은 전화를 드린다. 그럴 때마다 괜찮다, 걱정 마라, 애나 잘 봐라, 하셨고 그 말을 믿었다. 아니 그렇게 믿고 편하고 싶었단 말이 더 정직하다.

자주 들여다보아야 하는데, 하는 생각만 하면서 이기적으로 뭉그적거렸다. 남편이 출근하고 나면 시간은 분명 있다. 찬을 들쳐 업고 택시를 타면 15분이면 닿는 곳이다. 매일이라도 갈 수 있는 곳이다. 그런데 그게 잘 되지 않았다. 좀 더 편하고 싶은 게으름 때문이었다.

나쁜 딸이다. 잘못하고 있는 게 맞다. 식구들 중에 내가 제일 자주 가볼 수 있는 처지다. 큰언니는 시어른이 계셔 외출이 쉽지 않고 둘째 언니는 직장에 다니니 또한 어렵다. 해야 할 일이 너무나 분명하게 보이는데 나는 현실에서 고개를 살짝 돌리고 있었다. 그것도 변명도 하기 부끄러운 '게으름'

때문에.

아버진 그런 나를 꾸중하러 오신 것이다. 사실 말없이 나를 내려다보는 아버지 얼굴을 보는 순간 이미 알았다. 꿈속에선 단박에 의미가 가슴으로 전해진다. 그런데 한심하게 그 상황에서도 난 딴전을 피우고 있었다. 이유를 알면서도 모른 체하고 싶었다. 그 순간 아버지가 엉덩이를 걷어찼다.

나는 벌떡 일어나 세수를 한다. 간단하게 화장을 하고 찬을 업고 나서는데 30분도 채 걸리지 않았다. 참 나쁜 딸이다. 내 자식이 날 필요로 할 때도 이렇게 게으름을 부릴까. 아마 잠도 잊고 자식 일에 매달릴 것이다.

택시를 기다리는데 죄책감이 가슴을 무겁게 눌렀다.

어머니의 얼굴이 떠오르자 마음이 몹시 급해진다.

* * *

등에 업혀 대문을 들어서는 찬의 웃음은 함박꽃 같다.

이가 나기 시작한 잇몸이 다 드러나도록 벙글거리며 외할머니의 얼굴을 향해 팔을 내뻗는다.

"추운데 웬일이냐?"

말은 그렇게 하면서도 방으로 들어가는 것도 기다리지 못하고 포대를 끌러 아이를 안는다. 미는 흘러내리는 포대를 추슬러 내게 안긴 찬에게 둘러준다.

"엄마 보고 싶어 왔지요."

"춥다, 얼른 들어가자."

그 무겁던 슬픔은 다 어디로 갔는가. 믿지 못할 가벼운 발걸음으로 나는 찬을 안고 높은 마루로 올라선다.

찬을 업은 미가 대문을 들어서는 순간 마당이 갑자기 밝아졌다.

봉사 눈뜬 것이 그럴까. 사위가 빛이었다.

하늘이 흐렸던가. 구름이 해를 가리고 있었던가. 찬을 안으며 잠깐 하늘을 보았다. 하늘은 구름 한 점 없이 맑았다. 그런데 아까까지 분명 집안은 어둑했다. 마당도 그늘져 있지 않았던가?

그게 무슨 상관이람. 찬을 품에 안는 순간 다른 건 아무것도 상관이 없어졌다. 비가 오든 눈이 오든 그게 어쨌단 말인가. 비바람 피할 집이 있고 찬이 나를 보고 벙싯벙싯 웃고 있는데.

가슴이 열여섯 때처럼 뛰었다.

이른 봄날 들에 나물을 뜯으러 갈 때처럼.

어지러운 방을 보고 미가 놀라는 눈치다.

"정리 좀 하느라고……."

묻지도 않는데 변명처럼 말을 한다. 아랫목에 찬을 내려놓으며 나도 사실 놀란다. 좀 무안하기도 하다. 방은 발 디딜 틈도 없이 자질구레한 것들로 어지럽혀져 있었다.

"서랍 정리하던 중이었어요?"

"그것도 그렇고 심심해서 이것저것……."

미는 아랫목 찬 옆에 앉으며 널려있는 물건들을 유심히 본다.

그리고 낡은 가죽 지갑을 집어 든다. 지갑이 펼쳐지고 애들 아버지 주민등록증이 갈피에 꽂힌 채 드러난다. 난 얼른 찬에게로 눈길을 돌린다.

이렇게 순한 놈이 어디 있다 왔을까.

찬의 얼굴을 들여다보며 눈을 맞추고 까꿍,을 한다. 까르륵, 찬이 뾰족하게 내민 아랫니를 드러내며 소리 내어 웃는다. 빛이 난다. 나는 눈이 부셔 눈을 깜박거린다.

"정리하지 말고 그냥 넣어두세요. 어차피 버리지도 못할 거잖아요. 괜히 꺼낼 때마다 울기만 하지."

미가 아버지 지갑을 든 채 눈물을 떨어뜨린다.

그렇다. 아직은 당신에 관한 건 눈물로밖에 대꾸할 수가 없다. 그냥 담담하게 볼 수 있는 날이 언제일까. 빙그레 웃으며 떠올릴 수 있게 되는 시간이 올까. 아이들도 나도 아직은 흔적이 무섭다. 떠오르는 기억들은 슬프고 아프다. 당신에 관한 일은 믿고 싶지 않다.

미는 한참을 운다. 그런데 이상하게 나는 눈물이 나지 않는다. 너무 울어서 나지 않는 것인지. 아니 눈물이 나지 않을 뿐만 아니라 슬픔이 아득히 멀리 가 버린 느낌이다. 미가 울고 있는데도 슬프지가 않다. 지금은 그렇다.

나는 찬의 뺨에 입을 맞추고 찬에게 말을 한다. 찬은 뜻도 모를 소리를 지르며 기분이 좋다. 무슨 말을 하고 있는 모양인데 도무지 알아들을 수는 없다. 나도 말을 잊어버린 할망구처럼 찬이와 같은 소리를 낸다. 찬이와 같은 소리를 내며 웃고 있다.

이윽고 미는 울음을 그치고 어머니를 본다.

어머니의 웃음이 찬의 웃음과 닮았다.

웃는 얼굴은 나이를 벗어나나 보다.

＃ 그만 내려가자. 정아

그만 내려가자, 정아.

곧 해가 떨어질 것이다. 겨울산은 해가 지기가 무섭게 기온이 내려간다. 유난히 추위도 많이 타는 놈이다. 지금 일어서지 않으면 사시나무 떨 듯 떨게 되고야 말 것이다.

마른 잎이 바람에 떠는 소리만 들리는 곳.

여기는 내 육신이 묻혀 있는 곳이다. 우리 아버지, 어머니가 누워 있고 내가 누워 있는 곳이다. 고향의 선산이다. 나는 5남매의 막내로 태어났지만 제일 먼저 세상을 떠나는 바람에 부모님 무덤 아래 형님 누나들을 제치고 먼저 자리를 잡게 되고 말았다.

정은 혼자 무덤을 찾았다.

같이 올 사람이 없어서가 아니라 일부러 식구들 몰래 왔다. 실컷 울겠다고 작정을 하고 왔다. 아버지를 잃고 그걸 받아들이는 데 일주일은 너무 짧았다. 정은 장례가 끝나고 일주일 만에 직장에 출근해야 했고 직장은 사적인 공간이 아니다. 아직 믿기지도 않는 사실을 안고 감정을 억제하며 살기가 너무 벅찼다.

퇴근을 해도 마음 놓고 울어지지 않았다. 어머니 앞에서 그래서는 안 된다고 생각했다. 우는 걸 전혀 감추진 못하지만 늘 누르고 억제하며 우는 울음이었다. 그렇게 한 달이 가고 두 달이 갔다. 가슴에 또 다른 한이 맺힌 것 같았다. 터뜨려지지 못한 울음이 뭉쳐진 한. 밤에 자려고 누우면 숨이 시원하게 쉬어지지 않았다. 답답했다. 누군가 가슴에 타고 앉은 듯 숨 쉬는 게 무거웠다.

정은 혼자 진단을 한다. 너무 답답해서, 울음을 참아서 그런 걸 거라고. 마음껏 소리 내어 울고 나면 시원해질 거라고.

토요일.

정은 약속이 있다고 집에 전화를 하고는 선산으로 왔다.

나는 정이 오는 걸 알고는 마중을 나갔다. 차가 고향 마을길로 들어설 때 정의 옆자리에 앉았다. 정은 내가 옆에 앉자 울기 시작한다. 내 무덤이 가까워져 눈물이 나는 걸로 알고 있지만 아니다. 정의 영혼은 내 영혼을 보았다. 나를 보고 먼저 울기 시작한 것은 영혼이다. 영혼의 울음이 파동을 일으켰다. 그 파동에 의식이 깨어났고 의식은 나를 인식했다. 나를 인식한 뇌가 기억을 떠올렸고 곧바로 눈물샘이 자극되었다.

정은 소리 없는 눈물을 흘린다. 버스에 사람들이 몇 명 있었지만 상관하지 않는다. 모르는 사람들이다. 울고 있는 정을 본다 하더라도 마음에 담아두지 않을 것이다. 잠깐 눈길과 마음이 머물렀다 하더라도 내려야 할 곳에 내리는 순간 까맣게 잊어버릴 것이다. 그리고 정을 보고 있는 사람도 없다. 나밖에는.

정의 눈물을 보고 있는 나도 눈물을 흘린다. 보이지 않는 눈물이다. 내 눈물은 한숨처럼 허공으로 번진다. 눈물의 한숨이 정의 귀에 닿는다. 정은 어떤 기척을 느끼고 고개를 들어 주변을 살핀다. 그러나 바로 옆에 있는 나는 끝내 보지 못한다.

한겨울의 시골 마을.

길에는 인적이 없다.

정은 법주와 사과 세 개, 마른 오징어 한 마리가 든 봉지를 들고 완만한 산을 오르기 시작한다. 산기슭에 있는 무덤까진 느린 걸음이라도 30분이 걸리지 않는다. 정은 천천히 걷고 있다. 바람이 많은 날은 아니지만 겨울은 심술궂은 돌풍을 때때로 일으킨다. 돌풍이 봉지를 들고 있는 정의 손을 때리고 털모자를 눌러쓴 아래로 빠져나온 머리카락을 날린다.

정은 코가 빨갛게 된 채 바람을 무시하고 그저 걷는다. 나도 정의 느린 걸음에 맞춰 같이 걷는다. 사과와 청주 무게로 축 처진 봉지를 맞잡았지만 내 힘은 이승에 미치지는 못한다. 대신 정이 기척을 느낀다. 주변을 살피다 나를 정면으로 본다. 정과 눈이 마주친 나는 깜짝 놀라지만 정의 눈길은 나를 찾지 못한다. 대신 순식간에 눈에 눈물이 돈다. 나를 알아챈 정의 영혼이 눈물을 흘리고 곧 육신의 눈에서도 눈물이 흐른다.

울음이 복받쳐서 그 자리에 선다. 선 채로 소리를 내어 운다. 주변에는 아무도 없다. 어머니도, 선생들도, 학생들도. 눈물을 닦을 생각도, 소리를 낮출 생각도 없이 한참을 운다. 나는 들썩이는 정의 어깨에 손을 얹고 서 있다. 그냥 손을 얹고 서 있을 뿐이다. 앙상한 나뭇가지 너머 차갑게 열려있는 겨울 하늘을 바라보면서.

해는 제법 기울었다. 겨울 해는 짧다. 해가 떨어지면 금방 바람결이 달라질 것이다. 바람이 마른 나뭇잎을 흔들어 소리를 낸다. 바람 소리 속에 섞인 정의 울음소리가 허공으로 눈처럼 날린다.

참담하다.

* * *

묘지엔 햇살이 가득하다.

노랗게 색이 변한 잔디 위로 햇살 담은 바람이 지나가고 있다.

아버지!

나는 봉분 앞에 털썩 앉는다. 그리고 운다. 작정하고 왔다. 마음껏 울리라 작정하고 왔다. 소리 내어 울고 싶었는데 얼마 못가 통곡은 흐느낌으로 변한다. 목젖이 아프고 소리가 나오지 않는다. 소리를 내어 운다는 건 격렬한 노동인가 보다. 나는 그만 힘이 빠져버려 이상한 쉰 소리를 내며 눈물만 흘린다. 곡을 한다는 건 몹시 힘든 일이구나. 상을 당한 집에 왜 사람들이 북적거려야 되는지 알 것 같다. 북적이는 속에서 쉬어가며 짬짬이 울어야 하는 거구나. 한없이 곡을 하래도 그럴 순 없는 노릇이겠구나. 나는 눈물을 흘리며 그런 생각을 한다.

상석 위에 사과와 오징어를 올려놓고 술잔을 가득 채운다. 절을 하고 다시 앉는다.

귀신은 냄새로 먹는다는데. 그래서 제사를 지내고 난 뒤의 음식 맛이 달라진다는데.

믿는 거야 쉽다. 그렇게 믿는 거야 쉽다. 그래도 마음은 하나도 좋아지지 않는다. 좋아하시던 법주는 조금도 줄지 않고, 오징어도 그대로다.

오징어는 씹어야 맛이라는데.

좋은 오징어 좀 자주 사다드릴 걸…….

상석 위엔 햇살만 가득하다.

바람은 차지만 머리와 등에 쏟아지는 햇살이 제법 따뜻하다.

나는 팔베개를 하고 무덤 앞 잔디에 모로 눕는다. 비로소 아버지와 같이 있다는 안도감이 든다. 이렇게 있고 싶었다. 조용하게 아버지 곁에서, 아버지를 추억하고 그리워하는 일에만 몰두하고 싶었다.

* * *

해가 기울어 묘지에 그늘이 진다.

모로 누운 정의 다리는 이미 그늘이 먹어치웠다.

정은 잠이 든 것도 아닌데 일어날 기미가 없다. 눈물이 말랐나 싶으면 곧 감은 눈꺼풀 사이로 방울져 흐른다. 정은 조용히 울고 있다. 결국은 밤마다 그랬던 것처럼 조용히 눈물을 흘리고 있다. 아버지를 여읜 자신의 처지를 슬퍼하기도 하지만 그보다 정을 더 슬프게 하는 건 내 인생이다.

정은 내 인생이 불행했다고 생각한다. 아버지이기 전에 한 남자였던, 한 사람이었던 나의 삶을 안타까워하고 있다. 그 삶을 위로해주지 못한, 위로가 되지 못했던 자신을 탓하고 있다. 마음속은 내게 용서를 비는 후회로 가득하다.

정아, 아니다. 네가 떠올리는 인생처럼 불행했던 건 아니다. 지금은 네 마음이 슬퍼서 모든 인생이 슬프게만 그려지는 것이다. 네 기분이 밝아지면 다른 사람의 인생도 밝아진다. 네가 지금 그걸 깨닫지 못하는 것뿐이다.

혼을 다해 정의 마음에 닿아보려고 노력한다. 마음을 돌려보려고 애를 쓰고 있다. 하지만 되지 않는다. 정은 슬픔의 빗장을 굳게 잠그고 자기 속에 빠져 있다. 나는 낙망하여 상석 앞에 주저앉는다.

햇살 속으로 사과와 법주와 오징어의 에너지가 천천히 섞여들고 있다. 바람에 밀린 에너지가 이리저리 흩어지고 나는 그 향을 마신다.

정은 법주를 사면서 슬퍼했다. 내가 특히 좋아하던 법주였다. 반주로 즐겨 한잔씩 하던.

마실 사람도 없는데 이제 와서 무슨 소용이람, 속으로 그런 말을 하며 진열장에서 그것을 집어 들었다. 오징어를 고르면서도 똑같은 말을 했다. 먹을 사람도 없는데. 그리고 사과는 그냥 샀다. 과일이 있어야 한다는 생각으로 그냥. 난 사과는 그다지 좋아하지 않았다. 천도복숭아를 좋아하긴 하지만 철이 아니라 살 수 없었다.

나는 손가락을 들어 찰랑거리는 술잔 수면에 손을 댄다. 굳게 뭉쳐있던 에너지 덩어리가 순간 풀어지며 수면이 흔들린다. 향이 진하게 퍼진다. 기분이 좀 나아진다.

이제 그늘은 정의 가슴까지 왔다.

바람은 조금 전과는 아주 다르다. 칼바람이다. 땅은 차고 그늘 속에 있는 정의 몸도 차가워진다. 이제 곧 한기를 느끼고 부들부들 떨게 될 것이다.

그만 내려가자. 정아.

나는 정의 눈앞에 쪼그리고 앉는다. 이제 눈물은 말랐다. 얼룩얼룩한 눈물 자국만 뺨에 처량하다.

바람이 더 강해졌다. 정의 앞으로 바람이 불어온다. 온몸으로 바람을 막아보려 하지만 바람은 나를 간단히 무시하고 그대로 정의 얼굴과 가슴으로 달려든다. 찬바람에 정이 눈을 뜬다. 속눈썹에 마른 눈물이 서리처럼 붙어 있다. 한기를 느끼고 몸을 부르르 떤다.

내려가는 길.

정은 노래를 부른다. 내가 잘 부르던 노래다. 기분이 좋을 때도, 그렇지 않을 때도 그 노래를 불렀다.

- 성불사 깊은 밤에 그윽한 풍경 소리,
- 주승은 잠이 들고 객이 홀로 듣는구나.
- 저 손아 마저 잠들어 혼자 울게 하여라.

나도 같이 노래를 한다.
정은 내 노래를 듣지 못한다.
그저 바람 소리가 날카롭다고 생각한다.

운동장

아버지다!
분명 아버지였다.
선은 유리창에 바짝 얼굴을 갖다 대었다.
자식을 마중 나온 아버지처럼, 수업이 끝나길 기다리는 것처럼, 운동장 가를 어슬렁거리고 있었다. 멈춰 서서 교실 쪽을 우두커니 쳐다보기까지 했다.

학생들은 학습활동 문제를 풀고 있다. 시간을 좀 주었다 같이 풀이를 할 작정이었다. 책상 사이를 지나 교실을 한 바퀴 돌다 창가로 갔고 창밖을 바라봤다기보다 투명한 창 너머로 밖이 보였다 해야 하겠다. 조용한 운동장엔 햇빛만 한가득. 아무도 없었다. 체육 수업이 없는 수업 시간엔 늘 그랬던 것처럼 이상할 것도 없는 풍경이었다.

그런데,

어?

저 멀리 운동장 가장자리 철봉대가 있는 곳, 철봉대에 그늘을 드리우며 늘어서 있는 다섯 그루의 플라타너스가 있는 곳. 그 나무 밑에 누가 있다. 누군가가 있다. 산책 나온 동네 사람인가. 하지만 그 시간에, 한낮에, 좀처럼 없는 일이다. 동네 사람이 학교 운동장을 찾는다면 주로 이른 아침이다.

아침 일찍 출근을 하다보면 운동장에서 걷거나 뛰거나 배드민턴을 치는 사람들을 종종 볼 수 있다. 하지만 학생들이 등교를 하기 시작하면 그 광경도 끝이 난다.

이상하다.

유리문에 바짝 다가가 눈을 창에 갖다 대었다.

세상에, 그 누군가 했던 사람은 아버지다. 바로 아버지가 아닌가.

'아버지!'

부르며 뛰어나갈 뻔했다.

놀란 눈을 창에서 떼지 않은 채, 발은 방향을 틀어 교실 출입문 쪽으로 달릴 태세였다. 그러다 그대로 멈추었다.

그럴 리가 없다. 아버진 죽었다.

그런데 진짜 아버지다.

돌아가시기 전에 즐겨 입고 계시던 연한 하늘색 바지에 고동색 셔츠. 뒷짐 진 자세까지.

그럴 리가 없는데 아버지다.

'아버지'

선은 입을 벌려 아버지를 부르지만 소리는 나오지 않는다. 대신 눈물이 말을 하듯 볼을 타고 흐른다.

부르는 소리에 답이라도 하는 것처럼 아버지가 이쪽을 돌아본다.

하늘로 뻗친 숱 많은 머리. 홀쭉한 뺨. 웃는 듯 굳은 듯 일자로 다문 입.

그리고 응시하는 눈. 그렇게 그립던 눈빛. 눈빛이 웃고 있는, 웃고 있지 않은데도 아버지 눈을 보고 있으면 웃는 것 같았다. 아버진 웃는 눈빛으로 이쪽을 보고 있다.

정말 아버지다.

죽은 줄 아는데도, 그럴 리 없다는 걸 아는데도, 선은 믿는다.

아버지가 오셨다. 반갑다.

그러다 환영이라는 생각이 끼어든다.

아마 착각이리라.

착각이라는 생각이 드는 순간 눈물이 터진다. 눈물이 앞을 가려 아무것도 보이지 않는다. 선은 눈을 질끈 감아 눈물을 짜버린다.

그리고,

다시 눈을 떴을 때,

거기엔 아무도 없었다.

헛것을 봤구나.

학생들 몰래 눈물을 닦으며 그렇게 생각했다. 하지만 생각만 그럴 뿐이다. 그렇게 생각해야 정상일 테니까. 그게 상식이니까.

선은 마음속 깊이 아버지가 왔다고 확신한다.

영혼의 존재를 믿는 만큼 확신한다.

귀신이라면 기절을 하던 시절이 있었다.

아버지가 돌아가시기 전에, 가까이에서 죽음을 본 적이 없던 시절.

귀신은 무조건 무섭고 끔찍했다. 그때만 해도 간단했다. 사람이 죽으면 귀신이 되고, 죽은 사람은 이 세상에 없고, 그래서 이 세상에 나타날 수 없고, 나타난다면 아주 무서운 귀신이며, 그러니까 절대 나타나면 안 되는 나쁜 존재였다. 산 사람은 사람이고 죽은 사람은 귀신.

그리고 유난히 귀신을 무서워했다. 한 번도 본 적이 없는 귀신을.

그런데 아버지가 돌아가시고, 돌아가시고 난 뒤에도 존재를 그리워하고, 잊지 못하는 시간이 쌓이자, 마음이 달라졌다. 아버지 귀신이라면, 아버지가 귀신이 되었다면, 그리고 눈앞에 나타난다면, 무섭지 않을 것 같았다. 차라리 반가울 것 같았다. 귀신의 존재가 위로가 되었다고 한다면 미쳤다고 할까. 하지만 정말 위로가 되었다. 아버지가 날 해롭게 할 리가 없었다. 보이진 않지만 나를 보호하고 도우며 내 곁에 머물고 있을 것 같았다.

그래서 요즘은 귀신이 그렇게 끔찍하지 않다.

졸업을 하고 혼자 집을 떠나 낯선 곳에서 선생을 하던 시절.

제일 힘들었던 게 밤에 무서운 생각이 날 때였다. 잠을 설치는 밤이 많았다. 늘 많은 식구들 틈에서 생활하다 혼자서 하는 생활, 더구나 혼자 잠들어야 하는 밤은 유난히 무서웠다. 언니, 동생들과 잘 때는 밤에 귀신 이야기도 하곤 했었는데. 그것도 재미삼아. 무서워하면서도 재미있었다. 어차피 귀신은 다른 세상 이야기고, 난 식구들 틈에 살아 있는 존재였으니까.

아버지가 돌아가시고 난 뒤엔, 재미삼아 귀신 이야길 하지 않는다. 그리고 무작정 무서워하지도 않는다.

　객지에서 선생을 하고 있을 때, 그러니까 결혼도 하기 전 일이다. 꼭 한 번 아버지가 학교에 오신 일이 있었다. 휴일도 아닌데 어떻게 시간을 내셨는지.
　4교시 수업을 하고 있는 중이었다. 배가 무척 고팠다. 수업을 하는데 밥과 김치가 눈앞을 지나갔다. 학교 앞 식당에서 점심을 대놓고 먹고 있었는데 그 집 김치가 정말 맛있었다. 겨울엔 김장김치가 맛있고 여름이나 가을에 금방 무쳐주는 겉절이도 맛있었다. 지금도 그 집 김치가 생각나면 침이 절로 넘어간다.
　김치와 밥이 눈앞을 지나갔지만, 본분을 잊지 않고 열심히 수업을 하고 있었다. 그런 중에 왜 창밖을 보았는지. 누가 부르기라도 한 듯 고개를 돌려 밖을 보았다. 한여름 쨍쨍한 햇볕이 내리쬐는 운동장에 사람이 서 있었다. 이 더운 날 저런 햇살 속에, 사실 속으로 미쳤나? 하는 생각도 했다. 그러나 그 생각과 동시에 아버지란 걸 알았다.
　"아버지!"
　나는 창가로 뛰어가 운동장을 내려다보며 아버지를 불렀다. 학생들이 무슨 영문인지 몰라 잠시 멍청해있다 곧 웃음을 터뜨릴 때까지 난 내가 하고 있는 행동을 의식하지 못하고 있었던 것 같다. 학생들이 웃고 소리치며 창가로 우르르 달려올 때야 아차, 하며 정신을 차렸다. 뭐 아버질 부르는 게 죄가 된다는 게 아니라 수업을 하고 있는 선생이었으니까, 좀 더 점잖게 처신을 못했다는 부끄러움이 있었다.
　난 좀 당황했고, 내 당황이 그저 저희들의 더 큰 재미가 된 학생들은 아버지를 향해 손까지 흔들며 운동장을 내려다보았다. 사실 나보다 아버지가 더 당황했으리라. 아버진 내 쪽을 향해 손을 흔들곤 급히 운동장 가 나무 그늘 속으로 가셨다.

한참 동안 학생들은 진정이 안 되었다. 10분 쯤 남은 수업 시간은 결국 어수선한 가운데 지나가고 말았다. 저희들이 보기엔 다 큰 어른이 아버질 부르며 뛰어가는 내가 우습고 신기했던 모양이었다.

종이 울리기 무섭게 내가 운동장으로 뛰어나간 건 물론이다. 나가는 뒤에서 학생들이 박수를 쳐댔다. 무슨 의미의 박수였는지는 지금도 잘 모르겠다.

그날 아버지와 그 김치가 맛있는 식당에서 밥을 같이 먹었다. 점심을 먹으러 온 다른 선생들께 아버지 소개를 하고 괜히 의기양양해 했다. 나만 아버지가 있는 사람처럼. 지금 생각하면 그때만 해도 정말 어렸다. 마음도 몸도. 누가 뭐라 하는 것도 아닌데 왜 그렇게 아버지의 출현에 의기양양해졌는지. 코흘리개 어린애도 아니었는데 말이다. 다들 자기네 아버지가 최고라고 생각하던 아이처럼.

아버진 날 나무랐다. 선생이 수업을 하다가 그러는 법이 어딨냐고. 학생들이 내다보는데 아주 무안했다고도 했다. 나도 지지 않고 대꾸했다. 갑자기 운동장에 나타나신 아버지 잘못이 더 크다고. 하지만 그건 그냥 한 말이었다. 뜻밖의 방문이 얼마나 반가웠는지 모른다. 물론 아버지도 정말 화가 나신 건 아니었다. 선생으로서 다소 체신이 안서는 언행에다 수업의 맥을 끊어놓긴 했어도 낯 뜨거운 행동은 아니었으니까.

우린 밥을 먹으며 웃으며 서로를 힐책했다.

출장을 나왔다 갑자기 나선 길이라 했다.

내가 근무하는 학교가 궁금했으리라.

어떻게 다니는지, 재미는 있는지, 고생은 안 하고 있는지.

물론 아버지는 방문 이유를 세세히 말하진 않았다. 하지만 출장 나온 길에 그냥 왔다는 게 이유의 전부겠는가. 설명을 듣지 않아도 아버지의 마음이 제법 짐작이 되었다.

분명 근무 중인 시간이라 자취하는 방엔 갈 필요도 없었고 무작정 학교를 찾았다 했다. 운동장에 들어서는데 수업하는 내 목소리가 들리더라고. 무슨 목소리가 그렇게 크냐고. 다른 선생들 소리는 하나도 안 들리는데 유독 내 목소리가 운동장에 울리더라고. 소리 나는 쪽을 찾아 올려다보다 드디어 수업하는 나를 찾았고, 그냥 쳐다만 보고 있는데 갑자기 내가 창가로 뛰어와 고개를 내밀고 아버질 불렀단다.

아버지와 난 타고난 목청 이야길 하면서 또 한참 웃었다. 선생을 안 했으면 약장수라도 했을 거라고. 시골 장터마다 돌아다니며 만병통치약을 팔러 다니는. 난 하필이면 가수도 있고 아나운서도 있는데 왜 약장수냐고 덤볐고 아버진 가수나 아나운서가 목청 큰 게 조건이란 소린 못 들어봤다고 진지하게 말했다. 아버진 농담도 얼마나 진지하게 하는지 그게 더 웃겼다.

그날 아버진 식당에서 주는 인스턴트커피를 마시며 5교시가 끝나는 시간까지 계시다 가셨다. 마침 5교시 수업이 없어서 얼마나 다행이었던지.

가실 땐 용돈까지 주셨다. 내가 웃으며 용돈 시절 이제 끝났다고, 엄마 드리든지 아버지나 쓰시라 했다. 그러니까 아버진

'돈 벌어 제일 기쁠 때가 자식한테 돈 줄 때다. 넌 아직 그런 거 모르지?'

하시는데 더 이상 다른 말을 할 수 없었다. 왠지 눈물이 날 것도 같았고 농담도 나오지 않았다. 가끔 동생들 등록할 때는 내 도움도 받는 형편이라 아버지 사정을 알고는 있지만 거부할 수가 없었다.

만 원짜리 2장을 지갑에서 꺼내주며 나를 보던 아버지. 아니 아버지의 눈빛. 아무런 표정도 없는데 눈빛이 웃고 있었다. 그런데 난 웃는 눈빛에 눈물이 울컥했고, 눈물을 감추려고 고개를 숙이며 얼른 돈을 받았다.

그게 내가 아버지한테 자식으로서 받은 마지막 용돈이었다.

아버지가 학교에 왔던 그날.

지금도 쨍쨍한 햇볕이 내리쬐는 운동장을 보면 항상 그날이 떠오른다. 강물에 떠다니는 초록 나뭇잎 같다는 생각을 했던, 아버지가 내밀던 지폐와 눈물을 부르는 웃는 눈빛과 함께.

그날처럼 햇살이 쨍쨍한 운동장.

햇살 때문이었을까.

뭐 어쨌든.

보니까 반갑네.

그러면 됐지.

선은 교실 뒤쪽에 있는 거울로 가서 얼굴을 살핀다. 조심스럽게 눈물 자국을 지우고 표정을 가다듬는다.

그리고 학생들 책상 사이를 지나 교단으로 간다. 문제 풀이를 해야 할 시간이다.

숙이 결혼식이 한 달밖에 안 남았구나.

교단으로 가면서 그런 생각을 한다.

내일은 일이 어떻게 되어 가는지 친정에 좀 가봐야겠다.

그런 생각도 한다.

* * *

당황했다.

방심하고 있는 순간 선이 날 알아보았다. 날 알아본 눈이 그대로 튀어나올 듯했다.

나는 방금 숙의 꿈속에 있었고, 꿈에서 깨어난 숙의 절망하는 얼굴을 봐버렸고, 돌아서 나오는 내내 숙의 얼굴이 따라왔고, 그래서 나 또한 절망의 한가운데 마음을 던져둔 채였다.

난 다섯 딸 중 셋을 교사로 만들었다. 선과 정과 숙.

숙이 사범대학에 진학할 때와 마찬가지로 교사가 된 뒤에도 도무지 적성에 맞지 않다고 그만두고 싶어 해서 애를 좀 태웠지만 선과 정은 그런대로 제 자리를 잘 지키고 있다.

어른이 된다는 건, 그게 혼자이든 식구를 만들든 생활을 책임져야 한다는 것이고, 생계의 책임은 어른의 가장 중요한 숙제이기도 하다. 그렇긴 하지만 나이를 먹는다고 해서 책임감도 반드시 같이 성숙하는 건 아니다. 내 자식들도 그랬다. 처음 교사를 시작할 때만 해도 사실 책임감 같은 건 별로 없었다. 마땅히 해야 할 일이라고도 생각하지 않았다. 기회만 되면 언제든 그만 두고 싶은 일일 뿐이었다.

그러나 세월이 흐르고 나이를 먹고 경륜이 쌓이자 책임감이 생기고 어른다워졌다. 선은 결혼을 하고 자식까지 두었으니 말할 것도 없지만 정은 내가 죽은 뒤에 갑자기 어른스러워졌다. 나의 부재로 달라진 환경이, 아이 같기만 하던 정을 빠르게 어른으로 변모시켰다. 그건 당연한 변화이고 다행이라 여겨야 하지만 아직은 안타까운 마음이 더하다.

그리고 숙.

숙은 곧 직장을 그만두게 된다.

난 숙의 마음을 읽었다. 식구 누구도 말리지 못할 것이다. 말린다고 될 일은 아닌 것 같다. 숙은 가족들에게 말하지 않은 채 혼자 결정을 해놓았다. 지금이 아니면 결코 그만두지 못할 거라고 믿고 있다. 결혼을 기회로 영원히 학교를 떠날 결심을 하고 있다. 정말 영원히 떠날 수 있게 될지는 알 수 없지만. 앞날을 알지 못하는 인간이 삶 앞에서 장담할 수 있는 일은 없다.

하여튼 지금 숙의 결심은 단단하다. 학교 일이, 사회생활이 끔찍하게 지긋지긋하다. 학교만 떠나면 어떤 일도 괜찮을 것 같다.

지극히 간절하면 한 번은 저질러 보는 것도 괜찮다. 어떤 일도 완전히 잃어버리기만 하는 경우는 없다. 얻는 것도 있다. 너무 큰 것을 잃어버리고 난 뒤에 얻는 것이 아니길 바랄 뿐이다.

나도 말리고 싶지 않다. 그런 마음이 있다 해도 이젠 그럴 수도 없다. 살아 있을 때 같으면 난 또 숙을 만나 설득을 하고 말렸을 것이다. 자취방을 찾아가 달래고 위로하고 부탁도 했을 것이다.

지금에야 그때 그냥 둬버릴 걸 하는 생각이 든다. 차라리 다른 일을 얻는 기회가 되도록 둘 걸. 재주가 많은 아이라 어떤 공부를 하든 또 일을 찾았을 게 분명한데. 그땐 그게 안 보였다. 다 된 밥을 두고 자꾸 아직 끓지도 않는 솥 주변을 서성거리는 것처럼 보였다. 아니 더 솔직히 말하면 겁이 났다. 뒷바라지 할 자신이 없었다. 자식은 많고 그저 공부시키는 것만으로 생활은 빠듯했다. 결혼도 해야 되고, 결혼을 하게 되면 드는 비용을 각자 벌어서 보태야만 되는 형편밖에 안되었다. 누구라도 큰 병이 나거나 하면 집이

휘청거릴 정도로, 평생 자로 잰 것처럼 여윳돈이란 걸 모르고 살았다.

아내와 난 그렇게 살았다. 제 앞가림 하도록 어떻게든 공부는 시켜놓고 보자. 그 바람대로 공부를 시켰고 애들도 큰 병 없이 잘 자라 주었다.

그런 생각으로 평생 살아온 내게 숙의 반항은 공포에 가까웠다. 큰일이 날 것처럼 막고 또 막았다. 결혼을 하기 위해 사는 것도 아니고, 결혼을 반드시 해야 하는 것도 아니고, 돈이 없다고 결혼을 못하는 것도 아닌데 말이다.

자식의 앞길에 너무 깊이 관여하는 건 잘못된 것이다.

이제야 그걸 안다.

나는 너무 늦었지만 숙은 아직도 포기하지 않고 있다. 다행이란 생각이다. 새로운 걸 하기에도 늦지 않은 나이다.

다만 걱정되는 건 아내다. 숙의 사직은 아내에겐 큰 충격일 게 틀림없다. 남편도 없는 지금, 아무 능력도 없는 자신을 원망하거나 자책을 하게 될 게 분명하다.

그리고 직장이 있는 당당한 여자. 그게 연의 꿈이었다. 연은 딸들을 그렇게 키우고 싶어 했다. 자기처럼 남편만 바라보는 무능력한 여자로 사는 건 싫다고 했다. 등록할 때가 다가오거나 큰 돈 쓸 일이 있을 때마다 미안해했다. 자기가 많이 배우고 능력이 있어 같이 돈을 벌었으면, 남편 짐도 덜어주고 사는 재미도 더 있었을 거라고 생각했던 여자다. 딸들은 그렇게 살기 바랐다. 집안일이야 다른 사람 힘을 조금씩 빌리면 된다며 굳이 집에만 매여 살기를 바라지 않았다. 자신은 그런 시절에 태어나 어쩔 수 없이 그렇게 살았지만 직장을 다니는 여자들이 당당하게 보였던 사람이다.

숙의 결단은 오랫동안 연의 가슴에 상처로 남을 것이다. 그리고 또 나를 더 그리워하게 되는 이유가 되기도 할 것이다. 내가 살아 있었다면 또 말릴 수 있었을 거라 생각할 것이다.

하긴 그랬을지도 모른다.

살아 있다면,

난 앞날을 보지 못하는 사람일 테니까.

숙은 학교 휴게실 의자에 앉은 채 잠이 들어 있었다.

언제 사직서를 제출할 것인가를 생각하다 잠이 들었다. 아니 날짜는 이
미 잡아 두었다. 결혼식을 일주일 앞 둔 날이 좋을 거라고 결론을 내렸다.
너무 일찍 서두르면 결혼식을 앞둔 긴 기간 동안 집안이 물 끓듯 할 것이란
걸 짐작은 하기 때문이다. 어느 정도의 진통은 예상하고 있다. 그래서 될
수 있으면 결혼식 준비에 바빠 자신의 사표가 그다지 중요한 문제로 인식되
지 않고 지나가기를 바라고 있다.

숙의 간절한 꿈.

무진장 많은 시간을 갖고 싶은 것.

그저 한없이 많은 시간을 자신이 쓰고 싶은 대로 쓰고 싶다는, 조금은
이해하기 어려운 꿈. 상식적인 사람들이 듣는다면 철없다는 소리나 들을 꿈
이다. 자신도 그걸 알고 있다. 그래서 누구에게도 발설하지 않았다. 언니나
부모에게도. 그저 선생이 하기 싫다는 말로 자신의 소망을 감추기만 했다.
그 꿈을 알고 있는 사람은 딱 한 사람. 지금은 출가하여 스님이 되어 있는
친구다. 숙의 재주와 소망을 너무나 아끼고 사랑했던 친구. 중학교 때부터
단짝이었던. 숙은 자신을 무조건 좋아하고 뭐든지 받아주던 그 친구에게
만 진짜 소망을 말했다.

그 친구는 숙의 대학교 졸업식 날 출가를 했다. 숙의 졸업식에 와서 같이

사진을 찍은 게 속가에서의 마지막 모습이었다. 출가하기 전에 자기 집안은 물론 숙에게도 아무 말이 없었다. 그녀의 부모는 말할 것도 없지만 숙도 몽둥이를 맞은 것처럼 황당했다.

한 마디 말도 없이 떠난 걸 섭섭해 했지만 말을 했더라면 떠나는 길이 더 힘들어졌을 거란 생각이 나중엔 들었다. 그리고 미안했다. 어쨌든 친구의 마음을 그만큼 몰랐던 거니까.

출가한 지 세 달이 지나 편지가 왔다.

이미 머리를 깎았고, 행자라 했고, 머물러 있는 절을 밝혔다.

숙은 한달음에 달려갔고, 친구를 만났고, 햇빛이 잘 드는 바위에 누워 낮잠을 자고 돌아왔다. 말이 필요가 없었다. 친구의 얼굴은 너무나 편안해보였다. 속세로 돌아올 마음이 없냐는 말이 누가 될 정도로. 그리고 사실 숙은 자신의 고달픈 생활 때문에 친구가 부럽기까지 했다. 아주 편한 얼굴이었으니까. 아버지 뜻대로 사범대학을 가고 졸업하자마자 교사 발령을 받아 객지에서 하는 교사 생활. 혼자 해먹는 밥도 고달팠고 선생 노릇도 고달팠다. 마음속엔 멋대로 시간을 쓰고 싶은 욕망만 가득했으니 그저 종소리에 움직여야 하는 생활 자체가 스트레스였다.

사회생활이 몹시 힘들었고 벗어나고 싶은 마음만 굴뚝같았던 시절.

친구의 연락을 받고 한달음에 달려갈 땐 사실 하소연을 하고 싶은 마음이 제일 컸다. 그러나 몇 달 만에 보는 친구의 얼굴은 다른 사람이었다. 함부로 불평을 하기도 어려운 너무나 담담한 얼굴. 어떤 불평이나 하소연도 그 얼굴에 닿으면 부질없어질 것 같은. 아니 사는 것 자체가 부질없다는 생각이 들었다.

친구는 숙을 보자마자 합장으로 인사를 했고 숙도 같이 합장을 했다.

합장 후, 친구는 말없이 앞장서 휘적휘적 걸었고, 절이 내려다보이는 넓은 바위 위로 갈 때까지 한 번도 뒤돌아보지 않았다. 바위 위에 올라 간 친구가 숙을 돌아보며 '여기 좀 앉읍시다' 했고 그게 스님이 된 친구의 첫 음성이었다. 친구는 바위 위에 가부좌로 앉았고 숙도 옆에 앉았다.

한참을 앉아 있으니 잠이 왔다. 교사 노릇이 숙에겐 엄청 고되었다. 아마 얼마 되지 않아 더욱 그랬으리라. 무슨 일이든 적응하는 덴 새로운 힘과 노력이 필요한 법이니까. 그래서 휴일이면 하루 종일 방에서 뒹구는 게 일인데 몇 시간 버스에 시달리며 거기까지 갔으니 몹시 피곤했던 게 틀림없다.

"스님, 좀 누워야겠습니다."

"그러세요."

숙은 가방을 베고 달게 잤고, 스님은 말없이 숙의 잠자리를 지켰다.

친구와 헤어져 돌아오는데, 숙은 제 마음이 제법 편안해졌다는 걸 느꼈다. 몇 마디 나누지 않았지만 더 하고 싶은 말도 없었다. 분명 왜 스님이 되었냐고 물어야 했지만 얼굴을 보자 물어보고 싶지 않았다. 이유야 어찌되었든 이젠 부질없다는 생각도 들었고 당시의 고달픈 숙에겐 그냥 친구의 마음이 이해가 되는 듯도 했다.

그렇게 가는 길이 달라졌지만 둘은 여전히 친구다.

연락이 끊어지지 않는.

지난 일요일에 그 친구를 찾아갔다.

제법 대범한 숙에게도 사표가 보통 일은 아니었는지 누군가에게 의논 아닌 의논은 하고 싶었던 모양이다. 머리가 없는 애가 아니니 가정 형편을 모르진 않는다. 아내와 아직 졸업도 하지 못한 현이 남아 있는 집은 오로지

정에게 의존하고 있다. 그러나 숙은 집안 사정을 모르는 것처럼 행동하고 있다. 자신의 문제에 골몰해 생각조차 거부하고 있다. 아니 사실은 막연한 기대를 하고 있다. 남편이 번 돈으로 도울 수 있으리라는.

아직 월급으로 한 집안의 살림을 해본 적이 없는 숙은 생활을 제법 낭만적으로 그리고 있는 중이다. 아이를 낳아 기르는 일도, 비용도 물론 아직 계산에 없다. 그러니 평범한 월급 생활자의 월급이 생활을 꾸려가기에 얼마나 빠듯한지, 그 월급으로 누군가에게 매달 돈을 쪼개 부쳐야 하는 게 어떤 일인지 상상을 하지 못한다.

찻상을 마주하고 스님과 마주 앉은 숙.

숙의 교사 생활과 같은 햇수만큼 스님으로 산 친구는 익숙한 손놀림으로 차를 우려내고 있다. 둘은 같은 햇수로 다른 길을 살았다. 숙은 아직도 그 길이 자신의 길이 아니고 친구는 완전한 길을 찾은 모습이다. 숙의 얼굴은 고단하고 스님의 표정엔 흔들림이 없다.

"무엇을 고민하십니까? 하고 싶은 대로 하면 되지요."

찻잔에 차를 따르며 스님이 입을 열었다.

"그렇지요? 스님?"

숙이 반색을 한다.

"무얼 하고 싶습니까?"

"알고 물으신 거 아니에요?"

"보살님도, 참. 내가 뭐 점쟁입니까? 얼굴에 고민이 있길래 그냥 하고 싶은 대로 하라 그랬지요."

"학교 그만두려고요."

"……."

"정말 더 하기 싫단 말이에요."

친구의 대답이 늦어지자 초조해진 숙이 자제심을 잃는다. 말투엔 응석까지 묻어있다. 물론 자신은 모르고 있다. 오랫동안 친구로 지내면서, 그리고 스님이 된 후에도 숙은 이 친구를 만나면 투정이 나온다. 너무 믿어서 그런지, 의젓한 친구의 모습이 응석을 부르는지.

"하고 싶은 대로 하라니까요."

"그런데 왜 꼭 내가 잘못하는 것처럼……."

"내가 언제요?"

"대답도 빨리 안하고."

스님은 숙을 물끄러미 보더니 소리 없이 웃는다.

"학교 다닐 때 보살님 꿈이 '유한마담' 아니었습니까?"

"네?"

숙이 소리 내어 웃는다. 얼굴이 환해진다.

꿈이라기엔 그렇지만 학창시절 숙이 농담처럼 자주 했던 말이다. 자긴 '유한마담'이 되겠다고. 돈 많은 남편 만나 집에서 책이나 보고 맛있는 거나 먹고 놀기만 하는 여자가 '유한마담'인 줄 알았으니까. 물론 다른 사람에게 그런 말을 한 적은 없다. 그걸 '꿈'이라 하면 곱지 않게 볼 거란 판단 정도는 있었다. 놀고먹는 건 나쁜 거니까. 사람은 장래를 위해 열심히 노력하고 일을 해야 하는 거라고 배웠으니까. 사회와 학교가 그렇게 주장했으니까.

하지만 옳은 것이 늘 마음에 와 닿는 것은 아니다. 아니 어쩌면 인간은 나쁜 것을 하지 않기 위해 끊임없이 노력해야 하는 존재인지도 모른다. 유혹받는 일은 대개 하지 말아야 하는 것이었으니까.

사탕을 먹지 말라, 아침에 일찍 일어나라, 만화책 보지 말라, 부모님 말씀 잘 들어라, 물론 심부름도 고분고분. 그런 옳은 말씀들은 꼭 하기 싫은 것만 모아 놓은 것 같았다. 대신 사탕을 입에 물고 만화나 보며 뒹굴고 싶고 아침엔 해가 중천에 뜰 때까지 마냥 늦잠을 자고 싶으며 텔레비전에 빠져 있는데 콩나물을 사러 가야 하는 건 정말 싫은 일이었다.

하지만 마음에 와 닿지 않는다고 대놓고 거부할 용기도 자기방어적인 설득력도 갖추지 못했던 시절. 그래서 세상의 잣대로 볼 때 결코 아름답지 않았던 진짜 꿈은 발표하지 않는 것으로 세상과 타협했다고 하면 맞겠다. 지금도 장래희망이 '유한마담'인 사람을 본 적이 없지만 그때도 그런 꿈을 가진 친구는 주변에 없었다. 그러니 어쩌겠는가. 혼자 품고 있기엔 너무 답답했던 숙의 화려한 꿈은 비밀이 없었던 이 친구에게만 털어놓을 수 있었다.

"그걸 기억하고 계셨어요?"

"그 꿈 이야기 다른 데 가서는 하지 마세요."

"아유, 참, 스님도. 제가 그런 이야길 왜 해요."

그걸로 끝이다.

둘은 말없이 차를 마시고 이른 저녁 공양을 같이 했다.

돌아서 오는데 스님이 그렇게 말했다.

"유한마담 생활 즐겁게 하세요."

* * *

꿈은 아니겠지.

아버지가 죽은 게 아니었다.

그럼 그렇지.

아버지가 죽은 꿈을 꾸었던 것이다.

어릴 때부터 그런 꿈은 많이 꾸었다. 엄마나 아버지가 죽는 꿈. 너무 슬퍼서 목구멍에서 울음소리가 잘 나오지 않아 꺽꺽거리다 잠을 깨면 꿈이었다. 깨고 나서도 한참 동안 감정이 가라앉지 않았지만 꿈이었다는 게 얼마나 다행이었는지.

이번에도 역시 그랬던 것이다.

그렇지만 아버지가 좀 아프긴 하다. 언니들이 모두 와서 집안이 북적거린다. 맛있는 걸 해드려야 낫는단다. 부엌엔 반찬거리들이 수북하게 쌓여있고 엄마는 전을 부치느라 여념이 없다. 나는 엄마가 금방 부쳐 채반에 척 걸쳐 놓은 배추전으로 다가간다. 손으로 찢어 먹어볼 작정이다. 아버지 드리기 전에 먼저 손댄다고 한소리 하겠지만 상관없다. 난 금방 부쳐내 놓은 전이 너무 맛있다. 시간이 조금만 지나도 그 맛이 나지 않는다. 명절날, 전 부치는 주변에 앉아 먼저 맛을 보는 게 내 일이다. 엄마는 말로만 나무라지 결코 날 말릴 마음은 없다.

엄마의 나무라는 소리를 듣고 아버지도 그냥 웃는다. 내가 아버질 돌아보며 묻는다.

'아버지, 좀 갖다 드릴까요?'

'아니다, 난 나중에 먹으마. 너나 먹어라.'

언제나 같은 소리다.

'네.'

난 비단결같이 대답하고 전으로 손을 가져간다.

너무 행복하다.

이게 본래 우리 집이다.

말도 안 된다. 아버지가 죽었다니.

그런데 정말 끔찍한 꿈이었다. 너무 생생해서 지금도 겁이 난다. 그게 사실일까 봐.

전을 찢어서 입으로 가져간다.

입에 넣고 씹는데 맛이 이상하다. 혀에 침이 돌지 않는다. 아무리 씹어도 삼킬 수가 없다. 억지로 삼키는데 목에 걸린다. 숨이 막힌다. 숨을 쉬려고 발버둥 친다.

컥,

눈을 떴다.

휴게실 의자에 앉은 채 잠이 들었나 보다.

목이 꺾여 숙여져 있다.

정말 호흡이 가쁘다.

하지만 호흡이 가쁜 건 목이 꺾였기 때문만은 아니다. 울음이 복받쳤다. 가슴속에서 큰 고깃덩이 같은 울음이 치밀어 올라왔다.

정말 꿈이었구나.

아버진 죽었구나.

＊ ＊ ＊

숙의 꿈에서 빠져나온 나.

숙은 코앞에 있는 나를 두고도 보지 못한다.

생생한 꿈속에서 깨어난 절망이 너무 커 정신이 없다. 펑펑 울고 싶지만 학교라 그러지 못한다. 소리 없는 눈물이 눈가로 넘친다.

좀처럼 눈물이 멈추지 않는다.

꿈에서 깨어난 슬픔과 신변의 여러 일들이 겹친다.

결혼 준비와 사직에 대한 생각과 앞날에 대한 막연한 불안함. 그리고 아버지 없이 올려야 하는 결혼식에 대한 생각까지.

언니들은 좋았겠다.

아버지 손잡고 신부입장도 하고.

생각이 거기까지 미치자 통곡하고 싶어진다.

숙의 절망을 짊어진 나는 도망치듯 휴게실을 빠져나온다.

하지만 숙의 얼굴이 계속 따라왔고 숙과 같은 슬픔에 휩싸인 채 선의 학교로 왔다. 선의 학교로 오고 나서야 내가 어딜 왔는지 깨달았다. 멍청하게 존재한 내 에너지도 내 정신만큼 멍청했나보다. 난 멍청한 모습으로 선의 학교 운동장을 거닐고 있었다. 선의 놀란 눈과 마주친 순간 정신이 돌아왔고 본연의 모습도 찾았다. 물론 그 순간 선의 눈에서 내 모습이 사라졌겠지만.

난 선의 놀란 눈을 보고 왜 그 곳으로 갔는지 확실히 알아채었다.

부탁을 하고 싶었다.

내 빈자리를 좀 채워주라고.

결혼식이란 큰일을 앞두고 연은 짐이 너무 무겁고 숙도 불안하고 외롭다. 내 자리를 그래도 비슷하게라도 대신할만한 사람은 선이다. 제일 활동적이고 결단력이 있고 일을 추진할 능력도 있다. 진은 집안일에 매여 골몰하느라 지금은 모든 능력이 마비된 것이나 마찬가지고 미는 애가 너무 어리다.

정이 있지만 아직 결혼도 하지 않았고 어떻게 돌아가는지도 모를뿐더러 집을 감당하는 일만 해도 벅차다.

아무래도 선밖에 없다.

나는 창가에 서 있는 선을 바라보며 마음을 전했다.

선은 울었지만 곧 눈물을 거두었고 숙의 결혼을 걱정했다. 그리고 친정을, 연을 떠올렸다.

씩씩하게 잘 해낼 것이다.

선아,

미안하지만, 부탁한다.

현이

아버지는 한 번도 내 손을 놓지 않았다.

현아, 엄마한테 가자.

그렇게 말하고 내 손을 잡고 대문을 나서고, 골목길을 한참 걸어내려 가서 버스를 탔고, 빈 좌석이 많았지만 날 무릎에 앉히고 안은 채 손을 잡고 있었다. 버스에서 내릴 때도, 내려서 걸을 때도, 커다란 병원 문을 들어설 때도, 엘리베이터를 타고 내릴 때도, 드디어 엄마가 계신 병실 문을 열고 들어갈 때까지, 아버진 내 손을 잡고 있었다. 얼굴이 좀 하얗게 된 엄마가 나를 보고 함박웃음을 웃으며 양 팔을 벌려 내밀자 그때서야 아버진 내 손을 놓고, 엄마한테 가 봐라, 하셨다.

그때가 아마 대여섯 살 즈음일 것이다.

내가 혼자선 골목에 나가 놀지도 못할 때였으니 일곱 살은 되지 않았을 때임이 분명하다. 정이 누나가 내가 일곱 살에 골목 바람이 났다고 늘 말했으니 틀림없다. 나는 일곱 살이 되도록 혼자선 집 밖을 나가지 않았다 했다. 말하자면 겁쟁이였다. 무엇이 그렇게 겁이 났는지는 모르겠다. 기억이 나진 않는다. 너무 어려 이유조차 몰랐는지도 모르겠다. 그러던 내가 나갔다 하면 집에 들어오지 않으려 해 누나들이 돌아가며 나를 따라다니느라 애를 먹게 되었다. 드디어 골목 바람이 난 것이었다.

나를 골목 세계로 인도한 사람은 정이 누나였다.

내가 친구들과 어울리지도 못하는 바보가 될까봐 걱정이 됐던 모양이었다. 그래서 누나는 내가 일곱 살이던 어느 날, 나를 골목에 데려다 놓고 몰래 숨어버렸다 했다. 물론 혼자 둔 게 아니라 동네 아이들이 놀고 있는 곳에다 데려다 놓았다. 그리곤 내가 안 보이는 곳에서 나를 지켜보았다. 누나가 없는 걸 깨달은 내가 몇 번이나 주변을 훑어보더라 했다. 울먹이는 얼굴로. 그러면서도 놀고 있는 아이들을 보고. 그러다 어느 순간 아이들과 어울리더니, 완전히 누나는 까먹은 얼굴이 되었다고 하였다. 늦게 배운 도둑질에 날 새는 줄 모른다는 속담의 주인공이 되는 순간이었다.

어디까지나 이건 누나가 내게 해 준 얘기다. 나는 그날 일이 하나도 기억에 없다. 하여튼 그날부터 나는 밥만 먹고 나면 골목으로 나갔고 나가면 들어오지 않으려 했고, 혼자 두는 게 걱정이 되는 엄마나 누나들이 돌아가며 나를 따라다녔다 했다. 학교를 다니게 되고 나이가 한 살, 한 살 더 먹게 된 어느 날부터 더 이상 따라다니지는 않게 되었지만.

학교를 다니게 된 후의 기억은 제법 나지만 그 전의 기억은 거의 나지 않는다. 그 시절 이야긴 모두 누나들이나 부모, 아님 나를 아는 친지들로부터 들은 것이다. 그런 이야기들 속에서, 내가 얼마나 기다리다 얻은 아들이었는지, 부모나 누나들이 나를 얼마나 아꼈는지, 내가 그들에게 어떤 존재였는지 느낄 뿐이었다. 그리고 그 기대와 사랑이 짐이 되어 가고 있다는 걸 깨달은 건 한참 세월이 흐른 후였다.

그런데 신기하게도 그날, 아버지를 따라 엄마가 입원해계신 병원에 갔던 건 선명하게 기억에 남아있다. 내내 내 손을 잡고 있었던 아버지의 손과 버스와 그리고 아버지 무릎, 정수리에 살짝 살짝 닿던 아버지의 턱. 어쩌면 입술이었던 지도 모른다.

엄마가 있는 병실에 도착해 드디어 아버지 손에서 내 손이 떨어졌을 때의 이상한 느낌. 너무 오래 잡고 있어 마치 풀을 만지고 논 것처럼 살이 찍, 소리를 내며 떨어지던 것 같은 감각. 뭔가 서운하고 이상해서 어, 하며 약간 울고 싶었던 것 같기도 하다. 그때 낯익은, 너무도 낯익은 여자가 나를 보고 웃었고, 아버지가 엄마한테 가 봐라, 하는 순간 엄마가 너무나 그리웠고 나는 이상한 느낌을 완전히 까먹고 엄마한테 뛰어갔다.

당시 어머닌 자궁 적출 수술을 받고 입원했다.

아마 엄마를 일주일 쯤 못 보았던 것 같다. 그 새 엄마를 잊어버린 건 아니었겠지만 엄마를 찾아 보채지도 않았던 모양이었다. 나의 어릴 적 이야긴 누나들이 얼마나 자세하게 기억하고 있는지 내가 도저히 모를 수가 없기 때문이다. 엄마가 없는 동안 누나들이 엄마를 대신해 날 끔찍하게 돌봤을 것이고 그래서 아무런 불편함도 부족함도 느끼지 못했을 것이다. 엄마를 잊었다기보다 아무 생각이 없었던 것 같다. 그렇지만 엄마는 날 무척 보고 싶어 했을 것이고 걱정도 됐을 것이다. 누나들이 많았지만 엄마에겐 그들도 어차피 어린 자식이었을 테니까.

그래서 수술이 무사히 끝나고 어느 정도 안정이 되자 아버지가 나를 데리고 병원에 갔을 것이다. 나를 보여주고 안심도 시켜주기 위해서.

나는 아무것도 모르고 아버지를 따라갔지만, 누나들도 아버지가 나만 데리고 엄마를 보러 가는 게 당연했다. 형제간 질투나 시샘도 내겐 적용되지 않았다. 나는 부모뿐만 아니라 누나들한테도 특별했다. 특별한 내가 특별 대접을 받아 혼자 엄마를 보러 가는 건 지극히 정상이었다. 그 시절 우리집에선. 그런 과분한 보호와 과분한 사랑 속에서 어린 시절을 보냈다.

아쉽게도 아버지를 떠올릴 땐 그 기억만 선명하다.

분명 같이 공중목욕탕에도 가고 수많은 날들 상에 둘러 앉아 밥을 먹곤했을 텐데. 그런 일들은 도무지 일부러 흐리게 찍은 사진의 배경같이 그림이 제대로 떠오르지 않는다.

사실은, 제대로 된 추억이 없는지도 모른다. 여덟 식구의 가장. 아버진 돌아가실 때까지 제대로 된 휴가가 없었던지도 모르겠다. 조용히 마주 앉아 옛날을 이야기 할 시간을 가지지 못했다. 힘들게 짐을 지고 언덕만 오르다 가셨다. 고갯마루에 올라 한숨을 쉬고 주변을 바라볼 시간이 아버지에겐 주어지지 않았다. 자식들이 제 자리를 찾고, 정년에 퇴직을 하고, 그래서 시간도 마음도 남아도는 날들이 생겨서 한가하게 산에 오르고 부침개와 동동주도 같이 사먹고 할 시간을 나는 가지지 못했다. 아버진 겨우 예순에 돌아가셨고 더구나 난 막내였다. 늦게 태어난.

두렵다.

그리고 자신이 없다.

법대를 다녔지만 법관이 된다는 생각은 해본 적이 없다. 그런데 지금 난 고시원에 있다. 고시 공부라는 걸 하고 있다. 아직 두 달도 안 됐지만 나는 안다. 결코 내가 해낼 수 없는 일이라는 걸.

어느 날 아버지란 존재가 사라졌고, 나는 막내라는 한가한 신분에서 갑자기 집안의 꿈나무가 돼버렸다. 아니 대들보라 해야 맞는가? 하여튼, 뭔가가 되어야 했다. 어른이 되면 직업을 가지고 결혼을 하고 독립을 해야 하는 건 당연한 일이다. 그걸 모르지는 않았다. 그렇지만 아는 것과 실천은 다르다. 막연하게 알고만 있는 건 모르는 것과 마찬가지다. 난 아버지가 돌아가시고 난 뒤에야 내가 직업을 구하기 위한 아무런 노력과 실천을 하지 않고 있었다는 걸 알았다. 졸업을 하고 나면 무슨 일이라도 하겠지, 무슨 일이든 있겠지, 그랬던 모양이다. 그 '무슨 일'에 어떤 종류의 일이 있을까, 도 생각해 보지 않았다. 그랬으니 누나들이 물었을 때 무슨 대답을 할 수 있었겠는가.

난 아무 대답도 못했고, 막내 누나가 고시 공부를 해보라고 했다. 딱 1년만 경비를 대주겠다고. 막내 누나는 정말 내게 가능성이 있다고 생각했을까. 정이 누나는 사실 달갑지 않은 표정이었다. 나를 제일 잘 알고 있으니 당연하다. 하지만 난 선택의 칼자루를 쥐고 있지 않았다. 경제적 능력도, 마땅한 진로도, 생각해놓은 것도 없었으니까. 그리고 혹시, 모르는 능력이 숨어 있는 지도 모르지, 하는 동화 같은 희망도 한편에 있었다.

자리에 누우면 사방 벽이 조여드는 듯해 공포심마저 드는 좁은 방.

그래서 책상 의자에서 일어나면 침대에 누울 수밖에 없다. 의자에서 일어서면 한걸음도 못가 현관문이고 돌아서면 침대다. 어슬렁거리며 걷고 싶지만 방에는 그런 공간이 없고 그렇다고 책상에서 일어날 때마다 밖으로 나가기도 귀찮다. 그래서 요즘 내가 하는 일이란 게 하루에도 몇 번씩 침대에 벌렁 눕는 일이다. 누우면 방만큼 좁은 천장이 날 내려다본다.

그리고

물끄러미 나를 보고 있는 아버지의 얼굴.

표정은 때마다 달라진다. 눈에서 눈물이 떨어지는 때도 있고, 화가 난 듯 입을 굳게 다물고 있는 때도 있다. 그리고 아주 가끔은 웃기도 한다.

나는 아주 많이 운다. 아버지가 웃는 날도 운다. 정말 많이 운다. 하루에도 몇 번씩, 침대에 누울 때마다. 가끔은 책상에 앉아 책을 볼 때도. 그리고 밥을 사먹으러 현관문을 나서다가. 식당에서 밥을 먹다가도 운다. 그래도 밖에서 눈물이 날 때는 다른 사람에게 들키지 않게 눈물을 삼키며 운다.

바보 같고 한심하다. 아버지가 정말 보고 계시다면 얼마나 한심해하실까. 그런 생각이 들지만 눈물은 복병같이 숨어 있다 돌연 솟아난다. 막을 수가 없다. 눈물이 의지와 상관이 없다는 걸 요즘 깨닫고 있는 중이다.

누나가 1년이라고 했지만 그건 돈 낭비라는 걸 안다. 6개월 쯤 해보고 그만둘 예정이다. 다른 일을 찾아보는 게 맞다는 생각이다. 비록 늦었지만 많이 생각해보았다. 아버지가 계실 때 생각도 해보고 의논도 했으면 얼마나 좋았을까, 하는 후회도 하면서. 어쨌든 겨우 두 달도 안 돼 못 하겠다 하면 경솔하다는 말을 들을 게 분명하다. 나도 그렇게 생각한다. 공부가 뚝딱

만들어내는 음식도 아니고 벌써 결과를 예측하려는 것은 무리다. 이런 저런
생각은 접어두고 몇 달은 열심히 해볼 생각이다.

열심히 해볼 생각이다.

공부 좀 열심히 할 걸.

난 한 번도 아버지를 만족시켜드리지 못했다.

고백하건대,

공부는 별로였다. 능력이 안됐는지, 노력을 하지 않은 결과였는지 잘 모
르겠다. 하지만 한 번도 피터지게 열심히 해본 적은 없다. 누구보다 내가 잘
하길 바라셨는데. 그때는 누나들이 잘해주니 난 적당히 해도 괜찮을 거란
생각을 속으로 하고 있었다. 그런데 아니다. 아버지가 돌아가시고 곧 알았
다. 누나들은 누나들이고, 나는 또 다른 존재였다는 걸. 아버지한텐. 그리
고 나에 대한 기대는, 아버질 위해서도 아니었다는 걸.

그건 나를 위해서였다. 내가 좀 더 똑똑하게 살아야 했다. 이제야 어렴풋
이 그걸 느낀다. 아버지의 걱정을. 걱정의 이유와 의미를.

열심히 하는 모습이라도 보여드릴 걸.

그랬으면 좀 편하게 눈을 감았을 것이다.

제대 후 복학을 하고는 학교 앞에서 자취하는 친구 집에 살다시피 했다.
학교가 멀어 길에서 보내는 시간이 너무 많다고, 도서관에서 늦게까지 취업
공부도 해야 하니 그래야겠다고 허락을 구했지만 진짜 이유는 아버지의 간
섭이 부담스러워서였다. 아버진 내가 좀 더 부지런하고 강단 있게 행동하길
바랐지만 난 그렇지 못했다. 공부도 생활도 게을렀다. 내가 그렇다는 걸 알
고는 있지만 잔소리와 간섭은 불쾌하고 편치 않았다.

물론 공부를 열심히 해보겠단 말이 아주 엉터리없는 말은 아니었다. 나도 잘해보고 싶었다. 부모 칭찬을 받고 싶어 하지 않는 자식이 세상에 어디 있겠는가. 하여튼 겸사겸사해서 드디어 허락을 받았고 난 주말에나 집에 왔다. 처음엔 매 주말마다 오다 그것도 차츰 간격이 길어졌다. 사실 마음껏 자유를 즐겼다 해야 맞다. 공부를 해야 한다는 마음은 있었지만 하진 않았다.

그러다 어느 날 믿기지 않는 소식 앞에 서게 되었다.

지금도 믿고 싶지 않지만.

그리고 난 아버지의 병명을 알고도 자꾸 밖으로 나돌았다. 솔직히 말하면 피하고 싶었다. 믿고 싶지도 않았지만 힘든 상황에서 도망가고 싶었다. 나중엔 밤낮으로 기침을 했는데, 변명 같지만 특히 한밤중의 기침 소리는 너무 괴로워 참을 수가 없었다. 집으로 가야 한다는 생각은 날마다, 밤마다 했지만 그러지 않았다. 주말마다 가는 것도 힘들어하며 했다. 어떤 날은 저녁에 집에 갔다가 밤에 도로 나온 적도 있었다. 나는 그랬다.

생각하면,

부끄럽고 미안해 죽고 싶도록,

한심하고 이기적이었다.

* * *

죽고 나서 알았다.

내가 현이에게 짐이 된다는 걸. 부모에게 자식은 무거운 존재지만 자식에게도 부모는 무거운 존재라는 걸. 존재 자체로도 무거울 수 있다는 걸.

힘이 되어 주고 싶었고, 그렇게 살았다고 생각했는데, 애를 썼는데.

죽고 나니 그렇다.

괜한 애를 썼다. 집착이었다. 잘못된 사랑이었다. 한 걸음 물러서서 볼 줄 알았어야 했다. 나름의 이유로 세상에 태어난 한 사람의 인격으로 볼 수 있어야 했다. 생명을 그 자체로 사랑하는 것과 욕망을 혼동했다. 욕망을 존재에 대한 기대로 착각했다. 오랜 세월 동안 내 욕망을 현에게 흘려보냈다. 사랑이라 착각하며 흘려보냈다. 욕망은 현에게 천천히 배어들어 현의 존재는 한없이 무거워졌다.

진짜 사랑은 결코 무겁지 않다. 사랑의 결과는 무겁지 않다. 상대를 무겁게 하는 건 사랑이 아니다. 사랑이 아니라 짐을 지운 것이다.

나도 모르는 사이에 현에게 짐을 지웠다. 현은 지금 무거운 짐에 짓눌려 있다. 딸이나 아들이나 똑같다 하면서도 현에겐 달랐다. 내가 그랬다는 걸 알겠다. 그래서 현은 자기 길을 찾지 못하고 있다. 할 수 있는 일을 찾는 게 아니라 그 짐이 어떤 의미인지를 찾고 있다. 내 욕망이 바라던 일을 찾고 있다. 그 일이 자기 능력과 소망에 맞지 않다는 생각은 꿈에도 하지 않고 있다. 자기의 인생이 아니라 내가 바라던 인생을 생각하고 있다.

사람은 다른 사람의 목적으로 살아갈 수는 없다. 잠깐 흉내는 낼 수 있지만 결국은 끝이 난다. 길이 아니기 때문이다. 길이 아닌 길을 가자니 어떡하겠는가. 힘만 들고 결과는 없거나 아예 길을 잃고 말기도 한다.

현은 지금 길을 잘못 들었다.

그걸 깨닫는 데 시간이 걸릴 것이다. 걸어야 할 고단한 길이 보인다. 젊은 시절을 오롯이 바쳐야만 하는 긴 시간이. 자신도 괴롭지만 지켜보고 버팀목이 되어야 하는 누나들도 힘이 들 것이다. 특히 엄마와 같이 있는 정이가.

그리고,

정은 훌륭하게 버팀목이 되어 준다. 고맙게도.

나약하게만 보이던 정이 놀라운 힘을 발휘한다. 나는 정에게 놀란다. 귀신도 놀란다는 걸 사람들은 알까. 귀신도 모르는 일이 있다는 것을 알까.

현은 궤짝 같은 방에 있다.

궤짝 같은 방의 대부분을 차지하고 있는 침대에 누워 있다.

눈물이 볼을 타고 흐른다.

앞으로 흘려야 할 눈물의 서막에 불과한 눈물을 흘리고 있다.

현아! 미안하다.

나는 현의 머리맡에 앉는다.

현의 눈물.

어릴 때 이후 한 번도 보지 못했던 눈물이다. 아니, 내가 보지 못했을 뿐, 현은 커서도 울었다. 키우던 고양이가 죽었을 때, 누나들이 결혼할 때도. 고양이가 죽었을 땐, 다락방에서 몰래 홑이불 하나가 다 젖도록 울었다고 아내가 전해주었고, 결혼식 날 일은 정이한테 들었다. 그랬을 테지. 부모만큼이나 저를 아끼던 누나들이었다. 아직 회자정리니, 하는 인간사에 대한 깊은 생각이 없을 때였다. 겨우 중학생이었으니까. 철이 없을 땐, 주변의 모든 것이 영원하리라 생각한다. 그랬는데 어느 날, 하나, 둘, 누나들이 떠난 것이다. 몹시 섭섭하고 이상했으리라.

난 혼주석에 앉아 있어서 보지 못했다. 그리고 나 또한 누구를 돌아볼

만큼 마음의 여유가 없었다. 시집을 보낸다는 게 참으로 기막혔으니까. 다른 집으로 가버린다는 것. 이제 퇴근해 돌아와도 그 아이가 없을 것이라는 것. 고생은 하지 않을까 하는 걱정. 그때의 기분이 떠오르면 지금도 가슴이 울컥한다. 짝을 만나 결혼을 하는 건 분명 축하할 일이다. 그렇지만 그날이 하나도 기쁘지 않았다. 그 기분을 어떻게 표현하면 시원할까. 아직도 시원한 말을 찾지 못하겠다. 그렇게 묘하게 복잡한 심정이었으니, 어떤 것이 눈에 들어왔겠는가. 착잡한 마음을 다잡으면서 식이 끝나면 해야 할 일을 생각하느라 또한 한없이 복잡했다.

나는 현과 같은 생각, 같은 마음으로 울고 있다.

우리 앞에는 수많은 추억들이 지나가고 있다. 아들의 손을 잡고 병원을 가던 내가 있고, 고양이의 죽음 앞에서 슬퍼하던 현이 있고, 목욕탕에서 서로 등을 밀어주는 부자가 있고, 결혼식장이 있고, 누나와 딸을 보내는 안타까운 마음들이 있다.

살아있을 땐 한 번도 이러지 못했다. 같은 마음으로 같이 눈물을 흘리는 게 서로에게 얼마나 큰 위로가 되는지, 얼마나 필요한 감정의 흐름인지 나는 죽어서야 느낀다. 눈물도 웃음만큼 중요한 정서인지 몰랐다. 현은 나 몰래 울었고 나도 그랬다. 현은 내 사랑이 무겁기만 했고, 나도 현의 존재가 그저 벅차기만 했다. 깃털처럼 서로를 사랑하며 느낄 줄 몰랐다. 서로에 대한 사랑이 지독한 아픔이 돼버렸다는 걸 몰랐다. 지금도 현은 모른다. 내 잘못된 사랑이 자신을 누르고 있다는 걸. 힘이 아니라 짐이 되고 있다는 걸. 무거운 짐을 아버지를 잃은 슬픔으로 알고 있다. 그리고 슬픔은 시간이 해결해주리라 기대하고 있다.

현의 이마는 눈물로 뜨끈뜨끈하다.
뜨거운 눈물이 머리까지 차올랐다.
나는 차가운 손을 들어 현의 이마에 놓는다.
현의 마음이 물처럼 내게로 흘러들어온다.

나는 오랫동안 현의 곁에 앉아 함께 울었다.

당신 혼자 어쩌누

울음소리.
한밤중에 들리는 울음소리.
누군가 울고 있다.
꿈인가.
차라리 꿈이었으면.
희미하던 울음소리가 분명해진다.
꿈은 아니다.

눈을 번쩍 뜬다.
방 안은 깜깜하다.
이 밤중에 무슨 일인가. 귓바퀴가 소스라친다. 분명 울음소리다. 한밤의
울음소리는 괴기스럽다. 무섭고도 불안하다. 어둠 속에 희끄무레하게 보이

는, 어머니가 누워있는 자리를 본다. 사람이 누워있는지 빈 이부자리인지 분간이 잘 가지 않는다.

다시 선명하게 귀를 뚫고 들어오는 울음소리.

주방 쪽에서 나는 소리다. 누군가 울고 있는 게 확실하다.

엄마가?

나는 벌떡 일어난다. 가슴이 마구 뛴다. 눈앞에는 반딧불이 같은 빛이 날아다닌다. 잠이 완전히 가시지 않은 걸음이 비틀한다. 잠자리에 어머니가 없다. 방문을 연다. 울음소리가 더 분명해진다. 역시 주방이다.

고요하고 컴컴한 집. 둘밖에 없는 휑뎅그렁한 공간. 그 속에서 나는 울음소리. 참담해진다. 어머니가 왜 우는지 궁금한 게 아니라 울고 있는 상황에 가슴이 먼저 철렁한다.

한밤중 적막한 집에서 나는 울음소리.

이유도 모른 채 울고 싶어진다. 아니 이유는 벌써 알고 있는지도 모른다. 자다가 일어나 운다는 것. 낮이 아니라 한밤중이다. 새로운 사건도 사연도 만들어질 시간이 아닌 한밤중이다. 둘이서만 자고 있던 밤. 어머니가 울고 있는 이유는 밖에서 온 게 아니다.

어두운 주방에 어머니는 웅크리고 앉아 있다. 웅크리고 앉아 울고 있다. 아이처럼 엉엉 울고 있다. 그렇게 소리 내어 우는 모습은 아버지가 돌아가실 때 보고는 처음이다. 나는 그저 몸이 떨린다.

"엄마, 왜 그러세요?"

가까이 가지도 못하고 선 채로 묻는다. 어머니는 내가 나온 걸 알고도 울음을 감추려 하지 않는다. 울음을 참을 수 없다. 그걸 느낀다.

"꿈에 네 아버지가 왔다."

이 말을 하곤 더 구슬피 운다.

"아버지가 왜?"

물어놓곤 대답을 기다리지 못한다. 건드리기만 해도 울음보가 터질 지경이다. 지금 난 어머니의 위로가 될 수 없다. 그녀의 눈물을 막을 수 없다. 물풍선을 물풍선으로 막아보려는 꼴이다. 그래 봐야 같이 터지기 마련이다. 어머니 뒤에 주저앉는다. 그리고 목을 놓아 운다.

엄마와 나는 처음으로 감정을 적나라하게 드러내고 같이 목을 놓고 운다.

"당신 혼자 어쩌누, 어쩌누, 하더라."

그 말을 내뱉은 엄마의 울음소리는 더욱 서러워진다.

어머니의 짐.

각자 져야 할 짐이 달랐다.

엄마가 꾸었다는 꿈은 엄마가 지고 있는 짐의 무게를 나에게 일깨워주었다.

하지만 나는 무엇을 해야 할까. 할 수 있는 일이 무엇일까. 어떻게 해야 할까.

엄마가 한밤중에 일어나 울고 있다.

아버지가 돌아가신 지 1년이 지났다.

하루라도 아버질 잊고 산 날이 있었던가.

잊은 날이 없다. 꿈에서도.

밤마다 꿈속에서 아버지를 보았다.

엄마는 꿈에서도 아버질 본 적이 없다 하셨다. 그런데 아버지가 나타나신 것이다. 돌아가신 지 1년 만에. 엄마의 꿈속에.

한 달 정도가 남았다. 한 달 후엔 여동생 숙이 결혼을 한다. 숙은 나보다 한 살 아래 동생이다. 참담한 중에도 숙의 결혼이 결정되고 추진되었다. 중매인을 통해 만났지만 운명처럼 빠르게 가까워졌다. 인연이란 그런 것인가 보다.

나는 아무 생각도 할 수 없었던 그때 숙은 다른 생활을 꿈꾸었다. 객지 생활의 외로움 때문이었는지, 아님 아버지의 빈자리가 나와는 다르기 때문인지는 모르겠다.

퇴근해 버스에서 내리는 순간부터 아버지의 행적을 느끼지 않을 수 없는 나하곤 분명히 다를 것이었다. 골목길 끝에는 귀가가 늦어질 때마다 날 기다리던 아버지가, 대문 앞에 서면 아버지 발자국 소리가, 마당에는 비를 들고 있는 아버지가, 마루를 들어서면 밥 먹었냐 묻는 아버지가, 안방에는 아랫목에서 돌아가시던 순간의 아버지가 나를 따라다닌다. 화장실에서도 아버진 날 기다린다. 혈변을 보며 놀라고 절망했을 아버지가, 볼일을 보는 내내 날 떠나지 않는다.

그래서, 사실 선을 봤다는 얘기를 들었을 땐 좀 충격이었다. 어떻게 그럴 수 있을까, 라는 생각을 했던 모양이다. 그리곤 곧 처지와 상황이 많이 다름을 깨달았다. 아버지 일만 아니라면 엄청난 경사다. 동생도 나도 혼기가 지났다. 엄마의 제일 큰 걱정거리임에 틀림없다. 정말 아버지만 계시다면 얼마나 축제 같은 분위기였을까.

숙은 아버지 없는 결혼을 해야 한다. 숙의 기분은 어떨까. 그런 현실이 떠오를 때마다 울고 싶은 기분일지도 모르겠다.

나는 결혼식 날을 상상하고 싶지 않았다. 깊이 생각하고 싶지 않았다. 그래서 애써 외면하고 있었다. 그랬다는 걸 지금 깨닫는다.

하지만 어머닌 그럴 수 없다. 그런 현실의 한가운데 서 있는 사람이다. 외면할 수도 구경만 하고 있을 수도 없는 현실.

혼자 혼주석에 앉아있을 엄마. 아버지의 빈자리.

아버지 없이 결혼식을 치러야 한다. 아버지 없이 준비를 해야 한다. 엄마는 그 일이 몹시 힘겹고 무거운 모양이다. 나는 서러운 엄마의 울음소리를 들으면서 그런 생각을 한다. '당신 혼자 어쩌누' 했다는 아버지 걱정은 실은 엄마가 날마다 하고 있었던 걱정이 아닐까.

날마다 속으로 되뇌었던 말이 아닐까.

숙은 타지(他地)에서 직장 생활을 한다.

대학을 졸업하고 바로 교사 발령을 받았고 그때부터 집을 떠나 살았다. 숙의 결혼은 어쩌면 엄마의 걱정을 하나 덜어주는 일일지 모른다. 여자가 낯선 곳에서 혼자 살고 있다는 건 부모에겐 충분히 염려스런 일이다. 결혼하여 동반자가 생긴다는 건 참 든든한 일일 것이다. 분명 기쁜 일, 홀가분해야 할 일이 아닐까. 그런데 엄마에겐 혼자 혼사를 치러야 하는 일이 그 기쁨을 덮어버릴 만큼 무거운 모양이다.

여자는 약하지만 엄마는 강하다? 이 말은 무지 무거운 의미를 담고 있는지도 모르겠다. 씩씩함은 타고 나는 것이 아니라 어쩔 수 없이 그래야 하는 것인지 모른다. 자식을 낳아 기르는 건 늘 용기를 내어야 하는 일인지도 모른다.

그것도 혼자선 해보지 않았던 일.

큰일을 앞두고 엄마는 동반자였던 아버지가 아프게 필요한 게 분명했다.

꿈에서 아버지를 보고 한밤중에 잠이 깬 엄마.

밤은 아직도 깊고 날은 차갑다. 혼자가 되었다는 느낌이 서늘하게 감각을 일깨웠으리라. 그리고 너무나 생생하게 와 닿는 아버지의 부재(不在)는 체면도 용기도 무너지게 했으리라.

나는 아무 말도 할 수 없었다.

무슨 말을 해야 할까.

엄마에겐 지금 오직 아버지만 필요하다.

아버지의 영혼이라도 필요한지 모르겠다.

* * *

당신 혼자 어찌하누. 당신 혼자.

아주 걱정스런 얼굴이었다. 그게 끝이었다. 그저 근심 가득한 얼굴로 그렇게 말했다. 모습보다 목소리가 더 선명한 꿈이었다. 꿈속에선 그 말이 무슨 말인지 몰랐다. 꿈인지도 몰랐으니까. 생시에 말하는 모습, 목소리 그대로였다. 걱정거리가 있을 때 짓는 표정과 말소리. 생시인 줄 알고 도리어 무슨 걱정이 있냐고 물으려 하는데 눈이 떠졌다. 짧은 꿈이었다.

눈을 뜨는 순간 그 말의 의미가 차가운 얼음처럼 가슴에 떨어졌고 목구멍으로 뜨거운 것이 치밀어 올라왔다.

죽고 난 뒤 꿈에도 한 번 보이지 않았다.

죽은 이가 꿈에 나타나는 건 좋지 않은 징조라고 옛 어른들이 말씀하셨다. 그래서 겉으론 다행이라 말하면서도 속으론 섭섭했다. 정은 밤마다 아버지를 본다고 했다. 왜 계속 나타날까. 무엇이 편치 않는 걸까. 걱정스러우면서도 한 번 보고 싶었다. 하지만 영감은 그 바람을 무시하고 일 년이 넘도록 한 번도 나타나지 않았다.

　참아야 하는데, 더구나 한밤중이다, 하는 생각이 떠오를 새도 없이 눈물보가 터진다. 소리와 함께. 나는 입을 막고 자리를 박차고 일어난다. 정의 잠을 깨워서는 안 되겠다, 그 생각은 할 수 있었다. 방문을 열고 마루로 나오는데 막혔던 숨이 터지듯 소리가 헉, 하며 밀려나온다. 주방으로 뛰어들자 무릎이 꺾였고 쓰러지듯 엎드려졌다. 그리고 아이처럼 소리 내어 울었다.
　걱정이 눈물이 되어 쏟아졌다.
　불안하고 무서웠다.
　영감 없이 혼자 혼사를 치러야 한다. 생각만 해도 가슴이 철렁했다. 셋이나 결혼을 시켰지만 그저 할일이 많다는 생각을 했지 걱정 같은 건 하지 않았다. 혼수는 어떻게 해야 하나, 음식은 무얼 하고 폐백 음식은 어디서 맞추나, 그 일만 해도 버겁다 생각했다.
　상견례를 하면서, 주례를 누굴 모실까 말이 오가면서, 예식장을 정하면서, 나는 불안하고 외로워서 어디로 도망가고 싶었다. 부모 노릇이 싫었다. 물론 애들이 알아서 하는 일도 많고 혼자서 하는 건 아니었다.
　그래도 혼자라는 생각은 내내 떨어지지 않았다. 마음을 들여다보니 현이 아버지가 있었더라면 하는 생각을 하고 있었던 것이다. 그건 영감과 의논하던 일이었다. 둘이 된 밤에 두런두런 걱정하던 일이었다. 걱정거리는 영감에게 털어놓았고 최종 결정은 그이가 했다. 난 걱정만 털어놓곤 내 일을 하면 되었다. 고민을 안고 이고 다닐 필요가 없었다. 그랬던 모양이었다.
　내가 영감에게 그랬던 모양이었다.
　영감이 언덕이었던 모양이다.

울음소리가 결국 정을 깨웠다.

정이 나를 붙들고 목 놓아 운다.

울어라.

난 정이 우는 걸 말리지 못한다.

* * *

나는 떠난다.

때가 되었다는 말은 아니다. 더구나 아내와 자식들이 나를 보낼 마음의 준비가 되었다는 말도 아니다. 그저 떠날 거란 뜻이다. 나는 떠나고 이제 그들의 기억 속에만 존재할 것이다. 나는 이제 나를 떠올리는 사람들의 마음 속에만 있을 것이다. 떠올리는 순간 그때 그곳에만 존재할 것이다. 떠올리는 순간이 정해져 있지 않듯이 떠나야 할 때가 정해져 있는 것은 아니다. 차원이 같지 않은 세계에 존재하게 된 것뿐이다.

이승의 인연은 벌써 끝이 났다.

내가 마지막 숨을 들이쉬고 내쉬지 않는 순간에 끝이 났다. 부부의 인연, 자식과 부모의 인연은 끝이 났다. 그랬던 기억이 그들의 영혼 속에 남아 있을 뿐이다. 다행히 영혼이 성숙하면 다른 차원을 이해하게 될 지도 모른다. 다른 세계가 보일지도 모른다. 하지만 그것도 내가 관여할 일은 아니다. 각자의 몫이다.

그래도 인연의 끈은 질기고 강렬하다.

떠나는 순간에 연의 간절한 기억 속에 빨려 들어간다.

애타는 연의 파동이 내 혼을 흔들어 파도를 태운다.

연의 파장 안으로 들어온 나.

파장의 소용돌이 속을 한참 동안 맴돈다. 그녀의 걱정이 밀물처럼 내 속으로 흘러든다. 혼자 사막을 헤매고 있다고 한다. 어떻게 할지 모르겠다고 한다. 짐을 맡겨놓고 도망을 갔다고 원망도 한다.

나는 몹시 흔들린다. 흔들림이 한 생각을 일으킨다.

미안하다.

그 순간 아내가 나를 알아본다. 나도 모르게 중얼거리고 만다.

'당신 혼자 어쩌누.'

아내가 소스라쳐 잠을 깨고,

나는 폭풍에 밀려나듯 아내의 잠의 가장자리를 벗어난다.

2부 그 후로도 오랫동안

결혼

나는 숙이다.

현이가 태어나기 전까지 막내의 권력을 휘둘렀던, 남장 여아였다.

딸 다섯을 낳고는 아들을 몹시 원했던 아버진 날 남장을 시켜 데리고 다녔다. 덕분에 초등학교에 들어갈 때까지 머리를 묶어본 적도 없었고 치마도 입어보지 못했다.

남자의 복색이 날 그렇게 만들었는지 아님 타고난 성품이 그랬는지 몰라도 어릴 땐 사내애처럼 무척 설치고 돌아다녔다. 밥만 먹고 나면 골목을 쏘다녔고 집에서도 얌전히 있지 못했다. 밥을 먹을 땐 열두 번도 더 일어났다 앉았다 했고 나눠주는 간식을 무시하고 내가 다 차지해야 직성이 풀렸다. 나중에 못 먹어 다시 나눠주는 한이 있더라도 일단은 내 손안에 모두 넣어야 했다.

먹지도 못할 걸 왜 그렇게 욕심을 냈는지는 지금 생각해도 이유를 잘 모르겠다. 원하는 군것질을 마음껏 할 순 없었지만 밥을 굶고 배를 곯은 기억은 없는데 말이다. 아버지가 사 온 호떡 열 개를 몽땅 끌어안고 한 입씩 먹은 뒤 언니들에게 나눠준 적도 있다. 사실 그 사건은 언니들이 전설처럼 하도 이야길 해서 그런 일이 있었나 싶지 난 기억하지 못한다.

어떤 말이든 내 행동에 제약을 거는 말은 듣지 않았다. 밥 흘리지 말고 먹어라, 는 별것도 아닌 소리에 숟가락을 놓고 발딱 일어나 버렸고, 보다 못한 언니가 한 마디 거들면 언니 연필을 몰래 꺼내 심을 죄다 부러뜨려놓거나 책장을 마구 흩뜨려놓았다.

아마도 남장을 시켜놓은 내 상황을 제대로 이해하지 못하고 특별한 대접을 받는 것이라 착각하고 있었던 게 아닌가 하는 생각은 다 커서 하게 되었다.

하여튼 나의 돌발적이고도 버릇없는 행동에 언니들은 혀를 내둘렀지만 아버진 의미 있는 웃음으로 내 기를 살려두었다.

그랬다. 버릇없는 행동도, 활동적인 기질도, 돌발적인 성격까지도 아들을 원하던 아버지의 눈엔 아들을 낳을 징조로 보였는지 모른다. 아니 틀림없이 그렇게 믿고 싶었을 것이다.

어쨌든 아버지의 소원대로 내가 일곱 살이 되던 해 현이가 태어났고 나는 관심의 중심에서 벗어났다. 섭섭했냐고? 그건 전혀 아니었다고 자신 있게 말할 수 있다. 지금도 그렇지만 어릴 때도 형제자매간의 질투 같은 건 몰랐다. 나중에 친구들이 생기면서 그런 게 있다는 말을 들었지만 이해가 되지 않았다. 내가 못 느꼈던 것인지, 부모의 사랑이 공평했는지, 우리 자매의 특성이었는지는 모르겠다.

하여튼 현이가 나면서 관심의 집중 대상이 바뀌었다. 그건 내게도 관심 대상이 생겼다는 말과 같다. 현이가 나기 전엔 나는 그저 관심을 받고 귀에 들어오지도 않는 꾸중을 들으며 하고 싶은 일만 했다. 그랬던 나에게 자고 일어나면, 아님 밖에 나갔다 들어오면 궁금하고 보고 싶은 대상이 생겼던 것이다. 내가 그랬으니 부모는 말할 것도 없고 누나들의 사랑도 대단했다.

정말 현은 왕자처럼 자랐다. 아니 왕자처럼 대우를 했던가. 어쨌든 말만 다르지 뜻은 같다. 현은 우리 집의 왕자였다. 아침에 일어나면 아직 혼자 앉을 수 없던 현이를 둘둘 말아 싼 이불 뒤에 서로 앉으려고 했고 학교에 갔다 오면 현이부터 찾았다. 오늘은 현이가 무슨 행동을 했고, 어떤 말을 했고(사실은 그저 옹알이일 뿐이더라도), 언제 똥을 누었는지, 젖을 얼마나 먹었는지가 가장 큰 이야깃거리였다.

그랬던 현이었다.

나는 현이가 태어난 다음 해 초등학교에 들어갔다. 학교에 가보니 많은 여학생들이 타이즈에 치마를 입고 있었고 묶은 머리와 머리띠도 눈에 들어 왔다. 갑자기 바지 입은 내가 어색해지기 시작했다. 물론 짧은 머리도 자꾸 신경이 쓰였다.

환경이란 참 무서웠다. 또 다른 세계에 발을 들여놓은 난, 새로운 환경에 점점 익숙해졌다. 익숙해진다는 것은 동시에 미의 기준과 안목이 달라진다 는 것을 뜻했다. 긴 머리와 리본이 부러웠고 치마가 예뻐 보였다. 난 머리를 길렀고 곧 치마를 입고 발랑거리며 뛰어가는 걸 즐기는 평범한 여자애로 빠 르게 변해갔다.

물론 그렇다고 멋대로 하던 고집과 발끈하는 성질까지 바지와 함께 사라 졌다는 건 아니다. 좀 상식적으로 변하긴 했지만 지금도 돌발과 발끈은 우애 좋은 형제처럼 내 곁에 남아 있다. 고쳐야 한다는 생각은 늘 하지만 정말 잘 되지 않는다. 그래서 아직도 발끈 성을 내고 곧 후회하는 인생을 살아가고 있다.

발끈하는 성질.
아버지께도 예외는 아니었다.
아버지가 돌아가시고 난 뒤, 제일 후회되었던 게 그것이었다. 특히 대학 진학을 앞두고 벌였던.
이렇게 홀로 된 엄마도 상관없이 시집이나 가버리는 주제에 세상을 다 떠맡을 것인 양 건방지게 굴었다. 내 앞길이 부모의 호의호식과 굳게 이어진 끈이나 되는 것처럼 말이다. 잘해야 제 앞가림이나 하면 다행인 줄도 모르고.
나는 그때 치과대학에 가고 싶었다. 물론 성적도 되었고 잘 해낼 자신도 있었다. 그러나 아버진 사범대학에 가길 원했다. 아버지가 그런 결정을 내린 이유는 단 하나, 취직이 바로 된다는 것. 아니 등록금이 싸다는 것도 중요한 요인으로 작용했음에 틀림없다.
지금은 충분히는 아니라도 당시의 형편과 아버지의 염려가 어떤 것이었는지 이해가 되지만 그때는 전혀 아니었다. 바로 코앞의 이득 때문에 앞날을 망친다는 생각. 아버진 너무 야망이 없다는 생각. 정말 선생은 하기 싫다는 생각에 미친 듯이 반항했다.
아버진 날 설득하지 못하자 담임선생님과 만나 가정 사정 이야길 했고 내가 포기하도록 도움을 청했다. 내 편이 하나도 없는 상황에서 고집만으로 해결될 수 있는 일이 아니었다. 결국 난 절망했고 아무것도 추구하기가 싫었고 아버지와 선생님이 하는 대로 맡겨두었다. 세상이 날 알아주지 못한다는 생각과 꿈이 없다는 절망감에 싸여 대학을 다니는 내내 공부를 안 하며 방황을 했다. 화려한 성적으로 입학을 했지만 졸업할 땐 꼴찌에 가까웠다. 덕분에 집과 아주 먼 외지에 발령을 받았고 불평을 하면서 그럭저럭 교사 노릇을 7년이나 했다.

지금?

지금 난 무슨 생각을 하고 있는 걸까. 지나고 나니 꼭 치과 의사를 하고 싶었던 건 아니었던 모양이다. 정말 하고 싶었다면 지금 내가 서 있는 자리가 결혼식장이 아닌 도서관이나 뭐 다른 곳이었어야 하지 않을까.

지금은 그저 조용한 시간을 갖고 싶을 뿐이다. 결혼식이 끝나고 신랑과 단 둘이만 있게 되는 집에서 무엇을 할는지 고민하는 것. 정말 내가 하고 싶은 걸 고민하는 것. 지금은 그 생각뿐이다. 더 먼 미래는 모르겠다.

단지, 그 고민 외에 내 머리를 채우고 있는 게 있다면, 대학 진학을 앞두고 벌였던 아버지와의 싸움이다. 나는 못된 말을 많이 했다. 그렇게까지 하지 않았다면 정말 좋았다. 물론 당시의 내 판단이 잘못되었다는 생각을 하고 있는 건 아니다. 아버지와 난 입장이 달랐고 생각이 달랐다. 난 집안 형편을 너무 몰랐고 사회도 몰랐다. 그런 상황에서 그저 일방적으로 불평을 쏟아놓았으니 그 말들이 어떤 말들이었겠는가.

그리고 아버진,

돈이 원수라 원하는 대로 해주지 못하는 아버지가 내게 무슨 말을 할 수 있었을까. 도무지 사정을 모르고 덤비는 딸에게 무슨 말을 할 수 있었을까. 아버진 어떤 설명도 하지 않았다. 그저 말리는 말 외엔. 반면 나는 온갖 불평을 있는 대로 지껄였고.

그땐 내가 정말 미쳤다.

난 사직서를 냈다.

이것도 지나고 나면 미쳤다고 생각할 날이 올까?

모르겠다. 그 생각은 지금 하지 않겠다.

내 사표 발표에 예상대로 집이 시끄러웠고, 시끄러웠지만 주워 담을 수 없는 일이라 어쩔 수 없이 넘어갔고, 지금은 예정된 대로 결혼식장에 서 있다.

절대로 울지 않겠다.

결혼식 날, 절대로 울지 않겠다고 수백 번 다짐했다.

날을 잡고 준비를 하면서 아버지가 떠오르지 않았다면 거짓말이다. 그리고 결혼에 대한 기대와 행복감이 아버지를 그래도 잊고 지낼 수 있게도 했다. 순간순간 구슬이 구슬을 쳐내고 그 자리를 차지하듯 교대로 내 머릿속을 차지하는 생각들에 울고 웃고 했던 시간들. 그렇지만 내내 같은 마음으로 다지고 다졌던 한 가지.

'결혼식 때 절대 울지 않겠다.'

왜 그런 다짐을 하게 되었을까. 굳이 답을 하라고 한다면, 우는 걸로 내 잘못과 후회를 상쇄시켜버리고 싶지 않았기 때문이라고 밝히고 싶다. 후회와 안타까움의 눈물 따위로 내가 아버지께 했던 철없고 거칠었던 말들이 용서될 수는 없다. 아버지가 용서한다고 해도 나는 오랫동안 나를 용서해서는 안 된다.

나는 지금 잘 하고 있다.

뜨거운 덩어리를 꿀꺽 삼키며 눈을 깜박이고 시선을 정면으로 보낸다. 절대로 언니들이 앉아 있는 쪽은 보지 않는다. 누군가의 눈과 마주친다면 날 제어하기 힘들 것이 분명하다.

막내언니는 오지 않았을 것이다. 나는 언니를 앞질러 결혼한다. 엄마에게 언니가 남아 있어 사실 마음이 좀 가볍다. 먼저 가는 건 조금 미안하지만 엄마를 생각하면 정말 다행이다.

* * *

나는 진이다.

아버지의 죽음 선고를 듣고도 시어머니 눈치 보며 자주 들여다보지도 못하고 내 새끼들 밥 먹이고 나도 꾸역꾸역 먹었던 무능한 맏이 진이다.

무능?

지금도 마찬가지다. 여전히 시어머니 눈치 보며 홀로 된 엄마를 자주 들여다보지 못한다. 아버지의 장례를 치르면서, 다시는 눈치 따위 보지 않고, 하고 싶은 일, 아니 해야 할 일을 하리라 이를 악물었던 결심은 또 무능의 샘 속으로 사라져버렸다.

숙의 결혼 준비는 선이 앞장을 섰고 난 또 일상에 허덕이며 일이 돼 가는 걸 보고만 있었다. 선에겐 미안하고 고맙고 한편으론 얼마나 다행이라고 생각하고 있는지 모른다. 선이 그렇게 나서주지 않았다면 엄마가 얼마나 힘들었을까. 난 또 마음만 쓰며 자책이나 하고 있었겠지.

살아계실 때도 돌아가신 뒤에도 난 믿고 맡길 맏이 노릇을 못하고 있다. 사는 게 왜 이럴까. 부모 노릇도 자식 노릇도 이렇게 힘든데, 아버진 그 노릇을 어떻게 다 감당하셨을까.

정말 싫다.

이런 현실이, 나 자신이.

아버진 무엇이 바빠 그렇게 서둘러 가셨을까. 그렇게 가시려면 나한테 능력이나 많이 주고 가시지. 아무런 재주도 용기도 없는 내가 어떻게 살아가라고. 아버지도 안 계신 집안의 맏이 노릇을 어떻게 하라고.

하는 것도 없이 또 넋두리다.

재미없다.

사는 게 하나도 재미없다.

친정에 가면 몸 가볍고 귀 밝은 아버지가 제일 먼저 나와 문 열어주고 반겨주셨는데. 그나마 친정 가는 재미가 제일 컸는데.

상상도 해보지 않았다. 아버지가 안 계신 집.

아직도 친정은 너무 이상하다. 마치 그 집이 곧 아버지이기라도 했던 것처럼 집은 온통 텅 비어버렸다. 친정에 가도 대문은 적막하고 마당은 주인이 떠나버린 것처럼 황량하다.

안방에 앉아 있으면 아버지가 마당을 돌아다니고, 마루문을 열고 마루로 올라오고, 곧 방문을 열고 들어설 것 같은 착각에 빠진다.

나는 고개를 들어 방문을 쳐다보고, 아버지가 들어설 리 없는 방문에서 눈길을 돌리고, 하릴없이 방 안을 훑어보고, 벽에 걸린 영정이 눈에 들어오면 정말 쓸쓸해진다.

숙은 이제 결혼을 한다.

어떻게든 잘 살겠지. 그렇게 소망했다던 사표까지 쓰고 하는 결혼이니 잘 살아야겠지.

숙의 벼락같은 선포에 엄마보다 내가 더 화를 내었다. 엄마는 너무 놀라 아무 말도 못했지만 난 발작하듯 달려드는 숙의 등을 갈겨버렸다. 다 큰 어른인데, 내가 왜 그랬는지 모르겠다. 어릴 때 난데없는 생떼에도 손을 대거나 한 적은 없었다. 아니 우린 부모께도 맞으면서 자라지 않았다. 그런 내가 더구나 결혼을 앞둔 동생에게. 후회를 하고 있는 마음조차 미울 정도로 후회스럽다.

바로 어제.

함이 오는 날이라 식구들이 다 모여 있던 때였다. 함은 도착하기 전이었고 손님 맞을 준비도 끝난 터라 하는 일 없이 마음만 분주하게들 서성거리고 있었다. 방에서 뭘 했는지 한참을 안 보이던 숙이 마루로 나왔고 누구에게랄 것도 없이 그렇게 말했다.

"나 사표 냈어."

잘못 들었나 싶었다. 내가 그랬으니 엄마는 정말 아닌 밤중에 홍두깨를 맞은 얼굴이었다.

언제? 라고 물었는지, 왜? 라고 물었는지는 기억이 나지 않는다. 말 없는 엄마 대신 내가 뭐라고 입을 열었고 '내가 내 맘대로 사표도 못 내느냐? 우리 집 식구는 왜 별 거 아닌 일에 큰일이나 난 듯이 난리냐?'며 숙이 폭발하였다. 폭발. 그랬다. 내가 보기에 숙은 폭발한 화산 같았다.

나도 같이 폭발해 그대로 뛰어가 숙의 등을 갈겼고 숙은 소리를 지르며 울었다.

"뭘 잘했다고 울어?"

"언니가 무슨 상관이야? 언니가 내 마음을 알아?"

"알거나 모르거나 혼자 하늘에서 떨어진 것도 아니고 집에 어른이 없는 것도 아닌데 그렇게 큰일을 하면서 의논 한 마디 안 하고 그러는 게 말이나 돼?"

"말하면, 말하면 그렇게 하라고 할 거야? 지금처럼 미친 듯이 말렸을 거 아냐?"

그 말은 맞다.

아마 그랬겠지.

내가 할 말을 잃고 망연자실 서 있는 동안 숙은 방으로 가버렸고 상황은 그렇게 끝났다. 일주일 전에 썼다는데, 사실은 벌써 끝나 있었던 일이었다.

숙은 그날, 조금 부은 얼굴로 함을 받았고, 식구들은 아무도 다시는 그 일을 입에 담지 않았다.

일이 끝난 뒤, 집으로 돌아와 잠자리에 누워 곰곰 생각했다.

왜 그렇게 화를 내었는지. 숙의 말대로 그렇게 큰일이 아니다. 그리고 마땅히 자신이 결정할 수 있는 일이다. 이제 결혼을 하고 그 일은 남편과 상의할 일이 아니던가. 결혼과 사직. 특별할 것도 없는 일이고 전업 주부로 사는 여자는 얼마든지 있다. 나도 그렇고 미도 그렇고.

숙은 이제 결혼을 하고 신랑과 함께 이 도시를 떠난다. 사표를 내지 않았으면 당분간은 주말부부로 살아야 했겠지. 신랑의 직장이 있는 도시로 인사 발령이 새로 나기 전까지는. 왜 주말 부부를 당연하게 여겼을까. 숙이 주말 부부로 산다는 말을 한 적도 없다. 그냥 당연히 그렇겠지, 라고 생각해버린 거다. 그렇게 믿은 거다.

그렇게 믿고 싶었겠지.

어쩌면 내 이기심이었는지 모르겠다. 난 능력도 없고 이제 친정은 누군가의 도움으로 살아가야 하는데, 그 누군가에 숙이 포함되어 있었겠지. 물론 선과 정도.

그랬겠지.

아직 월급봉투를 시어머니가 관리하는 내 처지론 만 원 한 장도 보태주기 어렵다. 선이 어느 정도 도움이 되겠지만 결혼한 몸으로 한계가 있다. 자신이 벌지 않으면서 생활비에서 얼마간 돈을 쪼개 낸다는 게 얼마나 어려운지 잘 알기에 미에겐 큰 기대를 하지 않는다. 그런데 숙이 결혼을 한다. 지금은 정이 있지만 정도 언제 결혼할지 모른다.

나는 그렇게 생각을 했던 모양이다. 숙과 정은 결혼 후에도 당연히 선생을 계속 할 것이라고. 선처럼. 그래도 셋이 힘을 합하면 짐도 가볍고 엄마에게도 큰 도움이 되지 않을까. 능력 없는 날 탓하지 않고 알게 모르게 그렇게 계산을 놓고 있었나 보다. 그들에겐 물어보지도 않고. 얼마나 힘든지, 어떤 마음인지도 모른 채 말이다.

숙은 많이 힘들었던 모양이다.

아버지가 살아계실 때도 몇 번의 고비가 있었다는 건 안다. 그렇지만 이제 아버지도 돌아가시고, 그냥 괜찮은 거라고 멋대로 생각하고 있었다. 무엇이 그렇게 힘들었을까. 그 고민을 들어준 기억도 없다. 결혼 전엔 정말 별별 이야기도 다 하던 자매들이었는데.

정은 어떨까.

혹시 정도 숙만큼 힘들어하고 있는 건 아닌지.

이제 정말 친정은 정의 어깨에 얹혀지는구나.

불쌍해라.

미안해서 어쩔꼬.

오늘 정은 결혼식장에 오지 않았다.

어른들 말씀이 동생 결혼식에 미혼 언니가 오지 않는다나. 뭐 꼭 그 말 때문은 아니지만 그렇게 하기로 했다. 정은 오히려 홀가분한 얼굴이었다. 분명 무거울 예식장 분위기를 생각하면 차라리 피하고 싶을지도 몰랐다. 누구보다 아버지의 빈자리가 클 테니까.

숙은 신랑과 손을 잡고 동시에 입장했다. 큰집 오빠가 대신 하면 어떻겠냐는 말이 있었지만 굳이 그럴 필요가 없을 것 같았다. 숙의 의지가 강력했고 벌써 신랑과 약속이 되어 있었다. 엄마도 전혀 반대하지 않았다.

혼주석에 앉아 있는 엄마의 어깨는 한쪽으로 좀 기운 듯하다.

엄마는 지금 무슨 생각을 하고 있을까.

* * *

나는 연이다.

어떻게 여기까지 왔는지.

마음만 둥둥 바쁘고 일은 손에 잡히지 않았다. 그래도 시간이 해결해준다더니……. 어떻게 여기까지 왔다. 숙이 웨딩드레스 입은 걸 보고야 실감을 한다. 시집을 보내긴 보내는구나, 하고.

그래도, 아직 갈 길이 멀기만 하다. 큰일이 창창이다. 정도 남았고. 현은…….

생각하면 막막하고 가슴만 벌렁거리는데, 현이 아버진 없고.

어제는 정말 미워 죽을 뻔했다. 애들 키우며 고생할 땐, 이것들 다 키워 시집 장가보내고 나면, 둘이 옛말 하며 재미나게 살 줄만 알았지 이렇게 중간에 배신을 할 줄 상상도 해보지 못했다. 마음 같아선 그 길로 뛰어나가 무덤에라도 가서 애처럼 펑펑 패주고 싶었다.

숙이 사표를 냈다는데, 난 현이 아버지 생각만 났다.

진이가 뭐라고 동생을 나무라는데도 현이 아버지 생각만 났다.

숙이 소리 지르며 우는데도 현이 아버지 생각만 났다.

전부 현이 아버지가 없어서 벌어진 일 같았다.

난 뭘 해야 할지 알 수가 없었다. 전에도 숙인 입으로 벌써 여러 번 사표를 썼다. 그런데 그때는 별 일이 아니었다. 그저 영감이 데리고 설득하면 되는 일이었다. 그런 일인 줄로 알고 있었다. 설득만 하면 해결되는 일이었다. 그리고 그건 영감의 일이지 내 일이 아니었다. 영감은 늘 별일 아닌 듯 '걱정마라, 내가 알아서 할 테니까.' 했고 그 말대로 알아서 했다. 나는 걱정은 되지만 오래가지 않아 '잘 해결됐다.'는 한 마디에 곧 잊어버릴 수 있었다.

숙인 울면서 방으로 들어가고, 생전 화낼 줄도 모르던 진이는 숙이 방으로 사라지자 마루에 털썩 앉아버렸다. 진이 털썩 마루에 주저앉는 소리에 내 가슴이 철렁 같이 내려앉았다.

진이 나를 돌아보며

"엄마 죄송해요."

하는데 정말 그 자리에서 체면이고 뭐고 다 버리고 펑펑 울고 싶었다. 곧 함이 올 텐데, 손님들이 올 터인데 하는 생각이 드는 게 차라리 원망스러웠다.

"네가 왜 미안하냐?"

겨우 그 말을 하고 애들을 피해 안방으로 들어오니 현이 아버지 영정이 날 보고 웃고 있었다.

나쁜 사람.

난 기가 막히는데, 이렇게 고달픈데, 당신은 뭐가 좋아서, 뭐가 그리 좋아서 웃고 있소.

난 소리도 내지 못하고 영감을 원망하고, 눈물도 흘리지 못하고 울었다.

결혼이고 뭐고, 애들이고 뭐고 다 버리고 뛰어나가고 싶었다. 무덤으로 달려가 생떼라도 써야 할 판이었다. 아무것도 모르는 영감이 부러웠다. 나도 아무것도 모르게 죽고만 싶었다.

애들이 알면 참 미안할 생각이지만 정말 죽고 싶었다.

하지만 죽는 게 어디 사람 마음대로 되는 일이던가. 마음먹은 대로 죽을 수 없듯이 마음먹은 대로 살 수도 없는 게 인생인가 싶다. 어제 같으면 참말 못살 것인데, 시간이 흐른다는 게 얼마나 다행인지.

기막힌 가운데 시간이 흐르고,

함 사시오, 하는 소리가 골목길에서 들려오자, 죽고 싶다던 내가 벌떡 일어나고 있었다. 날 내려다보는 영감은 돌아보지도 않고 방문을 열고 나갔다. 내 몸은 내 기분과 상관없이 움직였다. 손님을 맞이하고 음식을 차려내고 그러느라 영감도 잊어버렸다.

일이 다 끝나고,

밤늦게 잠자리에 누웠을 때야 다시 영감이 눈에 들어왔다.

나쁜 사람.

또 원망을 했다.

여유가 있어야 원망도 할 수 있는 모양이었다.

혼자 앉아 있는 혼주석.

연은 빈자리에 눈길을 주지 않는다.

그렇지만 몸이 자꾸 빈자리 쪽으로 기우는 걸 알지 못한다.

자신이 소리 없이 영감을 부르고 있다는 것도 알지 못한다.

* * *

나는 연의 남편이었고 육 남매의 아비였다.

결혼식장에 와 있다.

물론 사람들에겐 보이지 않는다.

연의 눈에도, 애들의 눈에도.

나를 볼 수 없는 그들의 마음은 몹시 안타깝다. 같이 있는데도 알지 못한다. 알지 못하는 진실. 진실은 그들에게 보이지 않고, 그래서 그들의 마음속에선 내가 같은 자리에 있었으면 하는 소망이 슬픔으로 자꾸 커진다.

나는 이제 날 기억하는 기운 속에만 존재한다. 기억하는 순간 내 기운은 같은 공간에 있다. 오늘 난 그들과 같은 공간에 있다. 내가 있었으면 하는 바람으로 가득한 진동이 나를 흔들고 있다.

슬픔의 흐름.

나도 슬프다.

상심의 기운.

괴롭다.

슬퍼하지 말아달라고 부탁하고 싶다.

슬프게 떠올리는 기억은 이제 그만두라고 하고 싶다. 기억을 자르진 못하겠지만 우리의 인연을 즐거운 소풍처럼 떠올려주었으면 좋겠다. 그게 그들에게도 나에게도 참으로 좋은 것이다. 그들의 눈물은 나에게도 지옥이다. 힘들겠지만 애를 써야만 한다. 애써 행복한 기억으로 바꾸어야 한다.

태어난 것은 사라지게 마련이고 만남에는 반드시 이별이 있다. 모든 것은 변하고 흐르고 사라지고 다시 태어난다. 같은 강물에 두 번 발을 담글 수 없듯이 나와 이들은 같은 자리에 다시 돌아갈 수 없다. 따뜻했던 인연이 그리워지는 건 어찌할 수 없지만 그리움이 삶을 지옥으로 몰아가게 해선 안 된다. 그건 못난 짓이다. 잘못된 것이다. 어떤 것이든 행복에서 멀어지게 하는 건 옳지 못하다.

존재하는 모든 것은 행복하길 바란다. 행복한 것이 가장 올바른 것이다. 무얼 하든 존재는 행복해야 한다. 그게 존재의 이유이며 권리이다. 내 기억이 그들의 행복을 헤친다면 기억조차 버려야 한다. 그래야 한다. 버리기 싫다면, 그게 어렵다면, 제발 날 행복한 아버지로 기억해주었으면 한다.

물론 나도 노력하고 있다.

그들의 마음만 바뀌길 바라며 마냥 두 손 놓고 앉아 있진 않다. 내 노력이 보이지 않는가? 연의 눈물을 막고 있는 내 손 말이다.

조금 전엔 숙의 눈물을 막고 있었다. 숙의 눈꺼풀 바로 앞까지 솟아오른 눈물이 내 손등만 살짝 적시고 그대로 멎어버렸다. 그리고 눈물이 치솟는 걸 참느라 뜨거워진 선의 이마에 한참 손을 대고 있었고 유난히 마음이 보드라운 미에겐 다가가 얼굴을 다 감싸버렸다. 내 품에 감싸인 미의 머리에서 슬픔과 눈물이 차츰 사라져가는 걸 느꼈고, 그러고도 조금 더 있다 미를 감싼 팔을 풀었다. 내 팔에서 풀려난 미의 입에서 가느다란 한숨이 터져나왔고 한숨과 함께 슬픔의 기운이 새어나가는 것을 보았다.

진은 오늘 울지 않았다. 맏이라는 중압감이 눈물도 막았다. 엄마처럼 나를 원망도 하고 있다. 원망하는 마음이 진의 마음을 강하게 붙들고 있고 슬픔에 빠지는 것도 막고 있다. 얼마나 갈지 모르지만. 아마도 결혼식이 끝나고 손님들도 가고 혼자가 되는 시간엔 결국 한바탕 눈물을 흘리고야 말 것이다. 연과 마찬가지로 진은 모두가 잠든 밤에 한참 동안 울 것이다. 어찌되었든 진은 지금 울지 않고 있다. 나는 진의 머리 위에 손을 얹고 잠시 서 있었다. 울지 않아서 참 다행이라 생각하면서.

하지만 현의 눈물은 막지 못했다. 현은 내 기운이 전혀 힘을 못 쓸 정도로 너무 뜨거워져 있었다. 눈물이 가슴과 머리를 가득 채웠고 넘치는 눈물이 다른 모든 것을 밀어내며 기승을 부렸다. 나의 기운도 현의 줄기찬 눈물에 형편없이 밀려났다.

현은 결국 자리를 떴다.

화장실로 뛰어 들어갔고 억눌렸던 울음소리가 새어나왔다.

눈물이 좀 잦아들기를 기다리는 일이 지금 내가 할 일이다. 하릴없이 그저 현이 옆에 서 있는 수밖에 없었다. 곧 울음을 그치리라는 것도 알 수 있었다. 이런 날 한없이 자신 속에 빠져있을 지각없는 놈은 아니다.

잠시 후, 현은 울음을 그쳤다.

아무 일 없었던 것처럼 헛기침을 했고 거울 앞에서 모습을 가다듬었다.

눈물 자국을 조심조심 닦고 안경을 고쳐 썼다. 현은 안경을 쓴다는 게 처음으로 고맙게 여겨진다. 조금 부은 눈이 안경 뒤에선 그다지 신경 쓰일 정도는 아니다. 거울 앞에서 웃는 얼굴을 해 보이는 현이. 나도 현이 옆에 서서 같이 웃는다. 내가 곁에서 같이 웃고 있는 걸 보지 못한다는 게 안타깝다.

현이 알았으면 싶다.

내가 항상 곁에 있다는 걸. 부를 때마다 달려와서 보고 있다는 걸. 그리고 혼자라는 생각을 하지 말았으면 한다. 현은 고민을 누나들에겐 털어놓지 않는다. 남자의 고민은 남자에게 털어놓아야 한다는 생각을 하고 있다. 그래서 아버지가 없는 지금, 남자 형제가 있었으면 하는 생각을 하고 있다. 그랬으면 덜 외롭겠다는 생각도.

그러나 그건 아니다. 그렇진 않다. 잘못된 생각이다. 누나들은 언제든 고민을 들어줄 준비가 되어 있는 가장 가까운 사람들이다. 고민은 같은 성(性)이 아니라 그를 사랑하고 걱정하는 사람이 같은 마음이 되어 들어주는 법이다. 그런데 그걸 모른다. 아직은 모른다. 어려서 사람의 일을 모른다. 그저 남자, 여자, 라는 줄을 그어 놓고선 혼자서 외로워하고 있다.

그러나 그걸 아는 덴 꽤 긴 시간이 필요하다. 그 시간만큼 현은 외롭고 힘들 것이다. 답은 이미 제 안에 있지만 그 답을 찾지 못했다. 어느 순간 그 답을 찾을 것이고 손만 뻗으면 닿는 곳에 누나들이 있다는 게 고마워질 것이다.

그렇지만 아직은 아니다. 사람은 서로에게 기대어야 버팀목이 되어 주기도 하고 기대어 쉬기도 할 수 있다는 걸 모른다. 지금은 그저 홀로 우뚝 서야 한다는 생각에 잔뜩 용만 쓰고 있다. 항상 힘을 준 상태로 살 수는 없다. 힘을 써야 할 때만 써야 한다는 걸 모르는 현은 힘이 아니라 용만 쓰고 있다. 피곤하기만 하고 수확은 없는 혼자만의 전쟁에 오랫동안 지칠 현의 어깨.

난 현의 어깨에 손을 얹는다.

현이 거울을 보고 웃는다. 웃는 게 아니라 웃는 모습을 흉내 낸 것이
지만.

거울 속에서 웃는 현의 얼굴을 두고 화장실을 나온다.

연이 날 부르고 있다.

부르는 소리로 몹시 어지럽다.

연의 기운은 온통 날 원망하고 그리워하고 찾고 있지만 자신은 그렇지
않다고 생각한다. 당당하게 결혼식을 준비하고 주도하고 의연하게 앉아 있
다고 여긴다. 잊고자 노력하는 자체가 바로 나를 부르고 있는 것이지만 인
식하지 못한다.

난 연의 옆에 앉는다.

셋을 결혼시키며 내가 늘 앉던 자리다.

연의 기운이 내 쪽으로 끌리는 걸 느낀다.

제발 울지는 마소.

강렬하게 염원한다. 강렬한 염원이 닿기는 했지만 도리어 마음을 자극한
꼴이 되고 만다. 연의 울컥하는 마음이 보인다. 곧 눈물이 치솟고 눈시울이
붉어진다.

그러지 마소.

난 손을 들어 연의 눈자위를 덮는다.

눈물은 나오지 못하고 손바닥에 뜨거움만 남긴다. 손바닥에 얼굴을 묻
은 연의 몸이 내 쪽으로 조금 기운다.

정의 일기

×××1년 9월 27일

산다는 건 인내하는 것인지.

닥쳐오는 상황들을 견뎌내는 게 사는 것인지.

그런 생각이 자꾸만 내 머리를 채운다.

인생은 인간이 설계할 수 있는 게 아니던가. 그런 것이었던가.

자동 장치 기계가 돌아가듯 세월은 흐르고, 닥칠 일은 닥치고 그리고 또 무심히 흘러간다. 우리는 비처럼 떨어지는 운명을 받아들일 권리밖에 없는 건 아닐까. 그리고 운명이 흘러간 뒤에는 인내해야 하고.

나의 죽음도 그렇게 운명처럼 받아들이고 인내하는 사람들이 있겠지. 받아들이는 일 외에는 할 수 있는 게 없겠지. 살려낼 수도 잊을 수도 없겠지. 그저 그 상황을 참아내는 것이 삶 전체가 되어 버리는 사람들이 있겠지. 적어도 한동안은. 언제까지일지 모르지만.

언제까지 이럴까.

언제까지일까요. 아버지.

×××1년 11월 8일

석류 나뭇잎이 마당에 노랗게 떨어졌다.

간밤에 바람이 많이 불었나 보다.

아버진 잎이 떨어지면 마당을 금방 깨끗이 쓸어버리곤 하셨다.

이제 저 잎들은 누가 쓸까.

노랗게 예쁜 잎들을 쓸어버리실 때마다 굳이 왜 쓰느냐고 불평을 했지요. 좀 두고 보면 안 되냐고. 그러면 대답도 않고 웃기만 하셨어요. 비가 와서 젖으면 지저분하고 쓸기도 힘들어진단 말은 안하셨지만 답은 저도 알고 있었답니다. 어차피 마당은 아버지 담당인데, 알면서도 그냥 투정 삼아 한 말이랍니다. 알면서도 투정을 부릴 수 있는 사람. 그리고 얼마든지 받아들여주는 분. 그분을 저는 잃고 말았네요. 따뜻한 투정을 포기해야 하는 전, 이제 정말 어른이 되어야겠지요? 어른은 나이로 되는 게 아니라 상황이 어른을 만드는 것 같아요. 제가 나이만 먹었지 어른으로 살지 않았다는 것도 알았어요. 그게 아버지 때문이기도 하고 덕분이기도 했다는 것까지도요. 진심을 말하면 아직도 어른이 되기는 싫지만요.

아직도 뜰에 그대로 놓여있는 화분들.

벌써 실내로 들여놓았어야 할, 벤자민, 동백나무, 그리고 여러 개의 선인장 화분들. 추위에 움츠러든 모습이다. 싱싱한 맛이 하나도 없는 것은 내 기분 때문만은 아니겠지.

겨울이 올 때마다 많은 화분들을 안으로 들여놓느라 애쓰던 아버지 모습이 보인다. 이젠 다른 누군가가 해야 할 일. 그렇게 돼버린 일.

어쩌다 그 일을 거들던 때도 있었다. 마침 일요일에 아버지가 그 일을 하시게 되면.

그저 화분 받침대 찾아서 마루에 늘어놓으란 심부름도 얼마나 생색을 내며 했던지. 생색내던 심부름조차 큰일이라도 해낸 듯 웃으며 봐주던 아버지. 작은 화분이라도 들어 옮길라치면 들지는 말라고 기절을 하셨다. 무겁다고. 화분 갖다 올리는 건 당신이 하신다고. 그러면 난 정말 작은 선인장 화분을 한 손으로 들어 보이며 웃기도 했다. 무거운데 도로 놓을까요? 하면서.

이젠 저 화분들을 두 손으로 번쩍 들어야 하는데, 들어서 안으로 들여놓아야 하는데…….
생각만 하면서, 그냥 앉아 있다.
마당만 내려다보고 있다.
기적같이 아버지가 오신다. 아버지는 마당을 쓸고, 낙엽을 포대에 담고, 화분을 하나하나 닦아서 마루로 올려놓으신다. 난 마루 한쪽으로 비켜 앉으며 아버지가 하는 일을 그저 보고만 있다.
일어나 심부름할 생각도 없이.
화분 받침대도 찾아오지 않고.

×××2년 9월 19일

용서를 다 받고 부모를 보내는 자식이 있을까.
그런 자식이 있다 해도 나를 용서할 수는 없다.

기억나시는지요.

학교 가져다 놓고 먹으라고 창난젓 한 병 사오신 것.

꺼내다가 떨어뜨려 시멘트 마당에서 퍽, 하고 깨져버린 날을.

유리병이라 하나도 먹을 수 없게 돼버렸지요. 아버진 정말 속상한 얼굴이었습니다. 그날은 저도 무척 속상했습니다. 아버지가 어떤 마음으로 시장을 달려가 사오셨는지, 그걸 모르진 않았거든요.

여름이 오는 어느 날 저녁.

아버진 어둑어둑 해가 지는데 시장엘 다녀오셨습니다.

정아, 내 좋은 거 사왔다. 한 번 봐라. 하시곤 자전거 뒤 봉지 안에서 병을 꺼내어 들어 보이는 순간, 그놈은 인정머리도 없이 떨어졌습니다. 퍽, 하는 소리는 아버지 마음이 내는 울림에 비하면 아무것도 아니었을 지도 모릅니다. 저는 무슨 소리인지도 모르면서 철렁했으니까요. 느낌은 보이는 것보다 앞서 달려오나 봅니다.

양념이 된 붉은 창난젓이 산산조각 난 유리조각을 밀어내며 천천히 시멘트 바닥으로 흘러나왔고 아버지 얼굴은 깨진 병보다 더 안타깝게 일그러졌습니다.

출근길.

학생들과 섞여 교문을 막 들어서고 있는데 소리가 났다. 눈이 저절로 소리가 난 곳을 찾고 그 장면을 보았다. 도시락이 너무 무거웠는지, 아님 쇼핑백 바닥 이음새가 부실했는지, 앞서 가고 있던 어떤 학생의 도시락이 밑 빠진 쇼핑백에서 떨어졌다. 분홍빛 작은 통들이 시멘트 바닥에 뒹구는 순간, 돌연 해가 지는 여름날 마당과, 깨진 창난젓병과, 아버지의 안타까운 얼굴이 가슴으로 뛰어 들어왔다.

잊어버리고 있었던가. 아니다. 그 일을 잊어버리진 않았다. 그런데 그 저녁의 일이, 그 장면이, 깜깜한 밤 번갯불에 드러난 경치처럼 너무나 선명하게 떠올랐다. 선명하다 못해 아팠다. 눈으로가 아닌 피부로 보는 것처럼. 갑자기 얼음물을 뒤집어 쓴 듯 온몸에 소름이 돋았다.

눈물이 튀어나왔다.

그래도 울 수는 없었다. 학교였으니까.

용서할 수 없다. 용서받지 못 할 것이다. 부모 앞에서 밥맛 타령이라니.

나는 봄을 많이 탔다. 봄엔 유난히 밥맛이 없었다. 도시락을 싸가도, 사 먹는 밥도 마찬가지였다. 무얼 먹어도 금방 물렸다. 아마 투정을 했겠지. 툴툴거리지 않더라도 얼굴을 보면 몰랐을까.

나는 왜 그렇게 불평을 했을까.

몰랐다.

그땐 정말 몰랐다. 아버지가 이렇게 빨리 가실 줄도 몰랐고 내 불평이 그렇게 마음을 상하게 한다는 것도 몰랐다. 그때는 그래도 부모 마음을 안다고 생각했다. 생각해보니 아니었다. 아는 것도 아니었다. 좁은 소견이 참을 수 있는 만큼이었으니 얼마나 참았을까. 아마도 불평을 해버리곤 '나중에 잘하면 된다'는 걸 위안으로 삼았겠지. 그랬겠지.

오죽 했으면 저녁때가 다 됐는데 그걸 사러 가셨을까.

난 얼마나 많은 잘못을 하고 살았을까.

알지도 못하는 잘못이 얼마나 많을까.

이젠 물어볼 수도 없는데, 갚을 길도 없는데…….

오늘은,

교무실로 가는 길이 아주 멀었다.

아버지가 바로 내 옆에 계신 것 같았지만 고개를 돌릴 수 없었다. 볼 수 없었다. 무슨 자격으로.

앞만 보며 걷는 시야엔 공기가 어지럽게 춤을 추었다.

×××2년 9월 25일

퇴근을 해 들어오니 엄마 혼자 쪼그리고 앉아 경전을 읽고 계셨다.

나도 읽어야 하지 않을까 생각하지만 그러진 않는다. 목도 아프고 게으름이 앞선다. 엄마가 대신 다 하겠지 하는 걸로 위안 삼으며 엄마 옆에 눕는다.

엄마는 날 돌아보며 '다 읽어간다' 하고 계속 읽는다. 그 말은 다 읽고 저녁 먹자는 소리다.

눈을 감는다. 독경 소리만 들리는 고요한 방.

한 번도 깊이 아버지의 인생을 생각해보지 않았다.

철이 없어서였을까.

지금도 살아계시면 여전히 그렇게 살고 있을까.

모르겠다.

하나 분명한 건, 아버진 늘 자식들 마음이 먼저였고 난 늘 내 마음이 먼저였다는 것. 그래서 어쨌든 죄인인 것도 분명하다. 그리움과 후회는 바로 그 벌일지도 모른다.

다정했던 모습은 그 모습대로, 꾸중과 화를 내던 모습들은 또 그대로 진한 그리움과 회한을 가슴에 새긴다.

병중일 때,
아침마다 침대에 누워 바깥을 바라보며 무슨 생각 하셨을까.
난 왜 그 생각에 가까이 가지 못했을까.
좀 더 위로가 될 행동과 말을 어쩌자고 하지 않았을까.
그저, '다녀오겠습니다' 한 마디 남기고 바람처럼 학교로 가고.

자꾸 햇빛을 피하고 싶다.
그게 바로 죄인이란 증거가 아닌가.

×××2년 11월 16일

이미 인연이 끝나버린 아버지를 생각하면 허전하기 이를 데 없다.
이젠 영혼조차 나를 보고 있지 않겠지.

×××2년 11월 19일

아침 7시.
바람이 많이 불고 비가 오기 시작한다.

엄마가 아침 운동을 하고 들어온다. 대문 열리는 소리는 들리는데 마루 문 열리는 소리가 없다. 마당에서 무얼 하고 계신 걸까.

바람 소리가 더 거세진다. 난 바깥에 귀만 기울인 채 누워있다.

걱정하는 소리가 들린다. 뜰에 있는 쌀가마니를 들여놓아야 한다며. 현이를 깨우면 신경질 부리지 않을까, 혼자 들려고 애를 쓴다. 자식도 남편만큼 만만치 않은가 보다. 엄마의 부담이 얼마나 커졌나 생각해 본다. 그리고 내 어깨에 얹어진 부담도.

일어나야 하는데, 일어나 나가봐야 하는데.

난 게으름을 부리고 있다. 아버지라면 벌써 나갔을 것이다. 엄마 발자국 소리만 듣고도 나갔을 텐데. 1초도 지체하지 않았을 텐데. 아무리 작은 기척도 아버질 그냥 앉아 있게 하지 않았는데. 내가 들어오는 소리에도…….

자꾸 멀어지는 아버지의 모습.

기억에서 사라져 가는 추억들.

얼마나 더 사라지고 희미해져갈 수 있을까.

아버지의 사랑을 받고 싶다. 딸에 대한 아버지의 사랑과 관심만큼 크고 진한 게 있을까.

"정아, 밥 먹어라. 나물 무친 것 맛있다."

다시 한 번 그 소리가 듣고 싶다.

×××2년 11월 28일

살얼음으로 덮인 것 같은 아버지에 대한 기억들.

문득 문득 드러나 가슴 저미게 하는 것은 아버지의 혼령이 가까이 왔기 때문일까.

똑똑하지 못하여 일어난 것만 같은 지난 날.

어떤 생각들을 품고 병석에 누워계셨는지, 도저히 헤아릴 길이 없다. 정말 견딜만하셨을까. 이렇게 자식들은 부모의 가슴에 무지몽매하다. 내 배 부르다고 종의 배도 부른 줄 알았다.

아버지.

이젠 속으로밖에 부르지 못하는 그리운 이름이 되어 버렸다.

어떻게 하면 아버지 기분에 가까이 갈 수 있을까.

가까이, 같은 자리에 있고 싶다.

얼굴을 맞대고 앉아 있고 싶다.

그럴 수 있다면,

아무것도 하지 않아도 좋을 것 같다.

보고만 있을 수 있다면.

볼 수만 있어도…….

나를 보던 눈빛이 몹시 그립다.

×××2년 12월 13일

고단하고 꿈이 많은 밤이었다.

아침에 버스 정류장에 서 있는데, 아버지 모습이 떠올랐다. 허청허청 좌우로 많이 흔들며 걸어오는 웃는 모습이 보였다.

보고 싶었다.

아직도 인정하고 싶지 않은 현실. 아버진 왜 그렇게 서둘러 가셨을까. 여든까지는 무병(無病)하게 사실 걸로 확신했었는데, 왜 그렇게 아버지의 수명에 대해서 태평했을까.

아직도 텔레비전 앞에, 거리에, 마당에 아버지의 모습이 보인다. 언니 집에도, 가끔씩 학교에도 아버지의 모습이 있다.

오늘은,

웃는 눈이, 얼굴이, 손에 잡힐 듯 가깝다.

×××3년 4월 3일

벚꽃이 활짝 피었고 개나리는 잎이 돋았다.

밖은 빠르게 계절이 바뀌는데, 학교는 늘 꾸물거린다. 아직도 내의를 입어야 한다. 교실의 아이들은 벌써 여름 냄새를 풍기건만 난 겨우 겉옷만 겨울을 면했을 뿐이다.

빛 좋은 과일, 먹음직한 떡, 화창한 봄날……, 혼자 보기 죄스럽다.

10년을 살면 10년을 그리워해야 되고, 30년을 더 살면 30년을 더 그리워해야 되고…….

×××5년 5월 21일

아버지.
오랜만에 불러봅니다.
5월이에요. 29일은 현이 생일입니다. 현이 걱정 많이 되시지요. 너무 걱정은 마세요. 저도 늘 마음을 쓰고 있고 또 사람은 열두 번도 더 변한다지 않습니까. 아버지 아들이라는 게 큰 백이에요. 한 사람의 역할이, 그 그늘이 얼마나 넓을 수 있는지 아버지는 알고 계시지요. 알게 모르게 아버진 저승에서도 저희들을 얼마나 꿋꿋하게 살도록 살펴 주시는지 모릅니다. 아버지 생각하면 아무렇게나 살 수가 없습니다. 아버진 살아생전에도 그랬지만 지금도 참 하시는 일이 많아요. 어떤 종교보다도 더 강렬하게 마음들을 붙들어 두는 것 같습니다. 현도 그럴 거라 생각해요. 아버지 아들이니까요.
늘 마음속으로 자랑스럽게 생각합니다. 지금도 다른 사람들이 그들의 아버지 얘기를 할 때면, 전 아버지를 떠올리며 자랑이 하고 싶어집니다. 얼마나 큰 재산일까요. 부모가 자식의 가슴속에 심어준 이 자부심과 자랑이. 저도 그렇게 될 수 있을까요.

아버지,
태어난 순간 모든 시름을 잊게 하셨다는 현이 생일이 다가옵니다. 그날,

오셔서 현이 지켜봐 주세요. 아버지처럼 되기가 매우 힘든 것 같습니다.

×××5년 7월 29일

베이징 가는 비행기 안에 아버지를 모셨다.
살아 계셨으면 한 번은 오시지 않았을까.
유달리 감탄이 많았던 아버지. 사람이든 문물이든 자연이든.
그래서 난 아직도 자랑거리가 생기면 아버지의 부재가 너무 쓸쓸하다. 아
니 분하기까지 하다. 아버지가 계셨더라면 얼마나 좋아해주셨을까 하고.
아버지의 눈빛을 내내 허공 속에서 느끼며 자금성을 돌아다녔다. 아버지
는 나와 같이 구경하고 감탄하고 즐거워했다.

베이징 호텔에서 꿈에 아버지를 보았다.
정말 오셨구나.
내가 어디를 가도 찾아내고야 마는구나.
든든했다.

××10년 9월 23일

어제는 엄마와 국수로 저녁을 했습니다.
엄마가 얼마나 달게 국수를 드시는지.

아버지 이야기를 하더군요. 요즘은 엄마와 아버지 이야기를 자주 합니다. 그렇게 기막히던 상황을 이제 우린 모두 받아들인 것 같습니다. 이야기를 할 수 있을 정도로.

"느 아버지 참 표현을 많이 한다."

양념장을 국수에 떠 넣으며 엄마가 그랬습니다. 엄마 솜씨에 늘 감탄하고 드실 때마다 '맛있다' 하셨다고. 엄만 이제 그런 후한 감탄은 못 들으십니다. 아버지 좋아하시던 음식 차릴 때마다 엄만 아버지 칭찬을 떠올리는 것 같습니다.

아버진 말로 사람을 참 기분 좋게 하셨습니다. 저도 그렇게 기분 좋게 하는 아버질 닮고 싶은데 아직은 흉내밖에 안됩니다.

새벽에 엄마 운동 나가는 소리에 잠이 깼습니다. 시계를 보니 3시 30분. 엄만 보통 4시 30분에 나가는데 또 착각을 하신 것 같습니다. 시간이 이르다고 불렀더니 다시 들어와 시계 보고 누우며

"이젠 날씨가 차 새벽에 나가기가 서글프다."

하셨습니다.

그 소리를 들으며 새삼 엄마 나이를 꼽아봤습니다. 엄마도 이젠 노인이고, 어쩌면 새벽 운동은 위험할지도 모른다는 생각이 듭니다. 날이 추워지면 새벽 운동을 말려야 할지도 모르겠습니다.

전 아버지 연세를 꼽아보는 게 버릇이 됐습니다. 살아계시면 얼마일 텐데하고 말입니다. 아직도 저에게는 너무나 억울한 연세입니다. 언제쯤이나 억울한 생각이 안 들런지요.

아침엔 손끝이 아플 정도로 날씨가 차가왔습니다.

잔치

선은 꼼꼼하게 잔치 준비를 했다.

연은 잔치는 무슨 잔치냐고, 칠순 잔치니 팔순 잔치니 하는 건 부부가 해로했을 때나 하는 거라고, 혼자 민망하게 앉아서 절 받기 싫다며 고개를 저었다.

연의 마음이 이해가 되지 않는 건 아니다. 그렇지만 자식 된 도리로 보통 생일처럼 할 수는 없었다.

일찍 홀로되어 혼자 칠순 팔순을 맞이하는 노인들은 얼마든지 있고 그 노인들이 모두 잔치를 하지 않는 것도 아니다. 연도 그런 잔치에 초대되어 간 적이 있고 갔다 와선 이야기도 자세히 하곤 했다. 음식은 어떻게 차렸고 손님은 얼마나 많았는지 손자들까지 어떻게 절을 하더라, 하며. 이야기 마지막엔, 부부가 해로하고 다 갖춘 사람들이나 하는 거지, 라며 덧붙이긴 했어도 어디까지나 지나가는 말일 뿐이었다. 잔치의 장황한 설명에 비하면 그 말은 그저 사족이었다.

사실 연은 말로는 그렇게 반대를 했지만 하지 않을 수도 없다는 걸 안다. 자기 생각만 할 수 없다. 자식은 또 자식 노릇이 있으니 무조건 말릴 일도 아니다. 그래서 썩 내키진 않지만 사람 노릇이 그게 아니라는 갈등에 심경이 꽤 복잡하다.

연의 심정이 복잡하거나 말거나 시간은 흘렀다.

시간은 늘 그렇다. 인간사에 상관없이 뚜벅뚜벅 제 속도로 걸어간다.

추진력 있는 선의 주도로 준비도 끝났고 드디어 연은 자식들이 마련한 칠순 잔치 자리에 앉게 되었다.

선은 식순까지 적어와 사회를 본다.

연은 난생 처음 집이 아닌 곳에서 주인공이 되어 꽃다발을 받고 선물도 받고 절도 받았다. 마련된 자리에 앉을 땐 영감 생각이 났지만 곧 잊어버렸다. 제법 긴장이 되었고 앞에서 벌어지는 일에 정신이 빼앗겼기 때문이다.

특히 손자들의 재롱 잔치가 손님들에게 인기를 끌었다.

제 엄마 등에서 떨어지지 않던 진의 딸, 미석이 바이올린을 연주했고 영감 떠날 땐 아직 태어나지도 않았던 미의 둘째 아들 빈이 북을 치며 노래를 했다. 빈은 어쩌다 배우게 된 북과 장구에 제법 소질이 있었다. 초등학교에 들어가고부터는 학예회 때마다 빈의 연주가 인기를 끌었다. 그 재주가 오늘도 한몫 단단히 한다. 빈의 신나는 북장단에 손님들은 환호를 했고 결국 일어나 춤을 추는 사람도 있다.

세월을 무심히 흐른다고 했던가.

무심한 세월은 마음까지 무심하게 데려갔는지.

연은 영감을 웃으며 떠올리고 있다. 눈물 없이 영감을 떠올리면서도 그런 변화조차 이상하지 않다. 그저 복도 없는 영감이다, 라고만 생각한다. 잠깐씩 쓸쓸하고 애통하지만 바람처럼 지나가버린다.

이제 슬픔은 연을 오래 붙들어두지 못한다. 어떤 것도 보이지 않게 하던 슬픔이었는데. 깊은 우물처럼 도무지 주변이 보이지 않던 슬픔이었는데. 모든 걸 눈물로 바꾸던 슬픔이었는데.

그렇게 자신을 비참하게 만들던 슬픔은 이제 그저 죽은 자를 애도하는 슬픔으로 변했다. 살아 있었더라면 참 좋아했을 텐데, 좋은 시절 같이 볼 수 있었을 텐데, 참 복도 없는 사람이다, 로.

* * *

진은 미석이 잔치에서 바이올린을 연주한다기에 깜짝 놀랐다.

연주가 남 앞에 설 정도가 아니라서가 아니다. 놀란 이유는 다른 데 있다. 물론 연주가 그렇기도 하다. 학교에서 일주일에 두 번 하는 특기적성시간에 배우고 있는 것이다. 이제 시작한 지 겨우 2년이 지났고 악기에 특별한 재능을 타고 난 것 같지도 않다. 해서 그 정도 연습에 누구나 짐작할 수 있는 정도의 실력밖에 안 된다.

어릴 때 미석은 바보가 아닌가 하는 오해를 살 정도로 낯을 가렸다.

미석이 때문에 낯모르는 집에 갈 수가 없었다. 사람들 속에 있을 땐 엄마 등이나 품에 얼굴을 묻고 있어야 했다. 학교까지 들어가 그러면 어떡하나 걱정이 되었지만 학교는 그래도 혼자 다녔다. 물론 지나치게 말이 없고 내성적이란 소리는 여전히 들었지만.

미석의 낯가림은 오랜 시간을 두고 조금씩 나아졌다.

집에선 그렇게 잘 읽는 책도 학교에선 읽지 못했다. 미석은 수업 시간에

책을 낭독하지 못했다. 글을 모르는 것도 아닌데 말이다. 한글도 누구보다 빨리 뗐다. 유치원에 가기 전에 혼자 동화책을 읽었다.

그런데 교실에서 일어나 책을 읽을라치면 목구멍이 꽉 막혀 소리가 나오지 않는다는 것이다. 선생님 말씀은 내성적이라 너무 긴장해서 그런 것 같다고 했다. 앉아서 쓰고 그리고 하는 걸 봐선 도무지 그럴 것 같지 않은데, 그러니 너무 걱정하지 말라고. 진도 그건 그렇게 걱정하지 않았다. 남 앞에서 얼굴도 못 들었던 아이였으니까. 그때를 생각하면 학교에 다니는 게 어디냐 싶기도 했다.

그것만 빼면 염려할 것 없는 착한 딸이었다. 잔소리가 필요 없었다. 숙제든, 정리든, 한 번 그렇게 해야 된다고 하면 잊지 않고 알아서 했다.

학년이 올라가면서 아주 조금씩 나아졌다. 목소리가 작긴 했지만 수업 시간에 일어나 낭독도 하게 되었고 집에 친구도 데려오곤 했으니까.

특기적성시간에 바이올린을 하게 한 건 정말 잘한 것 같았다. 그다지 재주가 있는 것 같진 않았지만 바이올린을 배우고부터 말이 좀 많아졌다. 재있다고도 했다. 여러 사람 앞에서 연주를 하는 동안에 자기 표현력이 생긴 건지도 몰랐다. 비록 악기로 내는 소리지만.

그렇지만 집에선 한 번도 미석이 연주하는 걸 들어보지 못했다. 아빠가 그렇게 해보라 해도 소용없었다. 학예회 때 합주부 연주가 있을 때 본 게 다였다. 물론 미석이 혼자 연주한 게 아니라서 거기서 미석의 연주를 가려낼 순 없었지만. 그러니까 진도 미석의 바이올린 연주는 아직 못 들은 셈이다. 그런 미석이 외할머니 잔치 때 바이올린을 켠다고 했으니 얼마나 놀랐겠는가.

엄마 칠순 잔치 준비를 하던 선이가 전화를 했었다.

밴드까진 못 불러도 딱딱하지 않게 뭔가 좀 재미있는 순서를 넣어야겠기에, 빈이 북을 치기로 했다고. 하지만 한 가지만 하기엔 너무 약한데 어떡하면 좋겠냐고. 물론 선도 미석일 염두에 두고 한 전화는 아니었다. 미석이 성격을 잘 아니까. 그냥 걱정을 나누고자, 의논 삼아 한 전화였다. 근데 옆에서 듣고 있던 미석이

"내가 바이올린 연주할게."

하는 게 아닌가.

진은 잘못 들은 줄 알았다. 전화 중이었다는 것도 잊고 미석을 뻔히 쳐다보았다. 미석은 진의 눈을 보고 다시 똑같은 말을 했다.

"내가 바이올린 연주한다니까요."

얘가 무슨 일일까, 하는 놀라움도 컸지만 근데 실력이? 하는 걱정도 곧 앞을 막아섰다. 미석의 표정은 진지했다. 얼굴을 보니 실력을 의심하는 말은 하면 안 될 것 같았다.

진은 일단 미석이 하는 얘기를 그대로 전했다. 선은 그 자리에서 좋다고, 순서에 넣겠다 했다. 미석이 옆에 있는 자리라 딴 소리는 못하고 그날은 전화를 끊었다. 다음 날 다시 선에게 전화를 해서 미석이 아직 나서서 연주할 정도가 아니라 하자 선은 웃었다. 무슨 대회도 아니고 그저 재롱잔치 정돈데 못하는 게 더 재미있다고. 그런 건 아무 걱정도 말라며 대수롭잖게 말하고 끊었다.

그렇구나.

그랬다.

식구들과 가까운 친지들이 모인 자린데, 뭘 해도 그냥 귀엽게 봐주겠구

나 싶었다. 그런데 미석의 행동은 여전히 이해가 되지 않았다. 남 앞에 나서는 애가 아니었다. 진이 그렇게 사정을 하고, 이모들이 놀러올 때마다 장난삼아 부탁해도 듣지 않았다. 그럴 때마다 배시시 웃으며 제 방으로 들어가 버리곤 했다.

〈나, 외할아버지 봤어.〉

진이 아무래도 궁금해서 결국 물어보았더니 미석이 그렇게 대답했다.

"미석아, 엄마가 궁금한 게 하나 있는데."

일요일 낮에 점심을 같이 먹으며 진이 물었다.

"뭐가요?"

엄마, 아빠 사이가 조금만 이상해도 기가 차게 알아채고 안색이 변하는, 예민한, 그래서 툭 하면 눈물을 보이던 눈으로 미석은 진을 바라보았다.

"외할머니 생신날 왜 바이올린 연주한다고 했어?"

"외할머니 생신이니까."

"엄마 앞에선 한 번도 안 했잖아. 이모들한테도 그렇고."

"나, 외할아버지 봤어."

도대체 무슨 소릴까. 갑자기 외할아버지가 무슨 상관이라고.

"외할아버지? 언제? 너 할아버지 얼굴 기억나?"

"엄마는 그렇게 한꺼번에 물으면 어떻게 대답해요?"

그렇긴 하지만 너무 엉뚱한 대답이 아닌가. 외할아버진 미석이 겨우 두 돌이 지났을 때 돌아가셨다. 미석이 그때를 기억하고 있다는 말인가. 그게 아니라면 꿈에서 봤다는 말이거나.

진이 추측할 수 있는 모든 상황이 한꺼번에 질문으로 터졌다. 그만큼 놀랐다는 뜻이다. 진이 그렇게 한꺼번에 많은 질문을 퍼부은 적이 없어서 미석도 좀 황당하다.

"아주 어릴 때, 엄마 등에 업혀 있을 때 봤어요."

정말 놀랄 일이다.

"그때가 기억나?"

"다른 건 하나도 모르겠는데, 그것만 기억나요. 마당에서 엄마는 일을 했어요. 일을 하느라 자꾸 몸을 굽히고 그래서 나도 얼굴이 앞으로 내려갔다 들렸다 하느라 힘이 들었거든요."

"그게 언제였지? 난 뭘 하고 있었던 걸까?"

"마당에 있었어요. 내가 콧물이 흘렀거든요. 그래서 외할아버지가 손으로 콧물을 닦았어요. 뺨에 손도 대고. 따뜻하고 기분 좋았어요. 엄마가 외할아버지 이야기만 하면 난 그 생각이 났는데……."

진은 아무리 생각해도 그게 언제였는지 뭘 하고 있었는지 알 수가 없었다. 하지만 미석이 떠올리는 외할아버지 얼굴은 아버지가 분명했다. 물론 친정에만 가면 볼 수 있는 외할아버지 사진이 있으니까 꼭 그때의 기억이라고 장담할 순 없겠지만. 착각인지도 모른다.

어쨌든 고마웠다. 미석이가 외할아버지를 기억하고 있다니. 그것도 그렇게 포근한 기억으로.

"근데 그 이야긴 왜 엄마한테 한 번도 안 했어?"

"엄마도 알고 있는 줄 알았지요. 나는 엄마한테 업혀 있었으니까. 당연히 같이 봤을 거 아니에요"

"그건 그러네. 근데 그 마당이 외가 마당이었나?"

"옛날 우리 살던 한옥집인 것 같기도 하고 외갓집인 것도 같고."

"외갓집인가 보다. 외할아버진 우리 집에 딱 한 번밖에 안 오셨거든. 그
것도 너는 태어나지도 않았을 때. 그러니까 우리 집은 아니다."

"그럼 그렇겠지 뭐."

그래도 뭔가 이상했다. 진이 친정에 가서 미석을 업고 마당에서 일을 했
을 리가 없다. 애를 업은 채로 일을 하게 두지도 않았을 테지만 친정에선 미
석을 업고 있지도 않았다. 그래도 미석이 유일하게 진이 품에서 떨어지는 데
가 친정이었는데. 특히 외할아버지한텐 안기기도 했다.

도대체 친정에 가서 그것도 마당에서 무슨 일을 했단 말인가. 아버지가
옆에 계셨다면 미석을 업은 채로 일을 하게 됐을 리가 더구나 없다.

"엄만 진짜 아무 생각이 안 나나봐."

"응."

"엄마가 밖에서 일 하고 있을 때 분명히 오셨는데. 내 얼굴도 만지고 웃
고 그랬는데. 그래서 난 외갓집 갈 때마다 그 생각나고 외할머니가 내 머리
쓰다듬을 때마다 생각났는데."

"글쎄 말이다. 난 왜 그걸 까맣게 잊어버렸을까."

잊어버린 게 아니라 보지 못했다. 당연하다. 이미 세상 사람이 아니었으니
까. 사람이 볼 수 없는 존재였으니까. 그걸 본 미석이 도리어 이상하다. 미석
은 정말 외할아버질 보았던 것일까.

아직 이승의 인연을 떨쳐내지 못하고 떠돌던 윤대선 씨가 김장거리를 씻
고 있던 진을 찾았던 날이다. 입김이 하얗게 보이던 차가운 날씨. 진은 마지
못해 소금에 절여놓은 배추를 씻어 건지고 있었다. 세상을 뜬 아버지 생각
에 가슴이 사무치던 때였다. 몸과 마음이 따로였다. 마음은 온통 아버지와
친정에 두고 손발만 허수아비처럼 움직여 일을 하고 있었다. 진짜 아버지가

나타났어도 모를 정도로 정신을 놓고 있었다. 그래서 엄마 등에 업혀 힘겨워하는 미석을 돌아볼 겨를이 없었다. 배추를 씻어 건지느라 허리를 굽혔다 폈다 하는 바람에 미석은 같이 엎드러져 배가 눌리고 머리가 곤두박질쳐져 힘들었다. 날씨는 차가워 콧물이 나서 자꾸 숨도 막히고 벌어진 입으로 찬 공기가 사정없이 들어왔다. 어린애라 표현을 하지 못해서 그렇지 몹시 괴로웠다.

그때 외할아버지가 나타났던 것이다.

엄마 등에 업혀 가곤 했던 곳에서 보았던 낯익은 얼굴.

그 얼굴이 웃으며 미석을 보았다.

따뜻한 손이 얼굴을 만졌다.

갑자기 주변이 몹시 따뜻해졌다.

그리고 잠시 후 사라졌다. 따뜻함과 함께.

따스한 기운이 사라진 뒤, 뭔지 모를 불안감에 갑자기 울음을 터뜨렸던 기억도 난다.

진은 결국 그날을 기억해내지 못할 것이다. 보지도 못한 걸 기억할 리가 없다. 그리고 미석이가 그날 본 사람이 이미 세상을 뜬 아버지였다는 것도 모를 것이다. 미석이 본 사람이 죽은 외할아버지였다는 걸 모르는 것처럼.

모른 채 사는 것이 맞다. 모든 걸 기억할 수도 없지만 모든 기억이 올바르지도 않다. 무슨 상관인가. 그게 실체든 영혼이든. 좋은 기억으로 행복한 삶에 도움을 준다면. 어쨌든 할아버지에 대한 따뜻한 기억은 미석을 사람들 앞으로 끌어내 바이올린까지 켜게 만든 것이다.

미석은 지금 누굴 기쁘게 해주고 싶은 기특하고 행복한 떨림 속에 서 있다. 외할머니가 그녀를 보고 있고, 외할머니는 외할아버지에 대한 따뜻한 기억과 맞닿아 있다. 지금 외할머니는 미석에겐 외할아버지이기도 한 것이다.

어린 가슴이 그런 생각까지 하고 있다는 걸 지금은 아무도 모른다. 그러나 세월이 흐르고 몸과 함께 마음도 자라서 생각을 잘 표현할 수 있는 날이 오면, 미석은 이 날을 이야기할 것이다.

그리고 이 순간이, 그녀를 둘러싼 가족들의 또 하나의 행복한 추억이 될 것이다.

* * *

빈은 불만이다.

자기만 외할아버질 모르고 있다는 게 불만이다. 아니 외할아버지가 자길 못 봤다는 게 불만이다.

외가에 가면 엄마와 이모들이 자주 외할아버지 이야길 한다. 이야기 속엔 외사촌 누나들과 형들이 꼭 끼이지만 자기만 없다. 아직 태어나지도 않았단다. 왜 엄마는 자길 늦게 낳아서 외할아버지도 못 보게 했는지 모르겠다. 자길 봤다면 분명히 자길 가장 좋아했을 것인데 말이다. 솔직히 말해서 얼굴은 좀 자신이 없지만 성격이 좋아서 인기가 많다.

맞는 말이다.

빈은 동네에서 인기 짱이다. 특히 아주머니들이 좋아한다. 그도 그럴 것이 어린 나이에 그런 붙임성은 어디서 나왔는지, 어른도 내성적인 사람은 흉내도 못 낼 정도다. 초등학교에 입학하기 전에 이미 동네에서 유명했다.

빈은 시장을 끼고 있는 동네에서 자랐다. 그런 환경은 빈의 사교성이 활짝 꽃필 수 있었던 중요한 바탕이 되었을지도 모른다. 집만 나서면 분식집, 과일가게, 이불가게 등의 가게들이 널려 있다. 그리고 가게란 모든 사람들에게 개방되어 있다. 주택가나 아파트처럼 문이 꼭꼭 잠겨있는 게 아니다. 빈은 열려진 가게가 모두 놀이터였다. 또래 아이들이 또래들과 주로 노는 것과는 달리 빈은 나이나 성별을 가리지 않았다.

아무 가게나 들어가 빈이 제일 즐겨 하는 말은

"아주머니, 커피 한 잔 해요."

이다. 물론 가게 주인들에게도 빈이 생면부지의 아이는 아니다. 같은 동네에 살고 엄마와 늘 장을 보러 나오기 때문에 알고는 있다. 그렇지만 보통 어린애가 혼자서 가게 주인들에게 말을 걸고 놀기를 청하진 않는다. 그것도 예닐곱 살 나이에.

상상을 해 보라.

유치원에 다닐 어린 아이가 해거름에 어른이 지키고 있는 가게에 불쑥 들어와

'커피 한 잔 해요.'

라니.

재밌고도 기가 막힐 것이다.

그러면 대부분의 주인들은, 특히 이 땅의 아주머니들은 얼마나 인정이 넘치는가. 자기 집에 오는 사람 푸대접은 안하는 법이다.

정말 커피를 조금 태워 주거나 다른 음료수라도 주면서 반긴다.

여기서 빈의 활약이 끝나는 게 아니다. 그저 커피 한 잔 같이 하는 걸로 아주머니들이 그렇게 좋아하겠는가. 제법 말상대가 된다. 아주머니들과 말

을 하고 있는 걸 보면 빈은 결코 어린애가 아니다. 보통 어린애는 눈에 보이는 상황을 이야기하는 식인데 빈은 심정을 이야기한다.

엄마가 아빠 밥은 정성스럽게 차리는데 자기 밥은 너무 아무렇게나 차린다는 둥, 그럴 땐 기분이 몹시 상해서 나중에 엄마한테 효도를 안 하게 될 것 같다는 둥, 그냥 말해도 될 걸 소리를 질러 속이 상하다는 둥.

아주머닌 자식들한테 소리를 지르느냐, 오늘 저녁은 뭘 해 먹을 거냐, 엄마는 자기가 먹고 싶은 걸 늘 무시하고 엄마 먹고 싶은 걸 한다는 둥. 그래서 자기가 분식집에서 자꾸 군것질을 하게 된다는 둥. 한참 이야길 하다 보면 어느새 이야기 속에 빠지게 되어 상대가 애라는 것도 잊어버릴 지경이다.

가게에 늘 손님이 바글거리는 것도 아니고, 심심할 때 빈이 찾아와 주면 정말 횡재 맞은 기분이 드는 아주머니들이 많다. 자식이 있어도 품안을 떠나면 엄마랑 세세하게 이야길 하지 않는 경우가 많으니 빈이 얼마나 재밌고 반갑겠는가.

빈은 엄마가 자기한테 섭섭하게 하거나 바빠서 돌아보지 못하면 슬그머니 집을 빠져나와 이렇게 동네를 돌아다닌다. 동네를 돌아다니다 보면 손님이 없어 심심해 보이는 가게가 있고 그러면 망설임도 없이 쓱 들어간다. 그리고 아주머니들은 대개 아주 반긴다. 물론 빈이 찾는 가게는 주로 아주머니가 앉아 있는 가게다. 남자 주인은 재미가 없다. 애라고 말상대도 잘 해주지 않고 귀찮아하는 기색이 역력하다. 빈은 자기를 반기는지 귀찮아하는지는 기차게 안다. 그건 엄마를 통해서 알았다. 엄마는 그렇지 않다고 하지만 엄마가 마지못해 자기와 놀아주는지 정성을 다해 놀아주는지 잘 안다. 말로 아무리 아니라 해도 표정과 행동이 이미 말보다 먼저다. 어리다고 표정도 못 읽는 바보로 아는 엄마가 차라리 한심할 뿐이다.

물론 엄마가 바쁘다는 걸 모르진 않는다.

엄마는 미술학원을 한다. 애들 가르치고 살림도 하려면 아주 바쁠 것이다. 다른 사람들도 늘 그렇게 말한다. 엄마가 바쁘겠구나, 하고. 빈은 그것도 불만이다. 형이 어릴 땐 미술 학원을 하지 않았다 했다. 그러니까 형하곤 얼마나 잘 놀아주었겠느냐 말이다.

빈의 기억엔 빈은 미술 학원에 오는 아이들과 같이 컸다. 엄마는 빈을 학원에 오는 다른 애들과 똑같이 가르치고 먹이고 했다. 특별히 해주지 않았다. 먹고 싶은 것도 놀고 싶은 것도 분명히 다른데 왜 똑같이 하느냐 말이지. 그리고 좀 큰 형들과 누나들이 와서 배울 땐 자길 돌아볼 여가도 없다. 그러니까 집에 있을 이유가 조금도 없다.

그런데 엄마는 빈이 동네를 혼자 돌아다니는 걸 싫어한다. 그래서 대개 엄마가 정신이 다른 데 홀딱 빠져있을 때 몰래 나온다.

집에 가봤자, 자긴 배가 고픈데 아빠 오실 때까지 기다리자 할 것이고 아빠 좋아하는 반찬만 할 것이다. 엄마는 아빠가 좋아하는 반찬만 잔뜩 해놓고 몸에 좋은 거다, 먹어라, 하는데 난 맛없는 게 왜 몸에 좋은지 모르겠다. 맛있는 걸 먹으면 얼마나 기분이 좋은데.

그런데 형은 정말 신기하다. 그렇게 지겨운 음식을 아무 소리도 하지 않고 먹고 있으니 말이다. 사실 형 때문에 내가 더 잔소리를 듣는 것일 수도 있다. 형은 엄마가 시키는 대로 다 한다. 먹으라는 대로 먹고 하라는 대로 한다. 나처럼 동네를 돌아다니지도 않고 그림 배우는 형과 누나들 옆에 앉아 숙제도 하고 그림도 그린다. 정말 밥맛이다.

외할아버지가 계셨으면 분명 내 편을 들었을 것이다. 이모들이나 엄마 말대로라면 외할아버진 사람의 마음을 잘 알아주었다 하니까. 모두가 그리워하고 좋아하는 걸 보면 분명 내 마음도 잘 알아주었을 것이다. 그래서 내가 분하다는 거다. 왜 내가 태어나기도 전에 돌아가셨느냐 말이지. 지금 있다면 내가 북치고 노래도 해주며 재미있게 해주었을 텐데. 그러면 분명히 할아버진 날 제일 좋아했을 텐데. 어른들은 날 좋아하니까.

물론 나도 어른들과 노는 게 싫진 않다. 내가 어떤 이야길 해도 많이 웃어주고 머리도 쓰다듬어 주고 먹을 것도 주고 하니까. 그래서 어쩌면 내가 어른들과 놀 때 더 정성을 기울이는지도 모른다. 조금 지루할 때도 절대로 귀찮은 표정도 짓지 않고 정 지루해지면 내일 또 놀러올게요, 하고 인사를 하고 나온다.

엄마는 그것도 모르고 늘 나만 나쁘다고 한다. 내가 생각도 없이 돌아다니는 줄 안다. 애들이 하는 일은 전부 철없는 줄로 알고 있는 엄마의 마음이 답답하다. 동네 아주머니들도 날 얼마나 좋아하는데. 나를 보고 좋아하고 웃는 사람을 보면 얼마나 기분이 좋은데. 나도 좋고 사람들도 좋은데 왜 나쁘다는 건지.

지금도 그렇다.

난 사실 노래 두 곡을 부르며 북을 치고 나니 몹시 피곤했다. 왜냐하면 오늘 학교에서도 한 차례 노래를 했기 때문이다. 무슨 어머니들이 학교 방문을 하는 날이라나. 선생님이 벌써 며칠 전부터 준비를 하라고 했다. 난 물론 자주 하던 거라 실수할 리는 없지만 그래도 아침에 연습을 한차례 하고 갔다.

내가 그냥 있을 땐 별로 시선을 끄는 얼굴이 아니지만 북치고 노래만 부르면 반응이 엄청 달라진다. 오늘도 그랬다. 내가 무대로 올라갈 때만 해도 어머니들은 그냥 말똥말똥 나를 쳐다봤다. 별로 웃는 얼굴도 아니고 기대를 하는 얼굴도 아니었다. 하지만 내가 북을 두드리기 시작하자 완전히 달라졌다. 대번에 얼굴이 밝아지고 웃음이 번졌다. 노래가 끝나자 박수가 장난이 아니었고 결국 앙코르를 받아 노래를 두 개나 더 했다. 연주가 끝나고도 어머니들의 인사를 받느라 한참 동안 그곳을 나올 수 없었다. 그러느라 평소보다 집에도 늦게 왔는데 저녁에 또 외할머니 생일잔치가 있었다.

미석이 누나의 바이올린 연주가 끝나고 내 차례가 되었다. 손님들은 (내가 얼굴도 모르는 손님들도 많았다.) 대개 나이가 들어보였고 그들을 둘러보는 순간 직감했다. 길어지겠구나, 하고. 나이가 들수록 내 노래를 좋아한다. 학교 친구들도 좋아하긴 하지만 그들은 그저 신기하게 보고 어른들은 같이 신나하는 게 보인다.

북장단이 시작되자 예상대로 어른 한두 명이 일어나기 시작하더니 결국은 대규모의 춤판이 벌어졌다. 한창 신이 나서 춤을 추는데 장단을 그만둘 수가 없었다. 나는 준비한 게 끝났지만 계속 북을 두드려야 했다.

나중엔 어깨도 아프고 손도 얼얼해졌다.

그래도 손님들이 웃고 이모들도 웃고 외할머니도 웃어서 참을 수 있었다.

여전히 외할아버지가 못 보는 게 아쉽기는 해도.

빈의 그런 기특한 마음을 제대로 헤아리는 어른은 아무도 없다. 이제 겨우 9살 된 초등학생 가슴에 그런 생각이 들었으리란 생각은 꿈에도 못한다. 아무리 큰 나무도 작은 씨앗에서 자라나는 걸 안다면 짐작할 수는 있을 텐데. 비록 작지만 어딘가에 분명 큰 나무의 모습은 벌써 있을 텐데. 사랑의 감정도 어느 날 갑자기 생겨나는 건 아닐 텐데. 어른이 되어서야 사랑을 하게 되는 게 아니라 사랑도 몸처럼 마음속에서 자라난 것일 텐데.

올챙이 시절을 까맣게 잊어버린 개구리처럼 어른들은 빈의 마음을 보지 못한다.

빈을 낳은 엄마도 빈의 속을 다 알지는 못한다. 사실 어떤 사람도 다른 사람의 마음을 다 알 수는 없다. 그저 자신이 가진 그릇에 담을 수 있는 만큼 다른 마음들을 이해하고 담을 수 있을 뿐이다. 작은 종지에 대접의 물을 다 담을 수 없고 대접은 종지 물로 채워지지 않는다. 넘치게 받아도 받은 줄 모르거나 채우지 못해 허전할지 모른다. 그래서 상대가, 아님 세상이 자기를 알아주지 못한다고 슬퍼하고 때로 비난을 하는 건지도 모른다.

어쩔 수 없다. 그게 인간의 한계라면. 그릇의 한계가 인간의 한계라면. 내 그릇 외엔 다른 그릇은 가져보지 못했으니까. 상대를 이해한다는 건 결국 통째로 사랑하는 것 외엔 방법이 없는 건지도 모른다.

아무도 모른다 해도,

빈의 가슴에 있는 기특한 생각은 빈을 행복한 사람으로 키울 것이다. 꼬마는 상대의 행복을 자신의 행복으로 삼고 있다. 지금은 그저 좋아서 하는 행동이지만 언젠간 그게 바로 사람이 사는 이유라는 것도 깨달을 것이다. 그렇게 사는 게 가장 행복하고 올바른 삶이라는 걸 알게 될 것이다.

얼굴도 모르는, 본 적도 없는 외할아버지에 대한 그리움이 마냥 헛된 것만은 아닌 것 같다. 그저 어른들의 이야기 속에서나 만났던 외할아버지. 이야기 속의 추모와 그리움은 모르는 사이에 어린 빈의 가슴에도 그리움으로 쌓였다.

그리움이 어떻게 사랑으로 변해 가는지, 사랑이 사람을 어떻게 키워내는지 두고 본다면, 보이지 않는다고 삶에 관계가 없다는 소리는 못할 것 같

다. 보고도 믿지 못하는 사람이나 보이지 않는다고 믿지 않는 사람은 똑같
이 어리석은 게 아닐까 싶다.

＊ ＊ ＊

현은 엄마의 약력을 읽다가 잠깐 멈추었다.

울먹이는 소리로 읽을 수는 없었기 때문이다.

누나, 선이 적어 준 약력은 A4 용지 2장이었다.

원래는 누나가 읽으려고 준비한 것이었다. 그런데 식을 시작하기 전에 갑
자기 현을 불렀다.

"아무래도 네가 읽는 게 낫겠다."

그러면서 현의 얼굴을 쳐다보았다. 누나의 눈빛엔 많은 말이 들어 있었다.

많은 뜻이 담겨 있는 누나의 얼굴. 대꾸를 하고 싶은데 할 말을 찾지 못
하고 있는 현의 손에 종이를 주고 선은 바삐 돌아섰다. 오늘 선은 이 자리
에서 제일 바쁜 사람이다.

돌아서면서 한 마디 했다.

"그래도 미리 한 번 읽어는 봐라."

누나 말대로 화장실에 가서 읽었다. 별다른 내용은 아니다. 익히 알고 있
는 엄마의 이력. 어디서 태어나고 언제 아버지를 만났으며 어떤 마음으로 육
남매를 키우고 어떻게 아버지를 떠나보냈는지. 그리고 순전히 자식들의 주
관이지만 엄마의 음식 솜씨와 자애로움에 관한 것.

누나의 매끄러운 글은 단숨에 읽혔다.

사실 누나의 글은 처음 본 셈이다. 학교에서야 국어선생이니까 축사니 답

사니 많이 써 봤다는 건 알고 있지만 그걸 본 적은 없다. 학교 다닐 땐 백
일장에서 상도 여러 번 탔다고 하지만 그때 난 어려서 또 기억이 없다. 내가
컸을 땐 그건 벌써 옛날 일이었고 말로만 들었다. 그렇게 말로만 들었던 글
을 처음 접한 셈이다.

누나의 글 솜씨.

내용은 분명 엄마의 이력인데 글 속에 누나가 보였다. 엄마에 대한 누나의
마음과 아버지를 잃은 슬픔까지 보였다. 그리고 성대하진 않지만 오늘 잔치
준비로 분주했을 누나의 노고까지 왜 보였는지 모르겠다. 글은 바로 그 사
람이라는 말이 진짜라는 것도 처음 깨달은 셈이다.

화장실에서 받은 그 감동이 살아났는지.

엄마의 자수 솜씨를 칭찬하는 부분, 그러니까

〈어머닌 수예점 차리는 게 꿈이기도 했답니다. 물론 이루진 못했지만, 왜
그런 꿈을 가지게 되었는지 충분히 보여주고도 남을 만큼 멋진 수예품이
지금은 새로운 모습으로 딸들 집에 남아 있습니다. 소나무와 학을 수놓은
작품은 액자에 넣어져 막내딸 집에 걸려 있고 방석에 놓인 수라든지 뜨개
물 같은 것을 우린 모두 기념품으로 하나씩 간직하고…….〉

부분에서 갑자기 울컥, 눈물이 치솟았다.

눈물이 나야 할 내용은 분명 아니었다. 그저 엄마의 솜씨 이야기다. 부모
를 자랑하고픈 자식의 마음 때문에 조금은 과장이 되었을 엄마의 솜씨 이
야기일 뿐이다. 그럴 뿐인데 울음이 울컥 올라왔고 목이 메었다.

현은 숨을 가다듬으며 잠깐 잔치가 벌어진 공간을 둘러보았다. 한쪽에
뷔페가 차려진 기다란 테이블이 놓여있고 홀 중앙을 차지한 여러 개의 둥근
테이블에 손님들이 둘러앉아 있다.

현이 읽고 있는 글에 몰입해 있는 사람이 있을까. 있다면 엄마와 누나들이겠지. 아마 대개는 건성으로 듣고 있을 것이다. 으레 잔치에선 그런 법이니까. 결혼식에 온 하객들이 주례사를 흘려듣는 것처럼. 주례사보다 아는 사람을 만나고 안부를 챙기는 게 더 중요하다.

여기, 목이 메어 있는 현도 많은 결혼식과 축하 자리에서 그랬음에 틀림없다. 친구들과 아는 사람들에게 더 열중했다. 식순에 신경이 쓰였을 리도 없고 축사니 하는 건 그저 지나가는 바람이었을 것이다.

그리고 하객들의 관심이 그 정도에 머문다는 게 지금 아주 고맙다. 누나들은 알겠지만 그건 상관없다. 누나니까. 말하지 않아도 이유를 알 테니까. 설사 실수를 했다 해도 문제될 건 없다. 실수면 덮어줄 것이고 문제가 있다면 자신의 일처럼 나서서 해결방법을 찾을 것이다.

손님들은 간간이 음식을 먹으며 옆에 있는 사람들과 작은 소리로 이야기를 주고받고 있다. 현이 잠깐 숨을 고르고 있었던 것에 신경을 쓰는 사람은 없는 것 같다.

현이 다시 글을 읽기 시작한다.

막힘없이 끝까지 읽었고 그리고 잊어버린다.

울컥, 했던 사실뿐만 아니라 왜 울컥했는지 의문스러웠던 기억마저도.

식순대로 잔치가 진행되었고,

현은 정말 까맣게 잊어버리고 있었다.

북을 두드리고 있는 빈의 표정을 볼 때까지만 해도.

아니 바이올린을 켜고 있는 미석의 진지한 얼굴을 볼 때부터 기억이 깨어나고 있었던 지도 모른다.

미석을 보면서 아버지 생각에 젖어 있었다.

미석은 낯을 가려 많이 울었다. 집에 와서도 현은 물론이고 이모들에게도 잘 가지 않았다. 그런데 신기하게 외할아버지 품엔 안겼다. 비록 아무도 보지 않고 얼굴을 묻은 채 안겨있는 것이지만.

현은 미석이가 어릴 땐 손도 잡아보지 못했다. 아버지 품에 안겨 있는 뒤통수만 봤다고 해도 과장이 아니다.

미석인 외할아버질 기억할까.

미석의 바이올린 소리가 홀에 퍼지는 순간 아주 잠깐 정적이 있었다. 끊임없던 웅성거림, 크고 작은 웃음소리, 수저와 그릇 부딪는 소리가 갑자기 사라졌다. 현은 미석의 연주 소리가 아니라 정적의 소리를 먼저 들었다. 소음이 사라지고 난 뒤 귀에 느껴지던 공허. 한참 동안 온갖 소리에 젖어있던 귀는 오히려 공허에 민감하게 반응했다.

어,

하는 순간 날카롭게 귀를 파고들던 바이올린 소리.

현은 고개를 들었다. 연단 옆 작은 무대에서 미석이 바이올린을 켜기 시작했다. 미숙한 솜씨다. 하지만 열심이다. 연주를 시작한 지 얼마 지나지 않아 다시 소음이 일기 시작했지만 미석은 흔들리지 않았다.

세월이 빠르긴 하구나. 벌써 10년이라니.

아버지 품에 얼굴을 묻고 고개도 못 들던 아기가 사람들 앞에서 연주를 하고 있다. '지 에미 닮아 어리숙어 어쩔꼬' 걱정했던 손녀는 이제 걱정을 하지 않아도 될 것 같다.

큰누나도 어릴 땐 겁이 많았다 했다. 미석이 외가에 와 고개도 못 들고 아버지 품에 안겨있으면 늘 나왔던 추억담이 있다.

6남매 중, 아직 진과 선만 세상에 존재했던 시절. 선은 겨우 뒤뚱거리며 걷고 진은 제법 뛰어다니기도 하던 때. 사진을 한 장 남기겠다고 사진사를 집으로 모셔왔는데 진이 자꾸 동생 뒤로 숨어 사진을 제대로 찍을 수가 없었다고. 낯선 사진사가 무서웠는지 부끄러웠는지는 모르겠지만.

결국 그 사진은 선의 독사진처럼 선 뒤에 숨은 진은 한쪽 눈과 이마만 겨우 나와 있다. 진과 선의 최초의 사진은 '겁 많았던 진' 이야기의 증거로 매번 이용됐다. 그 이야기만 나오면 어머닌 옛날 사진첩을 꺼내었고 누나들은 수도 없이 보았을 사진에 또 고개를 박고 웃었다. 아버지가 돌아가시고 난 뒤엔 더 이상 볼 수 없는 광경이 되어 버렸지만.

아버지가 돌아가시고 난 뒤엔 누구도 옛날 사진첩을 펼치지 않았다. 사진첩 속엔 아버지가 있었고 우린 아버질 볼 수가 없었다. 오랫동안 아버지 이야기도, 아버지가 살아계셨던 그 시절 이야기도 하지 않았다. 잊어버린 게 아니라 잊은 순간이 없었기 때문이란 걸 알고 있다. 현도 그랬으니까.

기억? 그건 기억의 문제가 아니다. 기억이란 말은 지난 일로 잊어버릴 수 있을 때에나 쓰는 말이다. 잊어버리고 있는 시간이 존재해야 기억을 떠올릴 수 있기 때문이다. 아버진 기억으로 떠올릴 존재가 아니었다. 한 순간도 마음에서 사라진 적이 없었으니까. 그 말은 아버지가 세상에 없다는 걸 한 순간도 잊은 적이 없다는 말이다. 세상에 없는 아버지 사진은 차마 볼 수가 없었다. 사진으로만 볼 수 있다는 걸 믿을 수 없었을 것이다. 그렇게 없는 사람으로 인정하기가 싫었을 것이다.

얼마나 오랫동안 그랬을까.

얼마나 오랫동안 이야기도 못하고 살았을까.

요즘엔 모이면 아버지 이야길 많이 한다. 특히 제사 지낸다고 다 모였을 때.

아버지가 마른 오징어를 좋아했다는 이야기.

술은 꼭 법주를 올려야 된다는, 반주로 아주 좋아했다는 이야기.

미석이가 외할아버지한테만 안겼다는 이야기.

찬이 유모차를 돌아가시기 전에 많이 밀고 다녔던 이야기.

정말 제사 때마다 오시는 걸까.

그렇게 믿고 싶다.

아니 제사를 모실 땐 완전 믿는 마음이 된다.

제사 때마다 아버지가 오셨다 생각하고 상을 차리고 술을 올리고 절을 할 땐 기분이 특별하다. 마음을 다하고 있으면 좀 슬프면서도 기쁘다.

오늘도 오셨을까.

어떤 기분일까. 흐뭇할까. 아님 슬플까.

미석의 바이올린 소리를 듣고 있는데 현의 기분이 그랬다. 흐뭇하기도 하고 슬프기도 했다. 아버지와 같이 보냈던 시간과, 잃어버리고 난 뒤의 시간이 섞여서 흘러가면서 마음도 순간순간 변하며 흘러갔다.

그러는 사이 미석의 연주가 끝이 났고 선의 화려한 소개를 받으며 빈이 등장했다.

빈은 재미있는 아이다.

외할아버지 이야기에 자기가 없다고 골을 내는 놈이다. 외할아버지가 있었다면 정말 자길 좋아했을 거라나. 얼굴도 못 본 외할아버지에 대한 질투가 얼마나 심한지.

그리고 북 때문에 요즘은 매우 신나는 인생이다. 사물놀이 팀에 끼어 다른 학교 학예회에 초대되어 연주도 다닐 정도다. 그 팀에선 가장 어려 인기가 더 많은 것 같다. 북장단에 맞춰 노래도 멋들어지게 한다. 신명도 많고 목청도 좋다.

형, 찬과 달리 어떤 말도 그대로 수용하는 법이 없어 누나, 미의 애를 좀 태웠다. 너무 순해 공짜로 키웠다던 찬과 백팔십도로 달랐던 빈. 고집도 세고 한 번 울면 하루 종일도 울 수 있었다. 아무리 달래도 소용없고 마음이 풀려야 스스로 울음을 그쳤다. 물어보면 이유는 다 있었다. 그 이유가 너무 엉뚱해서 웃음밖에 안 나왔지만.

동네를 돌아다니는 이유는 엄마도 형도 너무 재미를 몰라 재미 찾아다니는 것이라 하기도 하고, 또 아주머니들이 자기를 기다리기 때문이라고도 했다. 군것질을 그만 하라 하면, 엄마는 자기가 맛없는 것만 먹다가 죽는 게 좋겠느냐, 그래도 밖에 나가서 맛있는 걸 먹고 사는 게 낫겠느냐, 되묻기도 했다. 물론 미가 간식을 해주지 않는 것도 아니다. 그렇지만 끝없이 맛있는 것을 찾고 매일 재미를 찾는 빈의 엄청난 욕심을 만족시켜주는 건 어려웠다.

그러다 빈의 재미를 채워주고 열정을 불태워 줄 기막힌 놀이가 발견되었다. 아빠가 취미 삼아 배우던 장구채를 어느 날 잡게 된 것이다. 장구를 한 번 두드려 보더니 그걸 배우게 해달라고 졸랐다. 처음엔 부부가 반신반의 했다. 워낙 배우고 싶은 것도, 먹고 싶은 것도 많은 놈이라 그것도 그 중 하나이겠거니, 좀 하고 나면 또 다른 걸 찾겠거니 했다.

그런데 아니었다. 빈은 정말 임자를 제대로 만난 것이다. 아주 좋아했고, 잘했고, 열심이었다. 빈은 열정이 넘치는 아이였던 모양이었다. 그 에너지를 쏟을 데가 없어 그렇게 불평을 하고 골을 부렸던 건지도 모른다. 장구와 북을 치기 시작하자 반항기가 조금씩 누그러졌고, 여기저기 연주를 하러다니며 아주 생기가 넘쳤다. 잔소리 듣는 일이 인생인 줄 알다가 환호와 칭찬 속에 휩싸이는 기쁨을 알았으니 얼마나 신났겠는가.

빈의 북장단이 시작되었다.

신나는 장단은 단숨에 사람들을 빈에게 집중시킨다.

표정도 살아있고 손님들의 반응도 살펴가며 하는 여유가 있다. 빈은 무대를 전혀 부담스러워 하지 않는다. 실력 발휘가 제대로다. 그래서 장단이 더 신나는지도 모르겠다. 예상한 대로 노인들의 반응은 뜨거웠고 급기야 춤판이 벌어진다.

연주 시간이 길어진다. 예정된 연주곡은 벌써 끝났다. 하지만 빈은 지금 장단에 흠뻑 빠져있는 손님들을 보며 북을 두드리고 있다. 준비된 연주가 끝났는데도 멈추지 않고 장단을 맞춰주고 있다. 나름 상황 판단을 하고 있다. 흥겨워하는 손님들을 위해 연주를 더 해야 한다는 판단. 얼굴에 웃음기가 사라진 걸 보니 피곤한 것 같기도 하다. 그래도 빈은 꽤 오랫동안 북을 두드린다.

이제 겨우 9살. 저 어린 가슴엔 어떤 생각이 들었을까. 어떤 마음이기에 고단한 기색을 하고도 연주를 멈추지 않는 걸까. 정말 상황을 판단하고 배려하고 있는 것이라면 기특하고 신기하지 않은가. 아니면 잘못된 속단인가. 사람에 대한 판단을 잘못하고 있는 것인가. 세상에 태어나 10년 가까이 산 인간의 능력과 인격을 모르고 하는 소리인가. 혹 어른들의 교만인가. 아이는 아무것도 모른다는.

그런 생각을 하고 있는데 감쪽같이 잊어버리고 있었던 감정, 연의 이력을 읽다가 울컥, 했던 기억이 떠올랐다. 물속에 억지로 눌려 있던 공이 손을 떼는 순간 튀어 오르는 것처럼 갑자기 나타난 기억 앞에서 잠시 멍청했다. 마치 자신의 기억이 아닌 것처럼 낯설기까지 하다.

그렇지만 그 낯선 감정과 지금의 감정이 그대로 일치한다는 것도 동시에 느낀다.

시간이 좀 더 흐르자 확실하게 가닥이 잡힌다.

그건 타인의 감정에 무심했다는 자각이었다. 무심에 대한 반성이 울컥, 눈물을 불렀던 것이다. 아니 반성이 아니라 깊은 후회라고 하는 게 더 맞을 것 같다.

어머니의 수예품.

현도 본 적이 많다. 그런데 본 적이 많다는 말밖에 할 수 없단 말인가. 언제 만들었는지, 어디에 쓰려고 만들었는지, 어떤 마음으로 수를 놓았는지, 색실은 어디서 구했으며, 문양은 직접 그렸는지. 도대체 왜 그런 걸 하나도 모른단 말인가. 어머니가 왜 그렇게 수예점을 하고 싶어 했는지도. 아버지가 가끔 하셨던 '당신 수예점을 했으면 잘했을 텐데.' 하는 말도 왜 이제야 생각이 난단 말인가. 아버지가 본 수예품은 어떤 것이었는지, 지금은 색이 많이 바라고 낡았지만 아버진 생생하게 빛나던 꽃과 학과 소나무를 보았을 게 아닌가. 현이 그저 무심하게 보고 지나갔던, 누렇게 색이 바랜 그것과는 분명 달랐을 것이다.

어머니와 아버지도 눈부신 젊은 시절이 있었고 눈부신 젊음만큼 빛나던 수예품이었을 것이다. 아버지의 그 말 속엔 아버지와 어머니의 젊은 꿈과 재주와 열정이 들어있었다. 그건 분명 그런 추억이 들어있던 말이었다. 엄마의 재주에 대한 칭찬과 미안함. 자식들은 결코 알 수 없는 반짝이던 젊은 날의 꿈과 재주. 두 사람만 공유하고 있는.

가끔 장롱을 뒤지던 어머니가 오래된 베갯잇이나 수예품을 꺼내놓고 옛날 이야기를 할 때, 난 한 번도 가까이 가 들여다보지 않았다. 만져보지도 않았다. 그냥 건성으로 응응, 하며 지나갔다. 그게 엄마한테 어떤 것이었는지 왜 생각도 해보지 않았을까. 그래도 누나들은 작품이라며 하나씩 가지고 가기도 했다는데. 누나들이 소중하게 간직한다는 소리를 듣고도 어떻게 아무런 자각이 없었을까. 그러면서도 어머니에게 제법 잘하고 있다는, 그만하면 효도하고 있다는 턱도 없는 자부심은 도대체 어디에서 온 것일까.

빈의 마음을 어리다고 무시하듯, 몰라서 무시하듯, 어머니의 마음도 무시했다는 걸 알았다. 마음속에 있던 꿈과 생각에 가까이 갈 생각을 하지 못했다. 마음을 알아야 위로가 된다는 걸 왜 몰랐을까. 왜 같이 앉아서 수예품을 보는 것조차 하지 않았을까.

그저 열심히 일해서 돈을 벌면 할 일을 다 하는 것이라 생각했던 모양이다. 그것도 만족할 만큼이라 할 수도 없는데 말이다.

부끄럽지 않은가. 이미 세상에 없는 아버지를 그리워하며 제사를 모시는 것만으로 그게 효도라고 착각하며 살다니. 살아 있는 사람의 말도 제대로 들어주지 못하는 주제에. 대화까지는 아니더라도 대꾸는 제대로 했던가. 아직 효도할 수 있는 기회를 바로 곁에 두고도 엉뚱한 곳만 바라보지 않았던가. 무슨 큰일을 한다고. 인간에게 도대체 큰일이 무어라고. 정말 큰일이 있다면 나고 죽는 일이겠지. 나고 죽는 일이 큰일이라면 살아가는 건 바로 삶의 핵심이다. 같이 밥을 먹고 마음을 나누고 사는 것.

참 못난 놈이다.

한심하기까지 하다.

작은 재주도 칭찬받는 관심 속에 자라면서 사랑은 당연하기만 했다. 사랑 때문에 귀해진 줄 모르고 귀해서 사랑 받는 줄 알았다.

현의 눈물은 무지에 대한 후회의 눈물이었다. 부모를 몰랐고, 몰랐으니 마음도 헤아리지 못했고, 헤아리지 못했으니 위로도 되지 못했음에 대한.

빈의 북장단이 쿵쿵, 현의 가슴을 강하게 울린다.

* * *

진은 미석의 연주가 끝날 때까지 마음을 졸였다.

미석의 실수에 신경이 쓰인 게 아니다. 마음에 신경이 쓰여서이다. 별 것 아닌 일에도 잘 우는 미석이다. 실수를 하면 당황해서 울지도 모른다는 염려와 그래서 사람들 앞에 나서는 걸 더 두려워하게 될까 해서이다.

하지만 그건 진의 지나친 염려다.

미석은 이제 아기가 아니다. 마음이 여린 것도, 그래서 상처를 잘 받는 것도, 상처가 금방 눈물로 변하는 것도 맞지만 이젠 자신이 그렇다는 걸 알고 있다. 알고 있다는 건 자기 조절을 할 능력도 제법 갖추고 있다는 말이다. 미석은 상처가 많은 어린 시절을 보냈다. 태생이었으니 어쩔 수 없었다. 익숙하지 않은 사람은 물론이고 익숙하지 않은 장소나 물건도 모두 힘겹게 극복해야 할 어려움이었다. 보통 어린애들은 모든 새로운 게 그저 호기심의 대상이었지만 미석에겐 무서운 꿈이었다. 영문도 모르고 겪어야 하는 무서운 꿈.

엄마 외엔 대개가 낯설었다. 그리고 무서웠다. 할머니나 아빠는 무섭진 않았지만 편하지도 않았다. 잠깐만 안겨 있어도 불안하고 땀이 났다. 그것도 엄마가 눈앞에 보일 때나 안겨 있을 수 있었다. 엄마가 보이지 않으면 미칠 듯한 공포에 휩싸였다.

글자를 알게 되고, 책을 읽게 되고, 유치원에 다니기 시작하면서 미석은 자신을 드디어 타인과 비교해서 보게 된다. 엄마와 떨어져 신나게 노는 아이들. 엄마가 눈에 보이지 않아도 아무렇지도 않은 아이들. 미석은 혼자 유치원에 가지도 못하고 꼭 엄마와 같이 왔지만 막연하게 그러지 않아야 한다는 걸 느끼고 있었다. 물론 느낀다고 금방 실행을 할 정도로 생각이 여물진 않았다. 하지만 자신이 좀 다르다는 것이 차츰 이상하다는 것으로 바뀌고 드디어 자격지심이 들기 시작했다. 물론 자격지심이란 말은 훨씬 더 뒤에야 알게 된 말이지만.

어릴 땐, 다르다는 걸 잘못된 걸로 오해를 한다. 미석도 그랬다. 자신이 뭔가 잘못하고 있다고 생각했다. 혼자 다니지 못하는 것, 낯선 사람들에게 말을 못한다는 것, 배가 고파도 말을 못하고 집이 아닌 곳에선 먹을 수도 없다는 것. 그 모든 게 잘못이라고 느끼기 시작했지만 고칠 수가 없었다. 고칠 수 없다는 게 얼마나 상처가 되었는지.

고쳐야 한다고 느끼는 순간부터 미석에겐 모든 사회 활동이 상처가 되었다. 대여섯 살 아이가 그런 복잡한 심정을 어른에게 설명하는 건 어렵다. 그걸 엄마에게도 말하지 못하고 혼자 앓았다. 그리고 막연하게 엄마가 알면 걱정할 거라는 생각도 있었으니 참 기특하고도 안타까운 일이다.

상처와 고민이 나쁘지만은 않았다.

성격에 대한 고민은 끊임없이 자신을 돌아보게 했다. 날마다 밤마다 자신을 돌아보는 삶. 미석의 고민은 차츰 자신을 변화시켰다. 노력은 용기를 낳고 용기는 미석을 몰라보게 다른 사람으로 보이게 만들었다.

상처로 인한 고민으로 누구보다 배려심 많고 한편으론 강하게 자란 미석.

그러나 진도 미석의 상처와 변화를 위한 노력을 잘 알지 못한다. 모든 엄마가 자신의 아이를 다 알지는 못하는 것처럼. 그리고 미석은 엄청나게 변했다. 엄마가 알고 있던 그 나약하던 딸이 아니다.

그걸 모르는 진은 괜한 걱정을 했다. 그래서 미석이 무사히 연주를 끝내자 조용히 큰 숨을 내쉬었다.

미석은 손님들을 향해 인사를 하고 물러난다. 얼굴빛도 변하지 않은 야무진 모습이다. 기특하다는 생각은 들었지만 미석의 마음에 자리 잡기 시작한 강한 심지는 보지 못한다. 엄마의 눈엔 자식은 그저 어리고 걱정스럽기만 하다.

진도 아직 연에겐 걱정스러운 자식이다.

연은 아까부터 미석이 아니라 진을 보고 있다. 미석이 바이올린을 들고 나와 소리를 내기 시작하자 진을 찾았다.

미석은 진의 애를 많이 태운 자식이다. 하지만 무던하다 못해 곰 같은 진이 한 번도 싫은 소리 하는 걸 보지 못했다. 그냥 지나가는 소리로 푸념도 할 법한데 그러지 않았다. 그저 자식의 지나친 낯가림을 안타까워하기만 했다. 엄마의 그런 진득한 기다림을 알았는지, 이제 미석은 사람이 다 되었다. 저렇게 나서서 연주까지 하다니. 연은 미석이 바이올린을 켜기로 했다는 소리가 무엇보다 반가웠다. 내키지 않아 하던 잔치가 고맙기까지 했다.

진에겐 크면 다 괜찮다고 위로하면서도 속으로 걱정을 많이 했다. 동네방네 뛰어다니며 온갖 놀이를 할 나이에 외출할 때마다 엄마 허리에 얼굴을 파묻다시피 해서 나갔고, 그래서 여름엔 나갔다 오면 얼굴과 머리가 땀범벅이었다. 그러고 데리고 다녀야 하는 엄마도 엄마지만 도대체 어떤 것이 어린 가슴을 저렇게 두렵게 하나 싶으면 진땀이 났다. 걱정을 하기 시작하면 온갖 얄궂은 생각이 들고 불안해졌다.

할미가 이런데 에미 마음은 오죽할까. 안 그래도 사는 게 고달픈데.

생각할수록 속이 아팠다.

그랬는데,

얼마나 신통한지.

미석은 예쁘고 바르게 컸다.

동그랗고 하얀 얼굴이 진지하기만 하다.

그 얼굴을 하염없이 지켜보고 있는 진.

진은 미석이 연주를 끝낼 때까지 다른 데 눈을 팔지 않았다. 연이 자신을 내내 보고 있었지만 결국 모른다. 미석을 보느라 아무것도 보지 못한다.

북소리가 홀을 울린다.

미석이를 옆자리에 앉힌 진이 그제야 사방을 돌아본다. 미석이 큰 실수 없이 무사히 연주를 끝냈고 진의 마음도 놓였다.

하객들의 눈은 일제히 빈을 향해 있다.

신명나는 장단.

빈은 온몸으로 북을 두드린다. 그렇게 보인다.

쟤는 누굴 닮았을까. 엄마도 아빠도 그런 재주는 없는 것 같은데. 참 신기하다.

그런 생각을 하며 혼자 웃는 진.

빈의 북장단은 솜씨도 솜씨지만 치는 폼이 더 일품이다. 도무지 어린애의 몸짓과 표정이 아니다. 보기만 해도 신난다.

아버지가 살아 계셨다면 참 좋아했겠다. 어떤 반응을 보이셨을까. 빈의 말대로 빈은 정말 분한 건지도 모르겠다. 아버진 감탄도 많고 칭찬도 많았는데. 빈은 누구보다 감탄 어린 칭찬을 많이 들었을지도 모른다.

두 곡의 연주가 끝났지만 빈은 북을 계속 두드린다. 춤판이 벌어졌기 때문이다. 손님들이 하나 둘 일어나고 연도 자리에서 끌려 나간다. 난처함과 웃음이 반반 섞인 엄마의 얼굴.

춤판이다.

엄마보다 다섯 살 위지만 엄마보다 더 날렵한 이모가 달려와 진을 재촉한다.

"네 엄마가 나갔는데, 너희들이 가만히 앉아 있으면 못쓴다. 같이 춤도 추고 그래야지. 동생들 데리고 빨리 나오너라. 손님들도 있는데."

진은 좀 당황스럽다. 시골에서 잔치를 할 땐 꽹과리 치고 춤판이 벌어진다는 건 알고 있지만 그저 구경만 했지 춤을 춰 본 적은 없었다.

그렇지만 그건 남의 잔치고 오늘은 상황이 다르다. 퍼뜩 그런 생각이 든 진은 눈으로 동생들을 찾는다. 하지만 선이 벌써 현을 데리고 춤판으로 들어서고 미와 정과 숙이 자리에서 일어나 진을 보고 손짓한다.

진은 미석의 손을 놓고 자리에서 일어난다.

덩실덩실 장단에 몸을 맡긴 사람들.

그 틈으로 보이는 어머니, 그리고 어머니를 둘러싼 현이와 선, 미, 정, 숙.

세월이 흐른 게 아니라 내가 흘러왔다. 추억과 슬픔은 그 자리에 두고 내가 멀리 멀리 흘러왔다. 이제 뒤돌아봐도 그곳은 보이지 않는다. 그저 아득한 기억만 있을 뿐.

아버지만 거기에 두고 여기까지 왔다. 어머니와 동생들 손을 잡고 오래오래 흘러왔다. 언젠가는 또 누군가를 어딘가에 두고 흘러가겠지. 그렇게 인연이 끊기고 서로에게 추억과 그리움이 되면서.

사는 게 별것도 아닌데. 운이 다하면 맥없이 가야 하고, 가는 사람은 천하장사라도 잡을 방법이 없고, 산 사람은 죽을 것 같아도 명이 다하지 않으면 살아지게 된다. 밥도 먹고, 놀이도 가고, 웃고 떠들기도 하면서.

이렇게 춤도 추면서.

현도 언젠간 결혼을 하겠지. 요즘 어머니가 제일 기다리는 일이 아마도 그것일 테지. 그리고 누나들이 제일 바라는 것이기도 하다. 사는 게 이렇다. 산 사람은 살게 마련이다. 아버지 생각 외엔 어떤 생각도 못할 것 같은 세월이 있었는데. 이젠 수많은 다른 소원들이 먼저다. 현이 장가를 갔으면 좋겠고, 정도 좋은 사람 만나 결혼했으면 좋겠다.

정은 결혼을 하지 않겠다고 선포를 했다. 아니 결혼에 대한 어떤 노력도 하지 말아 달라고 했다. 인연을 억지로 만들진 않겠다나. 나이도 있고 생각도 확고해 생각을 존중해주어야 했다. 정확히 말하면 너무 늦은 관심이라 말에 힘도 없지만.

결혼에 정말 적령기란 게 있는지 모르겠지만 있다고 친다면 적령기의 정은 너무 험한 산을 넘고 있었다. 언니들은 마음뿐이지 몸은 모두 코앞 일에 바빴다. 애들은 어리고 서툰 살림에 정신이 없었다. 자식과 살림은 짐이기도 했지만 핑계거리로도 좋았다. 아마 정이 아니었다면 그렇게 마음 놓고 핑계 삼을 순 없었으리라. 어쨌든 우리들이 돌아보지 못하는 시간에, 공간에 정은 있었다. 남들 보기엔 그냥 어머니 밑에 있는 호사스런 독신이지만 실은 가장이었다. 졸업도 못한 현이 있었고, 졸업 후에도 현은 오랫동안 경제적으로 도움이 되지 못했다. 여러 가지 직업을 가져보고 일을 했지만 번번이 돈은 되지 않았다. 그걸 알면서도 누구도 떠맡을 능력도 여유도 되지 않았다. 물론 정이 없었다면 다른 방향의 방법을 강구했을 것이다. 그 방법이 무엇이었을까. 돈벼락을 맞지 않는 이상, 정을 제외시키고 할 수 있는 시원한 방법은 분명 없었다. 어떤 식이 되었든 엄마는 더 서글펐을 것이고 우린 정신적으로도 물질적으로도 힘들었을 것이다.

사실 그러지 않아도 되어 다행이었다고 말하는 편이 솔직하다.

더 솔직히 말하면 고맙고 미안하다.

잊혀져 가는 것에 대하여

울었다.

생생하게 아프기도 했다. 하지만 아픔이 진을 쓰러뜨리지는 않는다. 옛날엔, 정말 참담했던 그 시절엔 다시는 못 일어날 것처럼 쓰러지곤 했었는데. 이젠 그 기억도 선명하진 않다.

울고 있는 방에 미석이 들어온다.

눈치 빠른 미석이 묻지도 않고 얼굴에 걱정만 가득이다.

"괜찮아, 외할아버지 이야기 읽고 좀 울었다."

"외할아버지 이야기?"

진은 10년이 지나도록 읽지 못하고 있었다.

아버지가 돌아가시던 해였는지, 그 이듬해였는지 이젠 기억도 가물가물하다. 친정에 갔더니 정이 두툼한 원고 뭉치를 내밀었다. "읽어 볼래?"하면서. "뭔데?"라고 물었지만 대답을 들으려고 물었던 건 아니었다.

〈그냥.〉

그게 정의 답이었다. 진도 그냥 받아왔다. 내용을 짐작했던 건지, 짐작도 못하고 받아왔던 건지도 분명치 않다. 정이 내미는 순간 가슴이 좀 서늘해지는 느낌이 있긴 있었다.

그날, 잠자리에서, 원고를 한 장 들춰보고, 한 줄을 읽다 덮어버렸다. 가슴을 망치로 맞는 느낌이었다. 읽을 수 없었다. 그렇게 10년이 흘렀다. 가끔 원고가 생각났지만 그럴 때마다 피했다.

그걸 이제야 읽었다.

잔치 끝자락에 춤을 추면서, 아니 춤을 추고 있는 식구들을 보는데 원고 생각이 났다.

〈읽어야겠다.〉

"재밌어요? 나도 읽어볼까?"

미석이 눈에 흥미가 가득하다. 미석은 무엇이든 읽는 걸 좋아한다.

"그럴래? 너도 읽고 이모들도 읽고 외삼촌도 읽고……."

3부 생사길이 갈라지던 날의 기록

5월 23일

아버지가 죽는단다.

석 달밖에 못 사신단다. 난 이제 겨우 서른인데, 서른에 아버질 잃다니. 서른? 남들이 들으면 웃을지도 모르겠다. 세 살도 아니고 서른이다. 분명 적은 나이는 아니다. 그 나이면 어른이 다 됐다고 생각할 것이다. 몸도 마음도. 나도 그랬으니까. 남들의 서른은 분명 어른이었다. 어떤 상황도 어른스럽게 대처할 수 있는. 그런데 아니다. 도무지 모르겠다. 준비라니. 그런 게 있을 리가 없다. 아버지 죽음을 걱정한 적이 없다. 아버진 아버지로 늘 있는 사람이었다. 난 부모가 있고 형제자매가 많은 집 딸일 뿐이었다. 그랬을 뿐이었다. 하지만 아버지가 죽는단다. 지금까지 복 많다고 여겨온 내 인생은 그럼 어떻게 되나. 나도 참 미쳤다. 지금 내 인생이 문젠가. 우리 아버지. 어떡하지. 뭐부터 해야 하나. 누구에게 알아볼까. 아니다. 오진일지도 모른다. 그래, 오진일거야. 오진임에 틀림없어. 이렇게 병이 위중한데 왜 그동안 아무렇지도 않았겠어? 그게 말이 돼?

아니다. 며칠 전인가. 아니 몇 주 전인가. 아버지가 나보고 오른쪽 갈비뼈 밑을 좀 봐 달라고 하신 적이 있었다. 거기가 결리고 아프다고. 붓거나 뭐 이상하지 않냐고. 겉으로 보기엔 아무런 이상이 없었다. 아무렇지도 않다고 했더니, '어디 나도 모르게 부딪쳤나?' 하시며 파스나 한 장 붙여달라고 하셨다. 당시엔 좀 걱정이 됐지만 파스만 붙여드리고 그 일을 까맣게 잊어버렸다. 그럼 그게 바로? 그렇지만 갈비뼈에 맞히도록 간이 붓고 딱딱해졌는데도 다른 증세는 전혀 없었단 말인가. 그런 말도 안 되는 소리가 어딨어? 사람이 어떻게 그렇게 맥없이 죽어? 아버진 안 죽어!

* * *

내가 나쁜 병에 걸렸다.

오래 전에도 앓았던 병이다. 아내 속을 어지간히 태우면서 겨우 다스렸던 병인데. 병이 다 낫고 나서 아내가 그랬다. 모두들 죽는다고 했다고. 주변 사람들도 그랬다. 자넨 아내 덕에 산 거라고.

그렇게 위중했던 모양이었다.

그때, 연은 의사의 말을 나한테 그대로 전하지 않았다. 그저 간이 좀 나빠졌다고만 했다. 간경변증이 심해 잘못될 수도 있었다는 의사의 진단소견은 병이 다 낫고 난 후에 들었다.

병원도 다녔지만 아내는 민간에 떠도는 좋다는 약물은 다 해보았을 것이다. 시간도 손도 많이 가는. 지금도 생각하면 코끝에서 냄새가 나는 듯하다. 계란 노른자와 참기름 냄새. 그것 외에도 오랫동안 아내의 특제약을 먹었다. 몸이 가벼워지면서는 다 나았는데 왜 계속 먹느냐며, 먹기 괴롭다고 먹을 때마다 짜증을 냈다. 진단 소견을 제대로 몰랐으니까. 술을 끊고 몸조심을 하자 곧 몸이 가벼워졌기 때문에 감기 낫듯 나은 줄 알았으니까. 오랫동안 조심하고 조리하지 않으면 안 되는 병인 줄 몰랐으니까.

그것도 모르고 먹을 때마다 진을 뺐으니 연은 얼마나 기막혔을까. 아내는 혼자 많이 울었다 했다. 그때는 애들도 어렸고 애들한테조차 말을 못하고 혼자 감당을 했으니 얼마나 힘겹고 무거웠겠는가.

지성이면 감천이라고 연의 정성이 통했는지 난 병을 떨치고 일어났다. 그게 벌써 15년이 지난 일이다.

재발은 위험하지 않을까…….

생각만으로도 심장이 덜컥 내려앉는다.

아직은 할 일도 많고…….

내가 참 무슨 쓸데없는 생각을. 살아야지. 살아야 되고말고.

가만 있자, 이 병이 오래 가면, 혹시 내가 잘못되더라도 집에 돈까지 말리고 가면 안 되는데…….

내가 또 무슨 못할 짓을, 아내에게 무슨 못할 짓을. 혈압도 높은데. 신경 쓸 일 만들면 안 되는데.

다 내 잘못이다. 술을 입에도 안 댔어야 했는데.

병이 나았을 땐 조심을 했다. 일 년 가까이 정말 술을 딱 끊었다. 하지만 직장생활을 하면서 술을 입에 대지 않는 건 참 어렵다. 물론 술을 즐기기도 하지만.

투병의 고통을 차츰 잊어버리고 조금씩 마시기 시작했다. 조심하고 절제

하며 마시는 술이지만 취해 들어오는 날엔 연의 이마에 근심이 가득했고 책망도 했다. 그럴 때마다 조금씩 먹는 건 도리어 약이라며 변명했다. 아내는 할 수 없이 웃었지만 원망의 눈빛은 감추지 않았다.

원망의 눈빛.

정말 미안하다.

정말 아내 말대로 돈이 좀 없는 것 빼곤 걱정 없는 집이다. 난 그게 제일 큰 걱정이었지만. 아프고 보니 그렇다. 아프지만 않으면 걱정도 없을 것 같다. 밥 못 먹고 사는 형편도 아니고. 자식들도 다 컸다. 현이 졸업만 하면 크게 돈 들 일도 없고.

병만 나으면, 병 나으면, 여보!

기다려 보소. 다시는 당신 아무 걱정 없이 살게 해 줄 터이니.

5월 29일

선이 언니가 왔다.

오자마자 부엌으로 들어간다.

"아버지 육회거리 사왔어요. 다른 거 뭐 잡수시고 싶은 거 있으면 말씀하세요. 다음에 올 때 사올게요."

사람들은 어떤 일이 일어나면 먹는 것부터 챙긴다. 전쟁이 나도, 군대 간 아들 면회 갈 때도, 병이 났을 때도. 먹는 걸 보면 우선 안심이 되는가 보다. 하긴 먹어야 살고, 먹는 동안은 살아있는 것이고, 살아 있기만 하면 삶은 반 성공한 거 아닌가.

언니 얼굴은 밝다. 아무 일도 없다. 그저 늘 그랬던 것처럼 맛있는 거 사들고 친정 온 모습이다. 내가 무얼 착각하고 있는 건가. 심각하지 않은 병인가. 혹 잘못 알고 방정을 떨고 있는 걸까. 그런 건가. 다시 한 번 물어볼까. 그래, 그래야겠다.

'간암'

맞단다. 그 무서운 말이 정말이란다. 고기를 썰다 내 물음에 돌아본 언니는 그렇게 말했다. 암이 폐까지 퍼졌단다. 난 더 무서운 말까지 듣고 말았다.

언니는 마치 신문에 난 사건사고 소식을 전하듯 아무렇지도 않은 표정으로 말한다. 그리고 단호한 표정으로 이 말을 덧붙였다.

"안 돌아가셔. 내가 꼭 살릴 거다."

그 말이 위로가 되었던가. 모르겠다. 아무 생각도 없다. 무슨 생각을 하고 있는지도 모르겠다. 그냥 석 달이란 말만 머릿속에 뱅뱅 돈다.

석 달? 석 달, 석 달. 석 달이 도대체 얼마나 되는 거지? 오늘이 며칠?

날짜를 생각하려 하는데 눈물이 솟는다. 슬프지도 않은데, 아무 생각도 없는데 왜 눈물이 나는 건지. 울면 안 되는데. 엄마도 계시고 아버지도 계신데서 울면 안 되는데. 하지만 눈물은 대책도 없이 넘치고야 만다. 괜히 걸레를 들고 부엌 바닥을 문지른다.

아버지가 죽다니. 엄마는 어떻게 하고.

아버지가 죽다니. 이제 아무 걱정 없는데.

사람들은 죽음 앞에서 왜 이런 말을 할까. '이제 아무 걱정 없는데' 라니. 그 전엔 무슨 걱정을 그렇게 했단 말인가. 생각도 나지 않는다. 아무 생각도.

사실은 아무 걱정 없는 게 아니라 죽음 앞에서는 살아서 하는 어떤 걱정도 사치한 감상으로밖에는 안 보이기 때문이리라. 더 이상 이 세상에 없을 거라는데……. 한숨도, 눈물도, 살아있어야 할 수 있는 것들이 아닌가.

* * *

둘째가 소리도 요란하게 들어온다.

"아버지, 저 왔어요."

인사를 하자마자 부엌으로 들어가 무얼 한다고 난리다.

집은 어떡하고 왔을까. 식구들 저녁은 해놓고 온 건가. 자꾸 친정 신경 쓰다보면 집안일 소홀하게 되고, 아무래도 시댁 식구 눈치도 보일 텐데.

애들 저녁은 어떡하고 왔느냐, 여긴 신경 쓰지 말라는 말을 하고 싶었지만 하지 않는다. 대신 시댁은 모두 편안한가, 묻는다. 선이는 부엌에서 큰소리로 대답한다.

"Of course!"

어쨌든 시원한 대답에 마음은 놓인다.

아내와 정도 부엌에 같이 있는 모양이다. 난 귀만 기울여 부엌의 소리를 살핀다. 아내와 정의 소리는 들리지 않고 선이 목소리만 가끔 들린다. 그리고 도마 소리, 물소리. 한참 동안 부엌은 부산하다.

빨리 나아야지. 식구들 걱정, 수고, 헛되지 않게.

그래도 살아있어야 저희들한테 힘이 되지. 죽고 나면 아쉬운 게 많을 게다. 할 일이 아직 많지 않은가 말이지. 정이 숙이 결혼도 해야 하고. 현이 공부도 해야 하고. 살아야지. 내가 가면 정이, 숙이가 충격이 클 게다. 저 어리석은 현은 또 어떡하고. 복 없는 마누라, 나 만나 고생만 죽자 하고. 예전 그 고생을 또 시키다니.

여보, 연아! 걱정하지 마소. 내가 살 수만 있다면, 뭐든지 먹고 꼭 살아 볼 테니까. 죽을 요량으로 약 먹으면 못 살겠는가. 집념으로 먹고 살아 볼 터이오.

그리고…….

병 다 나으면, 병만 나으면 정말 마음 편하게 살라네.

당신하고 팔도강산 유람이나 하면서.

6월 21일

아버진 간암이 아닐지도 모른다. 정말 오진일지도 모른다.

아님 기적이 일어나고 있는 건가. 기적같이 낫는 중인가.

막연하게 하는 소리가 아니다. 내 눈엔 희망의 조짐이 분명 보인다. 몇 주가 지났는데 아버진 여전한 모습이다. 병이 깊어지면 몸에 반점이 생길 수도 있다는데, 가려울 수도 있다는데, 복수가 차기도 한다는데. 아버진 평소 좀 마른 모습 그대로다.

음식도 맛있게 드시고, 엄마와 청소도 하고, 매일 마당 귀퉁이에 심어놓은 고추, 가지 포기에 물도 준다. 뜰을 쓸고, 집 앞 길도 쓸고, 셋째 언니가 어린 찬을 데리고 놀러오면 찬이 유모차를 끌고 골목도 돌아다닌다.

하지만…….

그런 일들은 아프고 나서의 일상이다. 그래서 또 불안하다.

아버진 납품하던 일이 끊어지고 나서도 집에만 마냥 계시진 않았다. 끊임없이 일거리를 찾아 다녔다. 친구가 경영하는 주유소에서 일을 하기도 하고 아파트 관리인으로 몇 달을 지내기도 했다. 관리인으로 일을 했을 땐, 특히 밤에 당번을 하고 아침에 퇴근을 하는 때면 밤새 바짝 말라버린 것 같아 속이 상했다.

아버지가 관리인으로 일을 하고 있을 때, 아침 출근길에 버스 정류장에서 아버지와 마주친 적이 있었다. 아버진 야간 당번을 마치고 집에 오는 길이었다. 버스에서 내린 아버진 내가 서 있는 것도 눈치 채지 못하고 허적허적 내 쪽으로 걸어왔다. 가까이 오시는데 눈이 퀭하고 피부는 물기 하나 없이 바싹 말라 몹시 아픈 사람 같았다. 밝은 하늘 아래 아버진, 집에서 보던 것과 많이 달라 보였다.

그래서 내가 엄마한테 말한 적이 있다. 아버지 일 안 해도 먹고 살 수 있다고. 집에서 그냥 쉬면 안 되냐고. 그때 엄마의 이마에 빠르게 스쳐간 어두운 그림자를 난 그냥 지나쳤다. 지금 생각하면 엄마도 걱정이 됐던 게 분명하다. 어쩌면 그때부터 병이 시작되고 있었는지도 모르겠다.

아버지가 너무 고단해 보이더라는 걱정에 엄마는 그렇게 말했다.

"그렇긴 하지만 네 아버지가 어디 편하게 앉아서 놀 사람이냐. 안 그래도 네 돈이나 언니 돈 쓸 때마다 불편해 하는데."

아버지가 그러셨단다.

'자식 돈은 서서 받고 남편 돈은 앉아서 받는다는데, 칠십까지는 돈 벌어서 당신 내 돈 받아쓰게 해 줄 터이오.'

하지만 아버진 지금 약속을 못 지키고 있다. 집에서 지내신다. 변함없는 모습으로.

변함없는 모습?

정말일까. 정말 그럴까. 아닐지도 모른다. 난 늘 보고 있어서 모르는 것뿐이고 오랜만에 보는 사람들은 놀랄지도 모른다. 변한 모습에 말도 못하고 속으로 놀라고 있는지도 모른다. 그럴 수도 있다.

하지만…….

누구에게 물어보고 싶지는 않다.

묻기 싫다.

* * *

병이 좀 잡힌 것 같다. 애들이 그렇게 애쓰는데 나아야지.

참, 다행이다.

고맙다. 온통 고마운 것뿐이다. 애들도 그렇고. 아내도 그렇고.

그동안 살아온 세월 헛되단 생각한 적이 많았다. 내놓고 말은 못했지만 혼자 절망하며 괴로워했던 시간들.

돈을 좀 더 벌어 보겠다고 18년이나 몸담았던 공직을 떠나 시작한 납품업. 피를 말리는 일이었다. 공개입찰 때마다 겪는 피를 말리는 신경전. 세상에 정말 쉬운 일은 하나도 없었다. 월급보다 수입이 낫긴 했지만 해마다 낙찰을 받아야 되는 일이었기 때문에 해가 바뀔 때면 불안이 극에 달했다. 겨우 두 번째 낙찰을 따내면서 후회하기 시작했다. 차라리 수입이 적어도 월급이 나았다는. 게다가 해마다 낙찰가는 낮아졌다. 그럴 수밖에 없는 것이 가장 낮은 가격을 써내는 사람에게 낙찰이 되니 어쩔 수 없었다. 그러면서도 해가 바뀔 때마다 낙찰을 못 받을까 전전긍긍. 내 신경은 건드리면 끊어질 듯 팽팽해져 자꾸 식구들에게도 날카로운 소리가 나갔다. 말이 나가는 순간 후회를 하고 또 화를 내고.

　내겐 너무 맞지 않는 일에 뛰어들었다는 걸 알았지만 되돌려 놓을 수 없는 일이었다. 되돌리는 게 불가능한 일에 대한 후회. 그런 후회를 해 본 사람은 알 것이다. 그 후회가 절망의 방망이가 되어 가슴을 친다는 걸. 잠이 들었다가도 갑자기 그 생각이 나면 심장이 요동을 쳐 깨버리고 만다.

　그 불안을 누구에게 말할 수 있었겠는가. 아내에게 고민스런 이야길 꺼내기도 하지만 그저 나만 믿는 불안한 눈빛을 마주하면 꿀꺽, 나오던 말을 삼키고 만다. 아내가 걱정하는 나의 불면은 그래서 갈수록 심해졌다.

　그 일은 결국 3년 전에 끝이 났다. 더 이상 할 수가 없었다. 낙찰을 받아봐야 수입도 별로 안 되는 조건이기도 했지만 낙찰도 받지 못했다.

　내가 자세한 이야길 하지 않는다 해도 표정과 걱정을 다 감추진 못한다. 식구들은 결국 알고 있었던 셈이다. 내 고민과 불안을. 물론 간단히 말하면 돈 고민이지만.

　더 이상 일이 없게 된 날, 연에게 처음으로 자세한 이야기를 했다. 연이 그렇게 말했다.

　"공직에 있었어도 어차피 퇴직할 나이도 다 된 걸요. 현이만 졸업하면 크게 돈 들 일도 없을 테고. 정이 숙이는 직장이 있으니까 또 걱정할 일 없고."

아주 맞다.

　지금 와서 보니 난 정말 걱정할 일이 없었다.

　복 있는 사람이다. 없는 집에 떼쓰고 욕심 부리는 자식 있으면 그것도 부모 자식 간에 못할 짓일 텐데, 자식들 다 그만하면 부모 고생 알고, 해주는 대로 입고 먹고, 시집을 갔어도 늘 친정에 마음을 쓴다. 친구들이 나보고 그랬다. '자넨 돈 걱정만 하면 되니까 제일 행복한 사람'이라고.

내가 그동안 뭣 땜에 그렇게 속을 끓였나 싶다. 죽고 나면 다 그만인데. 호강시키고 싶은 거, 잘 되는 것 보는 것도 다 살아있어야 할 수 있는 것들이다. 무덤에 누우면 손톱만 한 것도 도와줄 수 없다.

손톱만 한 것도.

7월 12일

기침 소리.

아버지가 기침을 하시는구나. 안 되는데. 기침나면 안 되는데. 폐까지 번졌다더니, 정말 암이구나. 정말.

몇 시나 되었나?

아직 한밤중이다. 저녁 먹을 때도 괜찮았는데. 같이 텔레비전 볼 때도 괜찮았는데. 어젠 잠도 일찍 들었다. 내가 텔레비전을 끄고 나오는 것도 모르고 주무셨는데. 이젠 기침 때문에도 잠은 더 힘들어지겠구나.

아버진 본래 잠을 잘 못 잤다. 엄마 말씀으론 오래 되었다는데. 그래서 굿을 한 적도 있었다는데. 근데 굿을 한 날 밤 하루 잘 자는 것 같더니 소용도 없더라고.

어릴 때, 아버지가 어쩌다 낮잠이라도 들면 우린 무조건 조용해야 하는 걸로 알았다. 철이 들면서는 아버지의 잠을 보물처럼 여겼다. 초저녁에 같이 이불 속에 발을 넣고 앉아 텔레비전을 보다가 아버지가 잠이 들 때면, 일어서지도 발을 빼지도 못했다. 잠이 들긴 힘들어도 깨는 건 허망할 정도로 쉬웠기 때문이다. 그래서 우리 모두에게 아버지의 잠은 일초 일초가 소중했다. 그만큼 힘들게 드는 잠인데 기침까지.

아버진 병 때문이 아니라 불면 때문에 돌아가시겠구나.

아버지가 건넌방으로 가시는 소리가 들린다. 그리고 또 기침 소리.

엄마는 어떻게 하고 계실까. 잠이 깬 건 아니겠지. 차라리 모르는 편이 낫다. 잠이라도 푹 자야 한다. 엄마까지 아프면 정말 큰일이다.

큰일이다.

어떡하면 좋을까. 언니들한테 말을 해야 하나. 어떻게 해야 하나. 뭘 해야하지. 난 뭘 해야 할까.

* * *

가슴을 할퀴듯 터져 나오는 기침.

잠에서 깬다.

웬 기침? 와락 겁이 난다. 기분이 좋지 않다. 감기가 들었나. 이 여름에?

아직 사방은 컴컴하다. 아내는 깊이 잠들어 있다. 잠 하나는 정말 복을 타고 났다. 아무리 걱정이 많아도 일단 누우면 잠에 빠진다. 하긴 늘 일이 과하다. 요즘은 매일 나 때문에 부엌에서 살다시피 한다. 입에 맞는 걸 한 가지라도 더 만들려는 거겠지. 다 먹지도 못한 음식들이 쌓이고 밀리지만 아내는 끼니마다 새로 한 것만 올린다. 내가 입이 까다로운 건지, 입맛이 떨어지는 건지, 사실 점점 먹는 게 좀 괴롭다.

또 기침.

위 속까지 쓰려온다. 간이 나빠도 기침이 나는 건가. 애들이 나한테 뭘 속이고 있는가. 나쁜 병인데 말 못하고 있는 건 아닐까. 등이 서늘해진다. 그럴지도 모른다. 병이 나으려면 하루가 다르게 몸이 가벼워져야 한다. 그걸 자신이 제일 먼저 느낄 텐데. 하지만 분명 아니다. 두 달이 다 돼 가는데, 입맛이 떨어지고 점점 피곤해진다.

이것 봐라. 반지가 저절로 빠진다. 환갑 때 자식들이 해 준 반지다. 반지라곤 난생 처음 끼어 봤다. 이 반지 끼고 아내랑 여행을 다녀왔다. 둘이 한 여행도 처음이었다. 애들이 환갑 기념이라며 미리 예약을 해 놓은 여행이었다. 그런데 난 이상하게 몹시 피곤해서 사흘 동안 맥을 못 추고 연의 걱정만 끼치다 돌아왔다. 돌아오자마자 선의 강압에 못 이겨 병원을 갔다. 연이 걱정이 되어 이야길 한 모양이었다. 난 병원에 가기 싫었지만 선이 나서면 아무도 못 말린다. 친분 있는 의사와 진료 약속까지 해놓았단다. 결과는 크게 걱정할 정도는 아니었다. 간이 좀 나쁘니 잘 먹고 푹 쉬기만 하면 된다고, 선이 의사의 말을 전했다. 그랬었다. 난 선이 말대로 아무 일도 하지 않고 지금까지 열심히 주는 대로 약도 먹고 밥도 먹었다.

그런데,

살이 이렇게 빠졌나. 손가락에서 힘없이 빠져 나온 반지. 손바닥에 얹어놓고 한참 내려다본다. 끼고 있다간 잃어버릴 것 같아 손에 쥔다.

또 위가 쓰려온다. 이마에 땀이 밴다. 분명 덥지는 않은데. 애들이 날 속인 건지도 모른다. 말을 할 수가 없어서. 내가 신경이 날카로운 사람이니까. 본래도 잠을 잘 못 자는 사람이니까. 잠까지 못 자게 될까봐 거짓말을 한 것이다. 그렇지 않을까.

이번엔 등에 땀. 서늘한 땀이다.

이 반지 제대로 껴보지도 못하고 내가 가는가. 둘이 처음으로 여행이란 걸 다 가보고, 그게 마지막이 될라나. 여행에서 돌아오자마자 병원 가고 지금까지 이러고 있으니, 한심해라. 그때는 봄이었는데 온 봄을 병치레로 보냈구나.

아내가 돌아눕는다. 깨나 싶었지만 곧 깊고 고른 숨소리. 많이 고단한 모양이다. 잠이라도 잘 자야지.

가만히 일어나 건넌방으로 건너온다.

언제부턴가 건넌방에서 잠을 잤다. 애들이 출가를 해서 빈 방이 생긴 덕분이기도 하지만 밤에 잠이 깨면 도무지 잠이 들기가 쉽지 않다. 겨우 잠이 들었다가도 옆에서 뒤척이면 곧 깨어버리니 정말 낭패였다. 연은 나 때문에 긴장하고 나 또한 마음대로 뒤척일 수 없으니 잠들지 못하고 있는 밤이 괴롭다. 그래서 어느 잠이 오지 않는 밤, 불이라도 켜놓고 책이나 읽자 하고 건넌방으로 건너갔다. 그때부터 밤에는 거의 건넌방으로 간다. 근데 어제는 무슨 복인지 같이 누워 텔레비전을 보다 잠이 들었던 모양이다. 내처 몇 시간을 잔 모양이니 참 신통한 일이다. 기침만 아니었다면 아침까지 잤을지도 모르는데.

건넌방 불을 켜고 침대에 앉는다.

낮에도 누워 쉬기는 침대가 좋다고 병원 갔다 온 다음 날 둘째, 선이 사다가 들여 놓은 것이다. 말은 맞다. 난 낮에도 종종 침대에 누워 지낸다. 요를 펴고 할 필요가 없으니 언제라도 편하게 누울 수 있어 좋다.

침대에 앉아 꽉 쥐고 있던 손을 편다. 반지. 다시 손가락에 끼어 본다. 역시 너무 헐겁다. 끼고 있다간 잃어버리기 십상이다. 어디 잘 두어야겠다. 나중에 다시 끼든가.

'다시 끼게 될라나?'

그런 생각을 하다 깜짝 놀란다.

반지를 침대 머리맡 작은 서랍에 넣어둔다. 애들이 이걸 발견하게 해선 안 된다는 생각이 든다. 그래선 안 된다. 안 된다.

그렇다. 여름이라 이렇게 힘이 없을 지도 모른다. 잘 먹지 못해서, 그래서 그런지도 모른다. 맞다. 그런가 보다. 빨리 입맛 돌아오는 가을이 와야지. 가을이 오면 괜찮을 것이다. 그래, 건강한 사람이라도 더위 먹으면 맥 못 추지. 그런 모양이다.

동이 트려는지, 밖이 좀 밝아지는 듯하다.

7월 21일

괴롭다.

심장을 쾅쾅 울린다.

피가 올라올 것 같은 모진 기침 소리.

저렇게 기침을 하면 속이 터져버리지 않을까. 참을 수 없다. 듣고 있을 수가 없다. 나는 귀를 막는다. 귀를 막고 운다.

처음엔 밤에만 나던 기침이 이제는 밤낮이 따로 없다.

낮엔 그래도 조금은 덜 하다. 기침은 누워있으면 더 심해졌기 때문이다. 그래서 밤은 이제 모두에게 공포가 되었다. 듣는 것도 괴로운데 아버진 어떠실까. 그 생각을 하는 것조차 끔찍하다. 이제 엄마도 잠을 설친다. 곡괭이로 꽁꽁 언 땅을 찍어대듯 하는 기침소리에 깨지 않을 수는 없었다. 어머니와 아버진 밤새 안방과 건넌방을 왔다 갔다 하며 밤을 보낸다.

요즘 아버진 초저녁엔 안방에서 주로 잠이 든다. 엄마가 손을 잡고 가슴을 쓸고 있으면 거짓말같이 잠에 빠진다. 하지만 오래 잠들어있지는 못한다. 엄마가 움직여서가 아니다. 어떤 소리 때문도 아니다. 이젠 기침 때문이다. 기침은 아버지의 곤한 잠을 잠시도 편하게 두지 않는다. 그리고 한 번 시작한 기침은 좀처럼 멈추지 않는다.

기침이 시작되면 아버진 일어나 건넌방으로 가신다. 엄마를 자게 하기 위해 건너가지만 모진 기침 소리는 결국 엄마를 깨우고 만다. 잠이 깨면 엄마는 정신없는 중에도 일어나 건넌방으로 간다. 기침을 하는 아버지 손을 잡고 가슴을 쓸고 또 쓴다. 운이 좋으면 빨리 기침이 멎고 잠이 들기도 한다. 그렇지만 그렇게 든 잠도 오래 가지는 않는다.

밤마다 아버지는 베개를 몇 개나 포개놓고 그 위에 등을 대고 누우신다. 하지만 어떻게 누워도 편하지 않다. 밤새 기침과 불면과 베개와 씨름을 할 뿐이다.

아침에 내가 출근할 무렵에 기침이 멎고 하루 중 가장 깊은 잠이 든다.

움푹 들어간 눈자위와 굳게 감겨진 눈, 마르고 검어진 피부, 힘없이 포개어진 팔다리. 웅크리고 옆으로 누운 작은 체구. 이젠 누가 보아도 병이 깊다.

아버지가 정말 죽는가. 암은 말기에 몹시 아프다던데, 아프단 말씀은 안 하신다. 참으시는 걸까.

아버진 그만 희망을 놓아버린 걸까. 알아버린 걸까.

이젠 우리가 권하는 것도, 엄마가 해주는 것도 자꾸 거부하신다.

암에 좋다는 약물과 치료법은 얼마나 많은지.

왜 그렇게 많은지 이해하고도 남는다.

엄마와 우리들도 점점 미쳐가고 있는지 모른다. 죽는다는데, 병원에선 방법이 없다는데. 그렇다고 기다리기만 할 수 있는 사람들이 있을까.

얼마 전에는 어머니가 오래된 기와지붕에서 자란다는 와송을 구했다. 와송 달인 물이 특효라고. 하지만 아버진 마실 때마다 괴로워했다. 한 모금씩 삼킬 때마다 진저리를 치신다. 자꾸 소용없다고 잘 드시려고 하지 않았고 그럴 때마다 한참 동안 엄마와 입씨름을 한다. 엄마도 아버지도 지친 기색이 역력하다. 이젠 아버지보다 엄마가 더 걱정이다. 하루 종일 동동거리고 밤에는 또 잠을 설치고.

아버지에게 말씀드릴까. 병명을 모르기 때문인지도 모른다. 알고 나면 더 적극적으로 대처하지 않을까. 적어도 약물 드시는 걸로 엄마와 씨름하지는 않을 것 아닌가. 내가 말씀을 드릴까. 이 문제로 우리 남매들 사이에 벌써 많은 말이 오갔다. 이젠 모두 알려야 한다는 데 동의는 했지만 누구도 말하지 못했다. 큰언니가 큰맘 먹고 온 날이 있었다. 하지만 결국 말 못하고 돌아가며 언니가 그랬다.

"아버지 눈을 보고 있는데, 정아, 나는 죽어도 입이 안 떨어지더라. 난 못하겠다."

언니가 그러고 간 뒤, 아무도 더 이상 그 말은 꺼내지 않는다.

그런 생각도 든다. 어쩌면 다 알고 있는지도 모른다. 아버지도 우리처럼 연기를 하고 있는지도. 모른 척하시는지도.

정말 나중에 크게 후회할 짓을 하고 있는 건 아닌지.

그렇더라도 난 지금 무얼 할 수 있을까.

＊　＊　＊

날카로운 갈고리가 위장과 폐를 사정없이 긁는다. 소름이 돋는 통증과 함께 기침이 터져 나온다. 그 서슬에 겨우 든 잠은 소스라치며 깨버린다. 그리고 숨이 막혀버릴 듯 한참 동안 이어지는 기침.

밤마다 몇 번씩 겪는 지옥이다. 낮에는 그런 대로 견딜만하지만 해 지는 게 두렵다. 잠 못 드는 밤이 괴롭고 길다 생각했는데 이젠 그때가 그립다. 아프지만 않아도, 기침만 없어도 그런 밤은 얼마든지 견딜 수 있을 것 같다. 해가 지고, 어둠이 내리면 공포감이 밀려온다. 살겠다는 용기는 공포심에 자꾸만 밀려난다. 밤마다 어둠보다 더 어두워지는 심정.

고통과 공포심은 판단력까지 흐리게 하는 것 같다. 자제심도 무너뜨린다. 무서움에 못 이겨 자꾸 애들한테 질문을 하게 된다.

병원에선 정말 낫는다고 하느냐.

차도가 없는 것 같으니 다시 진단을 받아봐야 하는 건 아니냐.

그때마다 애들 얼굴을 스치는 당혹의 그림자.

반지는 서랍 속에 그냥 넣어두기로 했다. 정말 헐거워서 낄 수가 없다. 살게 되면 내가 찾아서 다시 끼면 되고, 죽으면 누군가 찾게 되겠지.

정말 죽는가. 가망이 없어 보인다.

어제는, 병원에 가서 다시 진단을 받아보겠다 했더니, 둘째가 와서 간곡히 말리고 갔다. 아는 병인데 병원 가서 뭐하시냐고. 아버지 말대로 나쁜 병이라면 그때는 어떡하겠냐고. 아버지 병은 간경변일 뿐이고 꼭 낫게 해 준다고. 본래 그 병이 회복이 더딘 병이라 하니, 마음 느긋하게 잡수시고, 집 걱정, 돈 걱정은 하지도 말라고.

그 녀석 말 듣고 있으니 힘도 나고 맞는 말인 것 같으면서도 한편으론 더 불안했다. 정말 속이고 있는지 모르겠다는 생각이 들었다. 진짜 병명을 알게 될까봐 이렇게 말리는 게 아닐까 하는.

선이 다녀간 뒤 아내를 찾았다. '왜요' 소리만 들리고 도통 부엌에서 나오지 않는다. 요즘은 도무지 입맛이 없다. 모래를 삼키는 것 같으니 뭘 먹는 게 괴롭다. 그래서 그렇겠지만 혹 입에 맞는 걸 놓칠세라 아내는 부엌에 산다. 내가 살아있어도 고생밖에 안 시키는구나 싶어 마음이 무거웠다.

한 번 더 재촉했더니 젖은 손을 치마에 닦으며 들어왔다.

"옆에 좀 앉으소."

하며 침대 옆 자리를 가리켰다. 아내는 앉기 무섭게 갑자기 흑흑 운다.

"내가 당신 아픈데 뭘 할지도 모르겠고, 잘 하지도 못하겠고, 왜 이렇게 어-하고 있는지 모르겠어요."

하며.

나는 할 말이 없다. 그냥 손을 잡고 "그래, 그래." 하고만 있었다.

아내는 한참 울더니 가스 불에 뭘 얹어 놓고 왔다며 나갔다.

8월 15일

해가 지자 풀숲 속에서 노란 것들이 보이기 시작했다.

달맞이꽃이란다.

이게 바로 달맞이꽃이구나. 말로만 들었던. 정말 밤에 피는구나.

하늘이 어두워질수록 꽃들은 더 노랗고 크게 피어났다. 어둠 속에 핀 수많은 노란 꽃들. 하늘에는 달이 떴고, 그 꽃들을 뒤로 하고 돌아오는데 왜 그렇게 쓸쓸하고 어지럽던지…….

아침에 전화가 왔다.

여름 방학 가기 전에 가족 소풍 한 번 가자고. 준비는 언니들이 다 했으니 엄마 아빠 모시고 몸만 따라나서면 된다고. 왜 갑자기 가냐고 묻지는 않았다. 언니 말을 전했더니 아버지도 아무 말씀 없다. 하자는 대로 하신단 뜻이리라. 난 좋은 것도 싫은 것도, 표현할 길 없는 묘한 심정이다. 무작정 즐거울 수 없을 것은 확실하다. 마지막으로 꼭 어딜 가는 것 같아서 마음이 복잡했다.

형부와 조카들까지, 대가족이었다. 정말 마지막이란 걸 시위라도 하듯 빠짐없는 출동이다. 어린 조카들은 웃고 떠들고 어른들은 아이들을 보면서 웃었다.

해가 맹렬히 하늘 중간에서 타고 있을 때, 둘째 형부가 추천했다는 장소에 도착했다. 낚시 다니다 발견한 장소라 한다. 한쪽으로 못 둑이 높이 막혀있고 다른 쪽으로는 낮은 언덕이 멀리 둘러쳐진 아늑한 분지 같은 곳이었다. 둑 너머엔 물이 있어 낚시도 하고 물놀이도 할 수 있다 했다.

풀밭에 자리를 깔고 텐트로 햇빛도 가리고 준비해온 음식을 폈다.

하늘은 맑고, 간간이 바람이 불어 풀과 나뭇잎을 흔들고, 햇빛을 가리는 텐트와 그 그늘 아래 잘 차려진 음식. 그리고 가족들. 아이들의 웃음소리.

보이는 대로, 그것뿐이라면 얼마나 좋을까.

얼마나 좋을까.

하지만 찬란한 햇빛 아래 초췌한 아버지. 집에서 볼 때와 또 다르다. 눈부신 자연은 뛰어다니는 조카들을 더욱 빛나게 만들고 아버진 더욱 그늘지게 만들었다. 참아야 소용없는 눈물이 솟는다. 난 셋째 언니 품에서 조카 찬을 빼앗아 든다.

"내가 안고 있을게."

찬을 안고 돌아선다.

괜찮다, 괜찮다, 마음에 주문을 건다. 오늘 이 자리에서 눈물을 보여선 안 된다. 그러나 멀리 하늘이 흐려지고 숲이 흐려지고 풀밭이 흐려진다.

"정아."

아버지가 부른다. 심호흡을 하고 눈물을 삼킨다. 돌아 선다.

빨리 와서 먹지 뭐하냐고.

아버지 옆자릴 가리키며 손짓을 한다.

난 지금 아버지 옆에 앉아 있다. 닿지 않아도 아버지의 마른 몸을 느낄 수 있다. 이따금 불어오는 바람에 소맷자락이, 옷자락이 몸에 붙었다 떨어 지며 굴곡을 드러낸다. 많이도 야위었다.

상추가, 튀긴 닭이, 고기가, 과일 접시가 흔들린다.

아버지의 젓가락도, 젓가락을 잡고 있는 손도 흔들린다.

고개를 들지 못한다.

바보 같다.

정말 바보 같다.

아버지는 해가 질 때까지 내내 야외용 의자에 앉아 계셨다.

어두워지면서 풀숲에서 노란 꽃이 하나씩 피어났고, 그 흐드러진 꽃들을 뒤로 하고 돌아오는데 왜 자꾸 돌아다 보이는지.

* * *

갑자기 소풍 간다고 야단이다.

외손들이 좋아하겠다. 식구들 모이면 그놈들이 제일 신난다.

둘째 사위가 좋은 데 봐둔 데가 있단다. 낚시 갔다가 발견했는데 물도 있고 숲도 있고 풀밭도 넓어서 애들 놀기에도 안성맞춤이란다.

저희들 좋다면 그만이다. 나야 요즘엔 집 떠나는 거 겁나고 그저 자꾸 편한 자리만 찾는 형편이다.

시내를 벗어나니 논밭은 온통 초록이고 바람도 한결 달라 기분이 괜찮다. 몸이 가벼워진 것 같기도 하다. 먼 하늘을 본다. 구름 한 점 없이 맑다. 한낮엔 상당히 더울지도 모르겠다. 그런 생각을 하는데 옆에 앉은 아내가 손을 잡는다. 돌아보니 '괜찮은가?' 하는 눈빛이다. 운전하는 앞자리 애들이 들을까봐 소리를 내지 않는 모양이다. 모처럼 모여 놀이를 가는데 마음 어두울 이야기가 귀에 들어가게 하고 싶지 않은 것이다.

난 요즘 조금만 움직여도 몹시 피곤하다. 잠깐 외식을 하고 들어와도 마루에 올라설 땐 엎드러지고 싶다. 애들 마음 다칠까 표를 안내려고 겨우 버티던 몸은 집에 들어서면 그만 무너지고 만다. 어떤 날은 마루에 올라서지도 못하고 신을 신은 채 누워버린다. 아내는 내 신을 벗기며 울었다. 신을 벗기는 손이 몹시 떨려서 알았다. 손길은 뜨겁고 내 마음은 참담했다. 그래도 난 한참 동안 그대로 누워 숨을 골라야 했다.

물론 그런 일을 애들은 모른다. 저희들 눈으로 보지 않은 걸 굳이 알게 할 필요는 없다. 그게 아니라도 마음 쓸 일은 얼마든지 있다. 감당하기 힘들 정도로 많을지도 모른다. 특히 같이 지내는 정에겐. 밤마다 기침 소리에 잠을 설칠 것이고 깨고 나면 긴 시간 잠이 들지 못하는 날이 있을지도 모른다.

아내는 몹시 쇠해진 내 기운을 염려하고 있는 것이다. 눕고 싶지는 않은지, 견딜만한지.

난 '괜찮아, 걱정 마소.' 소리 없이 입만 움직인다. 아내도 소리 없이 고개만 끄덕인다.

도착하자마자 아이들은 풀밭을 보고 소리를 지르며 좋아한다.

저 놈들 커서 시집, 장가가는 거 볼 수 있을까.

턱도 없는 소리다. 욕심이다.

이십 년은 더 살아야 큰 손자 겨우 장가들 나이가 된다.

살기는 살아야 하는데, 자신은 없고…….

저놈들이 문제가 아니다. 정이 올해 몇 살인고? 벌써 서른이다. 거 참, 언제 저래 나이는 먹었을꼬. 숙도 적은 나이가 아니다. 꽉 찬 나이들이다. 혼사 성사시킬 때까지는 살아야 되는데. 그리고 현이, 우리 현이. 현이 뒤를 봐주고 죽어야 되는데. 내가 지금 잘못 되면 누나들한테 짐 되고, 짐 되게 하고……. 얼마나 기다려 얻은 아들인데. 많이도 기다렸다. 연에겐 말도 못하고 많이 기다렸다.

기다리고 낳고 할 때가 좋았다. 그때가 좋았다.

키울 때는 아들이나 딸이나……. 똑같은데.

선이 나보고 빨리 오란다.

"야외 식탁 준비 끝났어요."

입에 손을 모아 대고 소리친다. 참 세상 멋지게 사는 놈이다. 늘 즐겁고 시원시원하다.

양념에 절여 온 고기를 구웠다. 냄새가 좋다. 뜨거울 때 드시라고 재촉한다. 저 사는 동네 식육점에서 특별히 부탁해 산 고긴데 연하고 맛있단다. 한 점 먹는다. 선이 씹고 있는 내 얼굴을 본다. "맛 좋다." 그 소리에 선의 얼굴이 환해진다. 정말 맛이 좋다. 입맛이 돌아오는가. 병이 잡히고 있는 건가.

아내는 손자들 먹이느라 정신없다. 혼자서도 실컷 먹을 수 있다고 애들이 뭐라 해도 소용없다. 정현이 드디어 "할머니 혼자 먹을 게요."라고 선포하고 연재도 질세라 따라 외친다. "나도요."

정현은 진의 맏아들이고 연재는 선의 맏딸이다. 정현은 이제 8살, 연재는 7살. 식구들이 모이면 그 둘이 제일 신난다. 하루 종일 두어도 엄마 한 번 찾지 않고 잘 논다. 오늘도 둘은 쿵짝이 맞아 뭐든지 함께 한다. 정현이 동생과 연재 동생은 아직 어려 거기에 낄 정도가 못되고 미의 아들 찬은 아직 돌도 한참 남았다. 그래서 그런지 둘은 각별하게 친하다. 만날 땐 견우직녀 만난 듯 반갑고 헤어질 땐 늘 눈물바람이다.

둘은 먹는 것도 놀이인지 깔깔 웃으며 같은 것을 먹는다. 하나가 고길 집으면 다른 하나도 고길 집고 하나가 상추를 들면 똑같이 따라 한다.

저놈들은 커서도 저렇게 사이가 좋을까. 뭐가 되어 있을까. 형제도 많지 않은 요즘 세상엔 사촌들끼리 형제처럼 지내는 것도 좋을 게다. 그러면 좋겠다. 무얼 하며 살든 가족같이 지내는 사람이 많다는 건 행운이다. 사람은 결국 사람에게 의지해 살게 되어 있으니까.

진은 오이를 깎는다, 김치를 덜어 담는다, 말도 없이 열심이다. 맏이라 엄마 바쁠 땐 동생들 돌보느라 애도 먹고 고생도 많이 했는데 한 번도 싫은 내색하는 걸 보지 못했다. 그런데 시집가서도 늘 고단하다. 그 생각만 하면 측은하고 마음이 좋지 않다.

미가 쌈을 크게 싸서 한 입 가득 넣는다. 결혼이 늦어 애를 태우더니, 이제는 잊어버렸다. 자다가 생각해도 그놈 시집간 건 기분이 좋았다. 직장도 없이 결혼이 늦어져 그랬는지, 그게 자존심을 상하게 했는지, 다른 사람같이 성격이 변했다. 보드랍고 엄마 일손 제일 잘 거들던 딸이었는데 결혼하기 전 몇 년은 내가 알던 딸이 아닌 것 같았다. 한 번씩 아내랑 부딪칠 때마다 돈 잘 못 버는 내 탓인 것 같아 기운이 빠졌다. 신경질 부리는 저도 힘들었을 테지만 아내도 속이 무척 상했다. 다 제 짝이 있는 모양인데 그때는 얼마나 걱정을 했던지.

현이 나기 전까지 아들처럼 키웠던 숙.

방학이라고 내려와 요즘 내 수발드느라 수고가 많다. 재주가 많은 놈인데 내가 능력이 없어 하고 싶어 하는 것 많이 눌러 앉혔다. 뒷바라지가 잘 됐으면 좋았을 터인데. 지금도 하고 있는 일이 영 맞지 않은지 늘 불안하다. 죄가 많아 부모가 되는지, 생각해보면 그저 미안한 것투성이다.

정이 어딜 갔나?

찬을 안고 자리 한쪽 끝에 넋 놓고 서 있다. 내가 불렀더니 돌아보는데 눈에 눈물이 가득하다. 닮지 말라는 것만 죄다 닮아 예민하고 입도 짧다. 요즘엔 나 땜에 잠도 깊이 못 잘 테고…….

늦게까지 안방에서 같이 텔레비전도 많이 봤는데. 남들이 보면 의젓한 어른이겠지만 내가 보기엔 턱도 없이 어리기만 하다. 먹는 것도 시원찮고 혼자

선 아직 밤길도 안 다니는 겁쟁이다. 어릴 땐 뭐든 속에 넣어두고 말을 안 해 속을 많이 태웠다. 지금도 시원하게는 아니지만 어릴 때 비하면 선생이다.

내가 불러 옆에 오긴 했는데 고갤 숙이고 밥알을 헤아리고 있다.

내가 죄인이다. 자식들 얼굴 표정이야 부모가 만들어주는 거 아닌가.

내가 죄인이다.

정현이와 연재가 풀밭으로 내달린다.

저 파란 풀도 곧 시들겠지.

하지만 지금은 햇살 아래, 숲도 풀도 눈부시다.

의자가 편하다. 방바닥에 오래 앉아 있으면 안 편할 거라고, 낮엔 마당에 내놓고 앉으면 좋을 거라며 숙이 사다 준 야외용 그물 의자다. 등받이가 넓어 편하고, 세우고 눕힐 수도 있다. 난 등받이를 뒤로 제쳐놓고 눕다시피 한다. 정말 편하다.

이렇게 애들 쓰는데 내가 딴 맘먹으면 벌 받지. 인연을 맺기도 힘들지만 끊는 건 더 힘든 게 아닌가 싶다. 저 아이들을 몰라라 하고 과연 갈 수 있을까.

사위도 자식이라고 옆에 있으니 든든하다. 건강할 땐 몰랐는데 자꾸 믿는 마음이 생긴다.

해가 진다.

이젠 집으로 가야지.

무슨 꽃인지 아까는 안 보이던 꽃이 풀숲에 가득하다.

꽃이 가득하다.

8월 28일 - 아침

출근하려는 나를 엄마가 손짓으로 불렀다.

왜? 하고 물었더니 아무 말씀 없이 팔을 끌고 내 방으로 들어간다. 또 무슨 일인가 싶어 불안하기도 하고 출근 시간이 바쁘기도 해서 짜증도 좀 났다. 그런데 엄마는 얼른 말을 꺼내지도 않고 걱정스런 얼굴로 바라만 본다. 재촉을 했더니 금방이라도 울 듯한 표정이 된다.

"정아."

부르고는 또 한참 있다가,

"아버지가 새벽에 뒤를 보는데 피가 섞여 나오더란다. 목으로도 토하고……."

"많이?"

"그래."

"……."

아무 생각이 나지 않는다.

나는 그냥 한참을 앉아 있었다. 엄마도 더 이상 말이 없다.

이윽고,

"출근이나 해라."

엄마가 먼저 정적을 깨고 일어나 나간다.

엄마한테도 아버지 병명을 알리지 않았다. 혈압도 높은데, 엄마까지 어떻게 될까봐서.

　　과연 우리가 옳은 판단을 하고 있는 걸까. 어머닌 그렇다 치고 아버진 알고 계셔야 하지 않나. 병명을 알리면, 그 충격이 죽음을 앞당길 만큼 클까. 그렇더라도 생명은 각자에게 속해있는 것인데, 비록 안타까운 후회가 남게 될지라도 당신 뜻대로 정리할 시간을 가지게 할 의무가 있는 게 아닐까. 사람이 죽는다는데 이러고만 있어도 되는지. 이렇게 무력하다니. 내가 죽을병이었으면 아버진 어떻게 하셨을까. 왜 이렇게 죽는다는 게 인정이 안 될까. 지금까지 한 번도 정말로 아버지가 '죽는다는 것'을 인정해 본 적이 없었던 것 같다.

　　아버지만 떠올리면 생각이 모아지지 않았다. 짙은 안개 속에 갇힌 것 같았다. 아무리 눈을 크게 뜨고 둘러봐도 아무것도 찾아지지 않는 안개 속. 실마리라도 보여야 길을 찾아 떠날 것 아닌가.

　　실마리?

　　무슨 한가한 소리를.

　　일초 일초가 급한데 뭘 하고 있는지.

　　이 바보는 뭘 하고 있는지.

　　실마리가 안 보이면 무작정 찾아 나서야 하는 것 아냐?

　　그래야 되는 것 아니냐고!

　　그런데 난 꾸역꾸역 학교로 갔다.

　　늦을까봐 초조해 하면서.

＊　＊　＊

변이 몹시 보고 싶어 잠이 깨었다.

아직 밖은 어둡다.

귀찮고 서글프다는 생각을 하며 일어난다.

화장실에 앉는데 갑자기 기침이 나면서 목으로 뭔가 울컥 넘어왔다. 엉겁결에 손을 입에다 대었는데 온통 피였다. 붉은 화장실 불빛 아래 도무지 현실 같지 않은 피에 젖은 손, 한참 동안 멍하니 바라본다. 그게 내가 쏟아낸 피라는 인식과 함께 겁이 와락 몰려온다.

내가 피까지 올리다니. 크게 잘못되고 있구나. 멀미가 날 정도로 기분이 나쁘다. 화장지를 뜯어 손을 닦는데 다시 가슴이 털컹, 하고 내려앉는 소리가 들린다. 생각은 할 수 없고 가슴만 방망이질이다. 변을 다 보고 뒤를 닦는데 거기에도 피가 묻어나온다.

'애들이 날 속였구나!'

한참을 그대로 화장실에 앉아 있었다.

'정말이구나. 가망이 없는 병이었구나.'

확신이 들자 도리어 진정이 되는 느낌이다.

들락거리는 바람에 아내가 그만 깨고 말았다.

"속이 안 좋은 모양이지요?"

하고 아내가 묻는다. 잠은 벌써 깨어 있었던지 목소리가 선명하다. 아내에게 화장실 이야기를 한다. 숨길 일이 아니라는 생각이 들었다기보다 아내는 바로 알게 하는 게 내 책임이란 생각이 들었다. 아내까지 영문도 모르게 일을 치게 할 수는 없다.

내 얼굴을 바라보고 있는 아내의 얼굴이 대번에 노랗게 변한다. 아무 말도 할 수 없겠지. 하지만 아내의 얼굴빛이 그 속을 다 내보이고 있다. 참, 용기가 대단한 사람인데 어깨가 축 늘어진다. 낙담과 놀라움이 기운을 한 순간에 쓸어가 버린 모양이다.

난 아무렇지도 않은 듯

"한숨 더 자지."

하면서 누웠다. 아내는 날 쳐다만 보고 앉아 있다.

"당신 고단한데 한숨 더 자."

다시 재촉하니 얼굴에 걱정을 잔뜩 묻힌 채 천천히 눕는다.

"걱정하지 마소. 이질이 걸려도 피똥 누고, 감기 걸려 기침 많이 해도 목에서 피 나는 경우가 있다고 하는데, 당신은 아무 걱정도 하지 마소."

나도 믿지 못하는 소리를 하고 있다. 아내도 아무 대꾸가 없다. 믿기지 않을 테지.

아내와 난 그냥 한참을 누워 있다. 시계 바늘 소리만 크게 들린다.

난 무슨 말인가를 해놓아야 할 것 같다. 나을 병이 아닌 건 분명한데, 말 한 마디 제대로 남겨놓지 못하고 죽으면 어떡하나, 그런 걱정을 한다. 준비를 해야 한다. 나도 아내도.

"내가 죽으면 정이, 숙이 충격이 클 텐데. 현이도……."

현이 이름을 부르다 입을 닫는다. 호흡이 막혔다. 눈물이 나는 것도 아닌데 말이 나오지 않는다. 난 숨을 고르며 그대로 한참 동안 말을 잇지 못한다. 연은 미동도 없다. 온 신경이 내 말에, 내게 향해 있다는 증거다. 내 말을 기다리며 불안한 마음을 감추고 있음이 분명하다.

"혹시 내가 잘못되더라도 당신은 조금도 후회할 거 없다. 다 내 잘못이다. 당신만큼 한 사람 세상에 없을 거로구만. 이보다 더 잘할 수도 없고……. 내가 할 일이 많은데, 정리할 것도 많고 집 문제도 그렇고……."

"정리할 게 뭐가 있다고요. 있어도 병 낫고 하면 되지."

한사코 내 말뜻을 부정하려 한다. 말로만 부정하고 있다. 두려운 마음이 다 드러나는, 자신 없는 말투로 부정하고 있다.

담장 수리를 서둘러 해놓았어야 했는데. 오래된 담장이라 금이 가고 그 틈이 자꾸 커지고 있었다. 차일피일 미루다 여기까지 왔다. 담장도 그렇지만 물받이도 녹이 슬었다. 그것도 새로 바꿀 때가 되었다. 내가 있을 때 손을 봐야 하는데. 그래야 하는데.

"사는 데까지 편하게 생각하고 살아보세……. 편하게."

전혀 엉뚱한 말을 하고 말았다는 걸 알지만 아무렇지도 않다. 무슨 말을 한들 무슨 소용이 있을까. 어차피 이제 내 말은 어떤 위로도 줄 수 없고 어떤 힘도 없다. 아무것도 해줄 수 없는 사람이 되어 가고 있다. 그런 사람이 다. 연에게도 애들에게도.

8월 28일 – 저녁

"다녀왔습니다."

마루로 올라서는데, 아버지가

"정아, 이리 좀 들어와 봐라."

하신다. 옷 갈아입고 간다고 말하려다 그 말을 삼키고 안방으로 들어간 다. 아버진 내가 들어서는 것을 보더니 방에 앉았다. 나도 따라 앉는다. 아 버진 허공에 눈길을 둔 채 몇 초를 흘려보낸다. 난 눈길을 내린다. 장판방이 몹시 노랗다.

"너 들어 봐라."

말을 꺼내놓고 또 몇 초가 흐른다. 난 고개를 들어 아버지 얼굴을 본다. 아버지 눈과 마주친다. 눈빛에서 망설이는 마음을 본다. 두려움도 보인다. 난 아무렇지도 않은 척 애를 쓰며 앉아 있다. 그리고 기다린다. 아니 그냥 앉아 있다. 그것밖에 할 수 있는 게 없다.

"오늘 새벽에 말이다."

엄마께 아침에 들었던 이야길 하신다. 아침엔 둔탁한 통증처럼 감각도 무디더니 그제야 가슴이 철렁하며 서늘하다.

학교에서도 결코 잊어버리고 지냈던 건 아니다. 잊었다고 한다면 그건 새빨간 거짓말이다. 아마 거짓말이길 바랐거나 없던 일이 되길 바랐을 것이다. 엄연한 사실이 거짓이 되길 바라는 헛된 희망으로 어설프게 덮어놓고 있었다. 그렇게라도 잊고 지내고 싶었다.

헛된 희망이 보란 듯이 깨진 현실 앞에서, 여전히 할 말이 없다. 아침처럼 아무 말도 할 수 없는 건 마찬가지다. 난 바보처럼 앉아만 있다. 무슨 말이든 해야만 하는데도.

아버진 말씀을 계속하신다.

아주 기분이 좋지 않다, 병이 나으려면 하루가 다르게 몸이 가벼워지는 걸 느껴야 할 텐데 더 나빠지는 것 같으니 이상하다고도 하신다.

난 정말 할 말이 없다. 병명을 숨긴 채 무슨 말을 할 수 있단 말인가. 그래도 무슨 말이든 해야 한다. 그래서 말을 한다. 아버지 앞에서 말을 한다. 아버지 눈을 똑바로 보지도 못하고 말을 한다. 나도 믿지 않는 말을 만들어 하면서 속으로 울었다.

옷을 갈아입고 부엌으로 갔더니 엄마 눈이 부어 있다.

엄마 얼굴을 바로 볼 자신이 없어 목욕탕으로 간다. 쪼그리고 앉아 세수를 하며 울었다. 울면서도 한심했다. 할 수 있는 일이 이것뿐인가 싶어 부끄럽고 분했다. 아버진 이젠 아이가 되어 자식에게 기대는데, 기대를 하는데, 나란 자식은 이게 뭐란 말인가. 이러라고 날 키웠을까. 이런 못난 자식이 될 줄 알았을까. 아버진 복도 없다. 아버지만한 자식이 아무도 없다. 아버지가 나라면 이랬을까.

돌아가신다고 모두 포기한 할머니를 몇 번이나 살려내신 아버지가 아닌가. 효(孝)도 자(慈)도 더할 수 없이 하셨는데 우리들에겐 그 만분의 일도 받지 못한다.

언니들이 왔으면 좋겠다. 무슨 소리든 들으면 안심이 될 것 같다.

안심이라니, 안심할 상황이 도무지 아닌데 또 못난 소리를 하고 있다. 난 아직도 상황을 인정하지 못하고 있다. 어쩌자고 이러는 걸까. 어쩌자고.

오늘은 언니들이 아무도 안 올 모양이다.

아버진 오늘 아침부터 죽을 드신다.

저녁에,

내가 밥을 다 먹을 동안 아버지 죽 그릇은 그대로였다. 남은 죽이 한숨처럼 멀겋게 삭고 있었다. 대단한 우리 엄마. 엄마는 한숨도 쉬지 않고 포기도 하지 않고 다시 부엌으로 가신다. 무엇을 다시 해오려는 걸까.

정성이, 엄마의 대단한 정성이 아버질 살리지 않을까. 옛날처럼. 옛날에 그랬던 것처럼. 아버지 친구나 나이 많은 친지들이 그렇게 말했다.

"옛날 아버지 병이 났을 때 느 엄마가 살렸다."고.

* * *

나한테 숨기고 있는 게 확실하다. 몸이 이렇게 나빠지는데…….

하루 종일 고민한다. 정이 퇴근하면 물어봐야지. 아니다. 물어본다고 달라질 것도 없는데 그러지 말자.

포기하고 담담해졌다가도 곧 다시 답답해진다.

퇴근해 들어오는 정을 불렀다. 정이 힘이 하나도 없이 들어선다.

내가 저걸 붙들고 또 무슨 못난 소리를 하려고 이러는고. 그런 생각을 하면서도 우습게 그 병아리 같은 놈에게 매달리고 싶은 마음이다. 늙은 모양이다. 정말 늙고 병든 모양이다. 답답하고 불안하니 자꾸 주위 사람을 붙들고 병 자랑을 하게 된다.

나는 새벽에 화장실에서 놀랐던 이야기를 한다. 그래도 정이 덜 놀라게 아무렇지도 않은 척 예사 어투로 말을 한다.

날 위로하느라 그러는지, 아니면 정말 그런지 정은 제법 조리 있는 설명을 한다. 어디라도 매달리고 싶은 마음에 듣고 있노라니 위안이 된다. 정은 또 한참 동안 묻지도 않는 말을 한다. 친구 아버지도 간이 나빴는데 섭생 잘하고 조리 잘해서 다 나았다는 이야기며 입원해 있던 병원 이야기까지.

희망적인 말만 하고 있지만 얼굴에 그늘이 가득하다. 그래, 숨기겠다고 저희들끼리 약속했다면 말할 리도 없고, 설사 내가 죽을병이라면 알고 모르고가 무슨 상관이 있겠는가. 어차피 아비 위한다고 그리 정한 모양인데, 저희들 편하도록 모르는 척하자.

그렇게 마음을 먹는다.

셋이 저녁상에 둘러앉는다.

아내가 쌀을 곱게 빻아 죽을 쑤었는데도 넘기기가 힘들다. 그동안은 그래도 밥을 먹었는데 오늘 아침부터는 당최 음식을 삼킬 수가 없다. 정은 시장했는지 밥을 한 그릇 비운다. 옛말 참 신통하다. 자식 입에 밥 들어가는 건 언제나 보기 좋다. 난 정이 먹는 걸 보며 죽을 식히고 있다.

"그렇게 자시기 힘들면, 누룽지 눌은 거 우둑우둑 긁어서 삶아 볼까요. 폭폭 끓여 물이라도 넘겨보게."

내가 통 먹지 못하고 앉아 있으니 연도 밥을 먹지 못하고 있다가 묻는다. 나는 "아니" 하며 한 숟가락을 떠 억지로 삼킨다. 죽이 넘어가며 목구멍을 할퀴는 것 같다. 저절로 얼굴이 찡그려진다. 날 보던 정이 같이 이마를 찡그리며.

"아버지, 건강한 사람도 여름엔 입맛 없다는데, 억지로라도 드셔야지요."

한다. 자식이 부모 마음 다 알 리 없다. 저들 마음 아플까봐 아프단 소리 안하니 턱없이 입맛 타령이다. 입맛 탓이라면 나도 좋겠다. 그 쓴 약도 먹는데 아무리 입맛 없다 해도 음식 못 삼키겠는가. 맥이 빠지며 숟가락 쥘 힘도 없어진다. 난 숟가락을 상 위에 놓아버린다.

"나중에 다시 먹어 보자."

연은 내 얼굴을 물끄러미 살피다 숟가락을 놓고 일어선다. 부엌으로 가는 모양이다. 누룽지를 다시 끓이려는 게 분명하다. 난 말릴 힘도 없다. 상을 곁에 두고 모로 누워버린다.

막막한 기분이다.

정이 상을 옆으로 밀어두고 빈 그릇을 들고 일어선다.

'너나 많이 먹어라. 너라도 많이.'

어깨를 늘어뜨리고 나가는 뒷모습을 보며 속으로 그렇게 말한다.

8월 29일

퇴근하니, 집이 텅 비었다.

입원하셨구나.

안방으로 들어가니 아버지 누워계시던 이부자리가 그대로 펼쳐져 있다.

언니에게 전화를 하려는데 눈물이 쏟아진다. 한심하다. 바보 같다. 자책하며 눈물을 나무라고 멈추길 요구했지만 듣지 않는다. 들었던 수화기를 그냥 내려놓고 소리 내어 울었다. 아무도 없는 집에서 마음 놓고 한참을 울었다.

아버지가 벗어놓은 잠옷 바지에 눈물을 닦고 큰언니에게 전화를 한다. 큰언니도 둘째 언니도 집에 없다. 아직 병원에 있는 모양이다. 셋째 언니와 통화가 된다.

내가 이야기하던 병원에 입원하셨단다. 좀 놀란다. 거기에 갈 줄은 몰랐다. 친구 아버진 암은 아니었다. 간이 갑자기 나빠져서 졸도를 했고 치료와 요양이 필요했고 그래서 간 병원이었다. 두 달을 입원해 있었고 완쾌되어 퇴원하셨다 했다.

간을 앓았는데 완쾌됐다는 말이 구원의 소리로 들렸던 모양이다. 같은

간이니까. 지푸라기라도 잡을 심정이니까. 그냥 같은 병이라 믿고 싶겠지. 언니들도 나처럼 아직 아버지 병을 인정하고 싶지 않은지. 그런 모양이다.

그래도 거기까지 가셨다니 아득하다. 차로 1시간은 족히 달려야 할 거리다.

숙이는 아직 아무것도 모르겠지. 여름 방학 내내 아버지 간호에 정성이 대단했는데. 개학하고 올라간 지 며칠 지나지도 않았다. 입원을 했다면, 알게 된다면 얼마나 절망을 할까.

해는 지고 배가 고프다.

그래도 그냥 앉아 있다.

빈 방에 우두커니 앉아 있다.

나는 무얼 할지 잊어버린다.

일어날 생각을 하지 못한다.

너무 조용하다.

무섭다.

열어놓은 창문으로 바람이 슬쩍 불어 들어온다.

으스스하다.

가을이 오는가.

아버지 목소리가 들리는 듯하다.

'입맛 돌아오는 계절이 오는데…….'

아버진 가을을 기다렸다. 가을이 오면 입맛을 되찾을 수 있을 것처럼. 그래서 병을 털고 일어날 수 있을 것처럼.

그렇게 믿고 싶었겠지. 우리 모두 막연한 희망에 매달리고 있었던 것처럼.

일어나 부엌으로 갔다.

하지만 아무것도 못하고 도로 방으로 들어온다. 밥을 먹어야 할지, 어디로 가보아야 할지, 어디 가서 기적의 치료법이라도 알아내야 하는 거 아닐까. 내일은 병원으로 가야 되나, 학교로 출근해야 하나, 아버진 정말 위중한가. 어떤 생각도 길게 하지 못하고 전화기 앞에 앉아 있다.

전화벨이 울린다.

엄마다.

울음을 누르고 어떠냐고 묻는다. 엄마는 의사가 침을 놓았더니 신통하게 기침이 멈추었다고, 기침만 멎어도 살 것 같다 하신다고. 미음도 좀 먹었으니 너나 저녁 잘 챙겨먹고 있으라 한다. 그리고 언니들 집으로 출발했으니 곧 도착할 거라고. 집에 들르기로 했으니 도착하면 다음에 올 때 가지고 올 수 있도록 속옷과 천수경 테이프를 싸서 내주라 한다. 당분간 입원해 있을 거란 뜻이다.

그 말에 왜 마음이 놓였는지 모르겠다. 입원하면 당연히 퇴원도 하는 것처럼, 병이 나을 것 같았기 때문일까.

* * *

오전에 진과 선이 달려왔다. 선은 조퇴를 했겠지.

아무래도 병원에 가야 할 것 같지요, 라고 연이 아침상 앞에서 말했다. 그래야 될 것 같았다. 죽도 넘어가지 않으니 미련 떨고 앉아 있을 수가 없다.

진은 정이 말했던 병원 이야기를 한다. 한방 진료도 하고 양방 진료도 한다는. 나도 들었던 이야기다. 침으로 통증 완화도 할 수 있다 한다며, 저희들 생각엔 두 가지 다 할 수 있는 병원에서 치료해보는 게 괜찮을 것 같단다. 둘은 이미 그렇게 의논을 하고 온 것 같다. 나는 그러자고 선선하게 답한다. 입원해서 기침하는 고통이라도 덜고 싶다. 우선은 그 마음뿐이다.

겨우 걸어 나가 차에 오른다.

날이 흐린 것 같다. 내가 안개가 끼었냐고 물으니까 연은 아니라고 한다. 밤낮으로 나는 기침에 잠을 설쳐 정신이 맑지 못해 그런가 하는 생각을 하며 눈에 힘을 주어 다시 하늘을 본다. 아무리 봐도 하늘은 흐리다. 하지만 다시 묻지는 않는다.

선이 운전을 한다. 찬찬히 차를 모는데도 가슴이 흔들리며 아프다. 가슴에 손을 대는 순간 아내 손이 다가온다. 아내가 손으로 가슴을 지그시 누르며 내 안색을 살핀다. 나는 괜찮다고 말할 정신도 없다. 흔들릴 때마다 더해지는 통증이 무섭다. 죽음에 대한 공포인지도 모르겠다. 하지만 이렇게 살 거면 사는 것도 겁난다. 앓느니 죽는다고 했다. 백번 옳은 말이란 생각을 하는데 이마에서 땀이 뚝 떨어진다. 아내가 황급히 손수건을 찾아 꺼내 이마를 닦는다. 손길은 두서가 없고 몹시 흔들린다.

어지럽다.

창밖이 온통 흔들린다.

살아 돌아올 수 있을까.

피검사를 하고 가슴 사진을 찍고 소변을 받아 내고 나서야 입원실에 들어갈 수 있었다. 피곤하고 그저 눕고만 싶었다. 그 와중에도 기침은 떠나지 않는다. 아내가 병실에 들어온 의사보고 기침 좀 어떻게 할 수 없냐고 묻는다. 얌전하게 생긴 의사가 그러지요, 하더니 목을 짚어보고, 배를 눌러보고, 목과 손에 침을 꽂는다. 침 덕분인지 신기하게 기침이 멎는다. 병원을 바로 찾았구나, 병원 오길 잘했다, 병이 낫겠구나, 하는 기쁜 마음이 생긴다. 의사한테 꼭 살려달라고 몇 번이나 부탁했다. 의사는, 하나씩 해결해 봅시다, 한다.

정말 낫기는 나을 병인가 보다.

저녁 때 미음이 나왔다. 목이 아팠지만 기운 떨어지면 병을 이기기 힘들다 싶어 겨우겨우 반을 비웠다. 아내와 아이들이 몹시 좋아하는 얼굴이다.

날이 어두워지자, 애들은 집으로 돌아가고 아내와 둘만 남았다.

밤이 깊어지고, 가슴이 답답해지기 시작한다. 시간이 갈수록 통증과 답답함이 심해진다. 혼자서 누웠다 앉았다 하면서 곤히 자는 아내를 깨우지 못한다. 아내는 달게 잔다. 몹시 뒤척이는 소리도 아내를 깨우진 못한다.

죽는 게 편하겠다.

잠이라도 들면 아픈 것도 잊을 텐데.

잠은 눈꺼풀 어딘가에만 머물러 애만 태운다.

그래도 시간은 흐른다.

창밖이 부옇게 변한다.

8월 31일

<어, 아버지!>

병원에 계셔야 할 아버지가 집안으로 들어선다.

다 나으신 건가? 생각만 하고 있는데 아버지가 대답하신다.

〈그래, 다 나았다.〉

아버진 다 나았다며 마루로 올라섰다. 하지만 다 나았다는 아버지 얼굴은 너무 아니다. 병색이 더했다. 입원하러 가시던 날보다 더욱 초췌했다. 낯빛은 노란빛이 돌면서 해쓱하고 턱에는 거뭇거뭇 수염이 돋아 있다.

이상하다.

다 나았다는데 기쁘지가 않고 아버지 얼굴에도 웃음기가 없다.

참 이상하다.

마루로 들어서는 아버지 모습에서 화면이 끊긴다.

꿈이었다.

창백한 아버지 얼굴이 눈에 그대로 박혀있는 채 눈이 떠졌다.

출근을 했는데 몹시 불안했다.

수업을 하면서도 안절부절못했다. 아무리 기분 상하는 일이 있어도, 웬만큼 몸이 좋지 않아도, 수업을 시작하면 잊어버리고 하게 된다. 수많은 눈동자 앞에서 다른 게 여유롭게 들어올 수는 없다. 그런데 내내 산만했다. 산만한 수업 후에는 죄책감도 없이 교실을 나섰다. 불안은 이성을 마비시키나 보다.

도무지 아무것도 할 수가 없다.

엄마는 올 필요 없다고, 토요일 오전 수업이 끝나면 그때 오라고 했다. 그 말을 들을 땐 수긍했다. 당장 무슨 일이 나는 것도 아니고, 토요일이 바로 코앞이니 그래야겠다고 생각했다.

내일이 토요일이다. 내일 수업을 마치고 바로 가면 된다. 생각은 그렇게 하는데 기분이 도무지 생각을 따라주지 않는다.

마음이 진정되지 않아 운동장엘 나왔다.

햇살이 뜨겁게 쏟아진다. 눈부시다.

이렇게 밝은 날, 아버진 병실에 계시는구나.

병실에만 계시는구나.

어떤 기분일까.

어떤 마음으로 누워계실까.

조퇴를 하고 집으로 달려왔다.

큰언니에게 전화했더니 마침 병원에 가려던 참이라고 같이 가자고 한다.

언니도 고단하겠다. 살림하랴, 친정 걱정하랴. 잠깐 그 생각을 한다. 전화를 끊고 일어나는데 누가 대문을 두드린다. 숙이다.

"아버지 병원에 입원했다면서?"

하며 엉엉 운다. 누가 연락을 했는지 모르겠다. 중요하지 않다. 언제 알아도 알 일이다. 물론 당연히 알려야 하고.

울음소리를 들으며 대문을 연다. 그런데 난 이상하게 동요가 되지 않는다. 학교 있을 때보다 도리어 마음도 가라앉았다. 울고 있는 숙을 잠시 마루에 앉혀둔다.

숙은 이틀 연가를 냈다고 한다.

병원으로 가는 버스에서 지난 밤 꿈 이야길 했다.

이야기를 하는 중에 꿈에서 봤던 아버지 모습이 다시 생생하게 떠올랐다. 결코 환한 얼굴이 아니었다. 불안하다. 그러나 불안하지만 불안한 채로 받아들이고 싶지가 않다. 듣고 있는 진이 언니와 숙이 그리고 나는 억지로 희망을 찾는 중일지 모른다.

다 듣고 난 진이 언니가 입을 떼었다. 입원해 계신 아버지 모습이 정말 내가 말한 대로라 했고, 그렇게 나아 돌아오시면 얼마나 좋을까, 했다. 언니 얼굴도 밝지 않았다. 나처럼 불안해하고 있는 게 분명했다. 언니 표정을 보자 난 더 불안해졌다. 숙은 듣기만 하고 내내 아무 말도 없었다.

버스에서 내리니 온통 햇빛이다. 뜨겁고도 밝다.

우리는 햇살 속을 말없이 걷는다.

병원을 들어서니 서늘한 기운과 어둠이 함께 달려든다. 햇살이 너무 강렬해 실내조명은 컴컴하게 느껴진다. 잠시 앞이 잘 보이지 않는다. 냉방이 되고 있는 실내 기운과 형광등빛에 익숙해 질 때까지 시간이 좀 걸린다.

이층으로 올라가 복도를 걸어 세 번째 방문 앞에 언니가 선다. 아니 문을 열고 언니가 들어갔다. 문 뒤에 잠시 서 있었던 건 나다. 난 무서웠다. 언니 말대로 꿈에서 본 아버지가 거기 계시면 어떡할까. 정말 환자처럼 보이면 어떡하나. 아니면 좋겠는데. 꿈은 반대라는데. 아니어야 하는데.

열려진 문 밖으로 엄마 목소리가 흘러나왔다.

문 안으로 들어선다.

난 도로 뒷걸음쳐 나올 뻔했다.

집에서 보던 아버지가 아니다. 겨우 사흘 만인데, 세상에!

처음으로 아버지가 돌아가실 분이라는 걸 인정한다.

드러난 팔과 다리가 너무 노랗다. 수염은 자라 턱 주위는 까맣고, 수척한, 노란빛이 도는 창백한 얼굴. 힘이라곤 없어 보이는 눈꺼풀.

아버진 천천히 눈꺼풀을 열고 눈만 움직여 나를 보며

"정이 오나."

한다.

그 자리에 앉아 버리지 않은 내가 장하다. 문턱에 주저앉아 통곡을 하고 있어야 마땅하다. 아버지 모습이 그랬다. 통곡하고 싶은 모습. 감정은 무너져 내리는데 장하게도 몸은 그렇게 하지 않는다.

하지만 문턱을 넘어서자마자 앉아 버린다. 정말 아버지 발치에 앉고 싶었는지, 주저앉았는지는 모르겠다.

아버지 발치에 앉아 발을 만진다.

정말로,

발이 너무 노랗다.

아버진 정말로 돌아가실라나 보다. 이 여름에, 발이 너무 차다.

발을 자꾸 만진다. 따뜻해지라고. 그러나 아무리 만져도 그대로다.

그대로다.

발이 얼음이다.

울면 안 된다. 울 수가 없지 않는가. 미치도록 눈물을 참는다. 고개를 못 들고 발만 만지고 있는데 아버지가 좀 가까이 와보라 한다.

호흡을 멈춘다. 숨을 내쉬면 눈물이 쏟아질 것 같다. 일어나 아버지 머리맡으로 간다.

"너들이 수고가 많다."

그렇게 말을 시작하신다. 나는 대답도 못한다.

"네 친구 아버진 이 병원에서 병이 다 나았다고?"

"네"라고 겨우 대답한다.

대답을 하는데 정말 눈물이 나올 뻔했다. 아버진 희망을 묻는데 나는 거짓대답을 하고 있다. 진실을 말해야 하는데, 하지만 희망을 바라는 눈길 앞에서 나는 말할 수 없다. 지금 내 진실이 세상을 구하는 일이라 할지라도 할 수가 없다.

"그래—"

아버진 말을 길게 끌면서 허공을 바라본다.

창밖은 눈이 부시다.

진이 언니가 삶아 온 고구마를 펼쳐놓는다. 고구마는 엄마가 좋아하는 것이다. 아버진 미음밖에 못 드신다. 고구마를 펼쳐놓고 둘러앉는다. 숙이 아버지께 묻는다. 혹, 드시고 싶은 게 없냐고. 아버진 잠깐 생각하는 듯하다. 그리고 토마토가 드시고 싶다 한다. 숙이 일어선다. 같이 가자며 나도 일어선다. 일어서는데 아버지가 부른다. 고구마 먹고 가란다. 숙과 나는 마주 바라본다. 그렇게 하는 게 좋겠다는 눈빛이다. 다시 앉는다.

아버지 발치에 앉아서 고구마를 먹는다.

침샘에서 침이 나고 고구마는 달다.

아버지는 미음밖에 못 드시는데, 손발은 노랗고 얼음같이 찬데…….

자식 무슨 소용이람.

숙은 병원에 남았다.

내일은 토요일. 오전에 수업이 끝나니 나도 일찍 올 수 있다.

해가 지자 언니와 병원을 나선다.

돌아오는 차 안에서 언니와 난 줄곧 졸았다.

버스에서 내려 우린 각자 집으로 헤어진다.

집은 불이 꺼진 채 깜깜하다.

현은 어디 갔을까. 어제 밤에 늦게 들어왔고 아침에 나보다 일찍 나가버렸는데 병원에도 오지 않았다. 현과 오랫동안 이야길 해보지 못했다. 이제야 그 생각이 든다. 아버지 병 이야긴 입 밖에도 내지 않고 언니들과 이야길 하고 있으면 자리를 피했다. 내내 그랬다. 너무 충격인 걸까. 내가 그랬던 것처럼 도무지 인정이 안 되는 걸까. 현이 겉도는 걸 몰랐던 건 아니었지만 마음 상태를 궁금해 할 여유가 우리 모두에겐 없었다는 생각도 든다. 갑자기 걱정이 몰아친다. 그 걱정 위로 메마른 아버지 얼굴이 겹친다.

깜깜한 마루로 올라서며 엉엉 소리 내어 울었다.

또 하루가 간다.

오늘 밤을 아버진 또 어떻게 보내실까.

얼마나 더 이렇게라도 갈까.

* * *

정이한테 물을 말이 있어 기다렸다.

아내에게 언제 오냐고 물어보려다 그러진 않았다.

병원에 올 때보다 좋아진 건 기침이 좀 뜸해졌다는 것뿐. 고통은 시시각각 더해진다. 하루에도 몇 번씩 피가 넘어오고 변으로도 나왔다. 밤에 가슴이 답답하고 속이 아픈 건 참기 힘들다. 나을 병이라면 이런 고통도 참겠다만 공연한 고생만 하고 있다는 생각이 자꾸 든다. 그렇다면 죽을 때 죽더라도 진통제 맞다가 편안하게 죽었으면 좋겠다. 통증이 시작되면 그 마음이 아주 간절해진다. 그러다 아픔이 좀 가시고 아내 얼굴을 보면 그런 마음먹었던 게 미안해지고 살아야 한다는 다짐을 한다.

하지만 답답하다. 인명은 재천인데 다짐을 한다고 달라질까. 하늘의 뜻을 모르고 하는 다짐이라면 미련스러운 짓일 뿐이다. 우리네 인간은 하늘이 가능성을 주었을 때나 힘을 써볼 수 있는 존재가 아니던가. 내게 정말 가능성이 있을까. 그래야 하는데. 그렇다면 얼마나 다행일까. 얼마나…….

정의 친구 아버지도 나와 같은 병이었다 했다. 이 병원에 입원을 했고 깨끗이 나았다고 했다. 좀 자세히 물어보고 싶었다. 어떤 증세였는지, 나처럼 피를 쏟았는지…….

점심상을 물리고 누웠는데 애들이 온다.

진이와 정이, 개학을 해 올라갔던 숙까지. 숙은 연가를 냈다고 한다. 그럴 것까지 없었다고 말을 하려다 숙이 얼굴을 보곤 그만 두었다. 아무 말도 듣지 않겠다는 얼굴이었다. 아니 어떤 말에도 발끈할 것 같았다. 아니 어쩌면 놀랐는지 모르겠다. 내 몰골이 형편없는지도 모른다.

나는 정을 가까이 부른다.

들어와 내 발을 만지던 정이 머리맡으로 온다.

"그래, 네 친구 아버진 병이 다 나아 퇴원했다고?"

난 그 말밖에 하지 못한다. 정이 내 질문에 "네"라고 대답했고 말은 더 이어지지 않았다. 정이 대답을 하며 고개를 떨어뜨렸기 때문이다. 눈길을 피하는 눈에는 눈물이 가득했다. 한 마디만 더하면 쏟아질 것 같은 눈물이.

거기에 대고 그분도 피를 토했느냐, 피변을 보느냐, 가슴이 할퀴듯이 아팠다 하더냐, 고 물을 수가 없다.

정이 바닥만 보고 앉아 있고 나는 천정을 보며 누워있다.

정은 한참 그 자리에 앉아 있다 다시 발치로 간다.

진이 아내가 좋아하는 고구마와 단호박을 쪄왔다며 봉지를 푼다.

숙이 묻는다.

뭐 드시고 싶은 게 없냐고. 뭘 드실 수 있는지, 알아보고 사려고 먹을 걸 사오지 않았다고.

없다고 대답하니 자꾸 물어본다. 그래서 생각을 해 본다. 입이 말라 토마토가 생각난다. 떠올리고 보니 맛있게 먹을 수 있을 것 같다. 그럼 토마토를 좀 먹어볼까, 했더니 좋아하며 벌떡 일어난다. 정도 같이 가겠다며 일어난다.

"조심해서 갔다 오너라."

아내가 지갑을 챙겨들고 일어나는 둘을 향해 말한다. 문이 열리는데 복도 창밖으로 보이는 햇살이 대단하다. 이 더운데 내가 공연한 고생을 시키는 것 같다. 나가는 정을 부른다.

"고구마라도 좀 먹고 가거라."

정이 잠깐 멈칫 하더니, 벌써 신을 신고 있는 숙을 불러들인다.

숙과 정이 다시 방으로 들어와 앉는다.

아내와 아이들이 발치에 앉아서 고구마를 먹는다.

소리도 없이. 말도 없이.

나는 식구들이 먹는 고구마가 살이 되고 피가 되길 바란다. 꼭꼭 잘 씹어 먹으라고 속으로 말한다.

9월 1일 – 한밤과 새벽

금방 잠이 들었나 싶었는데 전화벨 소리가 시끄럽다.

아침인가?

창밖은 깜깜하다.

한밤중인가 보다. 누굴까.

수화기를 든다. 숙의 울음 섞인 소리. 가슴이 철렁한다.

아버지가 너무 아파하셔서 집 근처 병원으로 옮겨야겠다고. 당직 의사한
테 의논을 했더니 가망이 없는 병인데 준비하는 게 나을 거라고.

이 밤에 무슨 일인가. 어제까지만 해도 아니었는데. 이게 아니었는데.

너무 한밤이라 내게 우선 전화했단다. 아무래도 언니들 집엔 전화 걸기가
어려운 시간이었나 보다. 숙의 목소리는 수화기 너머에서 절망과 무서움을
호소하고 있다. 알았다고, 언니들한테 연락해서 다시 전화해주마하고 전화
를 끊는다.

일어서서 불을 켜는데 가슴이 쿵쿵 뛴다. 머릿속이 마구 헝클어진 실타
래 같다. 아무 생각도 할 수 없다. 시계를 보니 3시. 시어른과 같이 살지 않
는 선이 언니에게 전화한다. 언니는 내 목소리만 듣고도 울었다. 자초지종
을 듣고 나더니 알았다며 전화 끊고 기다리라 한다.

마루로 나갔다. 현이 마루에 나와 있었다. 전화 소리에 깼나 보다. 언제
들어왔을까. 난 현이 들어오는 소리도 듣지 못했다. 깊은 잠을 잤나 보다.

현은 나를 보고도 아무 말도 하지 않고 마루문을 열고 밖을 본다. 어둠
만이 짙은 마당. 찬 기운이 밀려들어온다. 현과 난 마루 끝에 서서 밖을 보

고 서 있다.

가을이 오는구나.

내가 자고 있는 동안 아버진 그렇게 괴로우셨다. '다 나았다'며 이 마루로 들어서시더니, 꿈도 순 거짓말이다. 속수무책, 이렇게 시간만 흐르길 기다리고 있다니. 내가 지금 기다리는 게 뭐란 말인가. 결국 죽음을 기다리고 있단 말인가. 할 수 있는 일이 겨우 이것밖에 없단 말인가. 아버진 우리에게 당신 목숨을 의지하셨는데, 참으로 기대하며 키우셨을 텐데, 겨우 이 정도란 말인가.

이 못난 자식들을 아버진 왜 낳고, 그렇게 애태우며, 애지중지 키우셨습니까.

하늘빛이 변한다.

전화가 왔다. 둘째 언니다. 아버지 병원 옮겼다고. 조금 전에 도착하셨다고.

역시 선이 언니다. 결단도 빠르고 행동도 빠르다. 내 전화를 받고 당장 가까운 병원을 알아보고 숙에게 퇴원수속을 시키고 밤길을 달려갔다. 가기 전에 내게 전화를 했다. 도착하면 전화해줄 테니 집에서 기다리라고.

아버진 진통제 맞고 잠들었단다. 진통제 맞고 곧 편안해지고, 이제야 살 것 같다,고. 몇 번이나 그 말을 되풀이하시더니 주무신단다. 편안히.

얼마나 참았던 걸까. 얼마나 괴로웠던 걸까. 난 몰랐다. 괴로움의 깊이가 어느 만큼인지 몰랐다. 얼마나 참았으면 그렇게 편하다 하셨을까.

자식이 부모 마음을 얼마나 안단 말인가.

아버지, 자식 낳아 뭐 합니까.

날이 밝자 학교에 전화를 했다.

난 오늘은 학교에 갈 수가 없다.

토요일이고 오전에 수업이 끝나지만 아버지를 더 기다리게 할 수는 없었다. 새벽에 숙의 전화를 받고 알았다. 아버진 이제 우릴 기다릴 수가 없다. 내가 예정하고 계획한 시간은 그냥 내 시간일 뿐이었다.

"내일은 토요일이니까 오전에 수업이 끝나요. 일찍 올게요."

그러고 집에 왔다. 하지만 아버진 그 시간을 기다리지 못했다. 아버지 시계는 따로 흘러가고 있었다. 내가 병원을 떠나온 지 몇 시간도 지나지 않아 집 가까이 우리 곁에 왔다. 홀로 겪어야 하는 괴롭고 힘든 당신만의 시간은 내가 보내는 시간과는 다르다.

아버지의 시계는 이제 나와는 다르다.

내가 아버지 시간에 맞춰야 한다.

얼마나 남은 시간인지 모르지만.

＊　＊　＊

밤이 길기도 하다. 언제 날이 밝을까.

11시가 넘으면서부터 속이 타는 것 같이 아프기 시작했다. 통증은 시시각각 강도가 더해진다. 어제보다 오늘이, 또 낮보다 지금이. 두렵다. 이 아픔이 죽음과 연결된 거란 생각이 들면. 그럴 수는 없다는 생각과 통증 때문에 오는 두려움이 뒤섞이면 몹시 혼란스럽다. 아닐 거라고 의심도 해본다. 그렇게 느끼는 것뿐이라고. 두려운 마음이 아픔을 더 크게 느끼게 하는지도 모른다고.

가슴은 답답하고 한 번씩 속이 후끈해지면 내장이 다 녹는 것 같다.

숙과 연은 내 옆에서 잠들어 있다. 날이라도 밝으면 얘기하려고 참고 또 참는다. 하지만 날이 밝기를 기다리지 못한다.

연을 부른다. 연은 듣지 못하고 숙이 눈을 뜬다. 진통제라도 맞아야겠다는 소리에 숙이 눈이 커진다. 크게 뜬 숙의 눈에서 놀라움과 절망과 슬픔이 뒤엉킨 걸 본다. 그 고통이 그대로 내게 전해진다. 미안하단 생각을 할 새도 없이 뒤따른 통증으로 내 얼굴이 일그러지고 만다. 난 표정을 수습할 정신도 없다.

숙이 잠깐만 기다리라며 벌떡 일어난다. 숙이 나가는 소리에 아내가 화들짝 놀라 일어난다. 아내는 일어나자마자 내 가슴과 배를 어루만진다.

"자꾸 어디가 그리 편치 않은가요?"

그런데 아프다. 아내의 손이 지나가는데 살가죽이 벗겨지는 것처럼 아프다. 아까 낮에만 해도 만져주면 좀 나은 것 같았는데, 이젠 손이 닿을 때마다 기겁을 하겠다. 나는 아프다며 못 만지게 한다. 아내의 손이 가슴 언저리에서 멈칫, 했고, 곧 손을 떼어 내 손을 잡는다. 손은 괜찮은지 묻고 괜찮다 하니 손을 잡고 운다. 한참을 울더니 얼굴을 만져보며 괜찮으냐고 묻는다. 괜찮다고 했다. 이마에 닿은 아내의 손이 한참 그곳에 머문다. 손이 몹시 뜨겁다고 느낀다. 아내의 뜨거운 손. 내 이마는 얼마나 차가운 걸까.

아내가 이마에서 무겁게 손을 떼고 일어나더니 화장실로 간다.

수건을 적셔와 얼굴과 손을 닦아준다.

좀 편해진다. 잠이 온다.

숙이 들어온다. 둘째 언니가 올 거라며 조금만 참으라 한다. 그런데 내가 깜박깜박 정신이 가는가 보다. 아니 잠이 들었나? 아내가 여보, 여보, 하는 소리에 정신을 차리곤 한다.

밤길을 몹시 흔들리며 달린다. 빨리 가느라 그런가 보다. 어디로 가는 건가? 어디로 간다고 했던가? 듣고도 잊어버린 건지, 잘 모르겠다.

흔들릴 때마다 가슴이, 배가 불에 데는 것 같다. 내가 집으로 가는 건가? 가망이 없어 집으로 가는 건가. 죽는가……. 할 말도 있고 정리할 것도 많은데.

차가 멈춘다. 밀차가 오고 나는 실려 나온다.

병원이구나.

"아버지, 걱정 마세요. 이제 다 잘될 거예요."

선이 그렇게 말하며 옆에서 따라온다.

응급실에 들어가니 의사가 와서 배를 눌러보고 눈을 뒤집어본다. 곧이어 간호사가 와서 주사를 놓아준다.

순식간에 찾아온 평화.

이렇게 편할 수가 없다. 가슴이 답답하던 것도, 배가 아픈 것도, 안개 걷히듯이 사라진다. 정신이 맑아지며 사물이 또렷해진다. 아내와, 홀쭉해진 숙이 걱정스런 얼굴로 서 있다.

그런데 무슨 말을 하려는데, 안심하라고 웃어주고 싶은데, 표정 지을 새도 없이 잠이 온다.

"괜찮다, 괜찮다."

자꾸 헛소리처럼 그 말만 한다.

한숨 자고 싶다.

푹 자야지.

자고 나면 세상이 달라져 있겠지.

이게 다 꿈이 아니겠나.

9월 1일 – 아침과 낮

토요일이다.

아침부터 햇빛은 맹렬하다.

나는 학교에 가지 않고 바로 병원으로 왔다.

병원 문을 들어서는 순간 서늘하다. 햇빛은 유리문 밖에서만 힘차다.

숙은 복도 의자에 앉아 있었다.

나를 보는 눈이 퀭하다. 아버지 깨어있다며 들어가 보라 한다.

나는 병실 문 앞에 잠시 서 있다. 열기가 두렵다. 또 다른 모습이면 어떡하나. 어제 모습에도 아직 적응되지 못했다. 바보같이 굴지 말자. 한심하다며 속으로 나무란다. 제발, 하는 마음으로 문을 민다. 뜨거운 탕 안으로 들어가는 것처럼 갑자기 열이 난다.

문이 열리는 소리에 모두가 돌아본다. 형부들과 언니들이 침대 주위에 둘러서 있다. 나무처럼 둘러선 사람들 틈으로 아버지 얼굴이 보인다. 다행이다. 달라지지 않았다. 아니 어제보다 더 좋아 보인다. 내 눈이 적응을 한 것인가.

"학교는 안 가고 왜 이리 다 오는고?"

나를 본 아버지 말씀이다.

웃음이 난다. 정신도 없이 새벽에 병원을 옮긴 사람이다. 약 기운에서 방금 깬 사람이다. 그런데 출근 걱정이다. 아버지답다. 난 웃으며 침대가로 간다. 발은 어제보다 덜 노랗다. 분명하다. 본래 살색으로 돌아온 것 같기도 하다. 정말 암이 아닌 게 아닐까, 하는 희망이 또 솟아오른다. 아버진 말짱하다. 아니 말짱하다는 건 거짓말이지만 도무지 죽을병으로 보이지 않는다.

아버진 자꾸 형부들 보고 출근하라고 재촉하신다. 당신은 괜찮으니 각자 볼일들 보라고. 집에 가서 쉴 사람은 쉬고 엄마도 집에 갔다 오라고 성화시다. 하지만 엄마가 그 말을 들을 리 없다.

점심때가 다 되어서 나와 엄마만 남고 다들 직장으로, 집으로 갔다.

아버진 몹시 입이 마른데 의사는 아무것도 못 먹게 한다.

병원으로 오면서 병원 옆 가게에서 껍질이 잘 벗겨지는 수밀도를 사왔다. 택시에서 내린 바로 앞에 과일 가게가 있었다. 햇살에 송송한 털까지 드러난 탐스런 복숭아는 연하고 물이 많아 보였다. 꼭 아버지가 드실 수 있다는 생각을 한 건 아니다. 사실 수밀도는 엄마가 아주 좋아한다.

언니와 형부들이 가고 난 뒤에 생각이 났다. 아버지 마른 입술을 보다가, 아아, 맞다! 하며 병실을 휘둘러보았다. 출입문 모퉁이에 있는 작은 테이블 위에 복숭아 봉지가 놓여있었다.

복숭아 이야길 했더니 반색을 하신다. 그러다 의사한테 물어보라 한다. 혹시 먹고 더 나빠지면 안 된다고 하면서. 그런데 의사는 아무것도 먹어선 안 된단다.

'정말 죽을병이 아니구나. 죽을병이라면 뭘 먹든 왜 말리겠어.'

또 그런 한심한 희망을 가진다. 한심하다는 생각을 하면서도 기분이 잠깐 들뜬다. 의사의 말을 아버지한테 전한다.

"그래, 안 좋은 건 안 먹어야지. 조금이라도 안 좋다면 먹지 말아야지. 너나 먹어라."

하신다. 아버지도 같은 희망을 가진 걸까. 희망으로 받아들이는 걸까. 그 생각은 또 눈물을 부른다. 겨우 참는다.

아버진 자꾸 잠이 온다고 한다.

잠이 든 걸 보고 엄마와 병원 뜰로 나왔다.

한낮은 아직 더웠다. 아침저녁으로 불어오는 서늘한 바람이 아니라면 여름이 가고 있다는 걸 느낄 수도 없다. 햇살을 가릴 만한 나무 그늘을 찾아 그 아래 커다란 바위에 앉는다.

배가 고프다. 아침부터 아무것도 먹지 못했다. 두 시가 넘었다. 점심을 먹어야 하지만 어디로 가기가 싫다. 엄마한테 배고프지 않냐고 묻는다.

"난 고픈 줄도 어떤 줄도 모르겠다."

엄마도 나도 일어나 밥을 먹으러 갈 생각이 없다. 목만 탄다. 다시 복숭아 생각이 난다.

복숭아를 가지러 병실로 들어간다. 아버진 내가 들어오는 것도 모른다. 깊이 든 잠이다. 아버지의 깊은 잠이라니. 봉지를 든 채 아버지 얼굴을 한참 들여다본다. 바늘 떨어지는 소리에도 잠이 깨던 아버지다. 그런데 아무것도 모른다. 아무 소리도 듣지 못하고 있나 보다.

눈물이 나려는 순간 돌아서서 나온다.

난 우는 게 싫다. 우는 내가 싫다.

엄마와 난 복숭아를 먹는다.

말없이 껍질을 벗기고 드러난 과육에 입을 대고 먹는다. 껍질을 벗기는 손가락 사이로 복숭아 즙이 줄줄 흐른다. 손가락을 타고 흘러내린 즙이 잔디에도 떨어진다. 우린 고개를 숙이고 계속 먹기만 한다. 서로 쳐다보지도 않고 발밑만 보며 먹는다. 아버지의 마른 입술이 지나가고 또 울음이 올라온다. 복숭아와 함께 눈물을 삼키고 다시 복숭아를 베어 문다. 하지만 눈물은 기어이 흐르고야 만다. 그러거나 말거나 난 복숭아 먹는 것을 멈추지 않는다. 잔디에 떨어지는 것이 눈물인지 복숭아즙인지 모르겠다. 발밑이 자꾸 흐려지는데 그것이 분간이 될 리가 없다.

* * *

안개 속을 헤매다 눈을 뜬다.

여기가 어딘가.

식구들 얼굴이 눈앞에 쏟아진다.

그렇구나. 병원을 옮겼지.

내가 한숨 잤구나.

모두들 와 있다. 바쁜데 직장들 나가지 않고 왜들 여기로 와 있는지 모르겠다.

"어떠세요?"

"괜찮습니까?"

눈을 뜨자 질문들이 쏟아진다.

"그래, 이제 살만하다. 모두 출근해야지, 여기 이렇게 와 있으면 안 된다. 각자 볼일들 봐라."

내 말에 아무도 꿈적하지 않는다. 선이가 카랑한 목소리로 한 마디 한다.

"아버진 무슨 말씀이세요. 제발 이젠 그런 말씀 마세요. 아버지 병 나을 생각만 하고 아프면 아프다 하시란 말이에요."

난 대꾸를 못하고 웃기만 한다. 아내는 물수건으로 자꾸 얼굴이며 손을 닦는다. 진통제 덕분인지 병이 낫는 건지 한결 기분이 좋다. 그렇게 먹질 못했는데도 몸이 크게 축이 나지 않았다고 모두들 그러니 마음이 더 놓이기도 한다. 이제 낫는가 하는 마음이 일면서 살고 싶은 욕심이 목이 타도록 커진다. 아플 땐 그만 죽었으면 좋겠다 싶었는데, 사람만큼 간사한 동물이 없다더니, 그 말 하나도 틀린 것 없다.

모두들 서서 지키고 있으니 마음이 불편해서 가라 했더니 화를 낸다. 그리고 난 자꾸 잠이 온다. 깜박깜박하다 깨면 애들이 서 있고, 또 서 있고……

점심때가 넘어서 모두 가고 정과 아내만 남았다.

사위들은 일터로 갔을 테고 결혼한 자식들은 애들도 있고 살림도 돌봐야 할 터이다. 숙은 나 때문에 어제 자지 못했다. 아마도 좀 쉬러 간 모양이다. 정은 학교에 전화하고 왔다며 고집을 부렸다. 고집이 아니라도 이미 늦은 시간이기도 하다. 더구나 토요일이다. 가봤자 수업도 끝났다.

그래서 아내더러 집에 가서 좀 쉬고 오라 했더니

"집에 가면 편한가요. 마음 졸이고 있느니 차라리 여기 있는 게 백 번 옳지요. 아무 말 말고 당신 병 나을 생각이나 하소."

한다. 전혀 말을 들을 기미가 없다. 그러면서 또 물수건으로 손을 닦는다. 난 물끄러미 아내가 닦고 있는 내 손을 본다. 그리고 아내 손을 본다. 내 손보다 더 굵어진 아내의 손마디.

아내의 손 너머 발치에 정이 서 있다. 내 발을 만지며 서 있다. 갑자기 눈물이 올라온다. 겨우 참는다. 그랬더니 가슴이 아프다. 목소리를 가다듬고

"다리 아프니 어디 앉아라."

했더니,

"괜찮아요. 일부러 운동도 하는데요. 또 건강한 사람이 다리 좀 아프면 어때요? 하루 자고 나면 다 풀리는 걸요."

한다. 공연한 소리다. 나는 지 애비다. 다 알 수는 없지만 표정은 읽는다. 머리 감고 들어오면서도 '아이고 허리야.' 하며 허리 두드리며 들어오던 애다. 지난밤 난리 통에 잠도 못 잤을 테고, 새벽부터 이렇게 와 있는데 괜찮을 리가 없다. 그런데 난 더 이상 말을 잇지 못한다. 자꾸 목이 막혀와 말을 할 수가 없다. 그만 눈길을 돌려버린다.

병원 천장은 하얗기만 하다.

배가 몹시 고프고 입이 마른데 의사는 아무것도 못 먹게 한다.

검사 중이고 몸에 나쁘니 좀 참으라 한다. 입이 마르고 목이 타는 건 괴롭지만 먹지 말라는 걸 보니 죽을병은 아닌가보다. 죽을병이면 먹고 싶은 것 다 먹게 하라 한다던데.

하여튼 몸에 나쁘다니 먹고 싶은 생각이 싹 가신다. 병나기 전에는, 아내가 그렇게 질색을 하던 술도 곧잘 마시곤 했는데. 진작 말 들었으면 이 지경까지 안 왔을지도 모른다.

그런데 자꾸 잠이 온다. 세상에 별 일도 많다. 평생에 그렇게 오지 않던 잠이……. 한꺼번에 다 자려고 이러는가. 자고 나면 개운해지려나. 개운하게 털고 일어나려나. 그랬으면 소원이 없겠는데……. 억지로 눈을 떠본다. 눈꺼

풀이 무겁다. 정과 아내가 가물가물하다.

9월 1일 - 저녁과 밤

저녁 무렵이 되자 아버진 또 조금씩 괴로워하신다.

진통 시간이 열두 시간쯤 간다고 했다. 새벽에 맞았으니 정확하기도 하다.

통증이 없을 땐 기분이 괜찮더니 아프기 시작하자 몹시 당황하신다. 병이 나아가는 게 아니고 진통제 덕분이었다는 걸 확실히 깨달으신 것 같다. 나도 몹시 실망한다. 한 오리 희망조차 부서져 버린다.

아버진 식구들을 보고 웃지도 않고, 괜찮다고도 못하고, 계속 누웠다 앉았다를 반복한다. 한참을 그러더니, 인터폰으로 간호사를 부른다.

"내가 가슴이 너무 답답하고 아파서 그러는데, 어떻게 좀 해줄 수 없습니까."

라고.

난 아버지가 직접 괴롭다고 말하는 걸 처음 들었다.

저렇게 아프구나. 그동안 용케도 참아오셨구나.

간호사가 들어온다. 이미 주사 놓을 준비를 갖춘 상태다.

주사를 놓으려 하자 아버진

"어, 이거, 이래 막 놓아도 되나."

하신다. 정신이 없어 보였는데, 말이 또렷했다. 잠깐 맑은 정신이 드셨나 보다. 왜 치료는 하지 않고 진통제만 놓느냐는 뜻이었을까. 이제 정말 아셨을까. 못 일어나실 병이라는 걸.

그러나 또렷한 반응을 보인 아버지 의식은 곧 흐려진다. 주사기를 빼는 순간 눈이 가물가물 감기고, 잠에 빠진다.

집에 갔던 언니들이 다시 왔다. 숙도 왔다.

어쨌든 아버지가 고통을 잊고 주무시는 동안은 마음이 좀 편하다. 그러면서 우리 모두 곧 다가올 미래에 불안해한다. 진통시간이 지나면 어찌하나. 계속 맞아야 하나. 그래도 괜찮은 건가. 이 밤을 또 어찌하나. 처음엔 12시간이지만 차츰 효력 시간이 짧아진다는데. 아마 한밤중에 또 약효가 떨어질 것이다. 진통제만 한없이 맞고 있어야 하나. 맞기만 하면 잠에 빠지는데. 그렇다고 괴로워하는 걸 보는 건 더 두렵다.

이럴 줄은 몰랐다. 지켜보는 게 이렇게 끔찍하도록 힘들다는 걸.

꿋꿋하게, 란 말을 생각한다. 그 말의 의미를 생각한다. 그냥 알고 있던 의미와 내게 닥쳤을 때의 의미가 얼마나 다른지. 나는 지금 꿋꿋하게, 견뎌야 하는데. 이 상황을 바로 보고, 다스리고, 지켜봐야 하는데. 자꾸 피하고 싶고 인정하고 싶지 않고 차라리 무너지고 싶다. 무너져 아무것도 몰랐으면 싶다.

아버지가 다시 잠에 빠지자 병실을 나왔다. 멀리도 못 가고 복도 벽에 등을 대고 앉았다. 지난 일들이 떠오르고 나는 우는 일밖에 할 수 있는 일이 없다. 바보 같지만 부끄러움조차 모른다. 복도를 지나가는 사람들이 흘긋거리거나 말거나 난 아버지가 살려고 노력하던 모습을 떠올리며 맥 놓고 운다.

차라리 빨리 끝났으면 싶다.

이런 생각이 문득 스친다. 깜짝 놀란다. 하지만 다시 그 생각을 한다. '안락사'가 왜 그렇게 첨예한 사회 문제가 되고 있는지 절실하게 가슴에

와 닿는다. 아무것도 해줄 수 없는 채 바라보아야 하는, 혈육의 고통. 같이
아파서 정신을 잃고 몰랐으면 싶을 만큼 두고 보기가 괴롭다. 맑은 정신이
라는 게 원망스러울 지경이다. 자식이 이런 심정이라면 자식 두고 가야 하
는 부모 심정은 어떨까. 그런 절박한 심정으로 살려고 애썼을 아버지의 마
음이 칼이 되어 가슴을 벤다.

언제 왔는지 현이 내 옆에 앉는다.

현은 어디 있다가 온 걸까.

나는 묻지 않고 현도 아무 말 하지 않는다. 요즘 현은 말을 잃은 사람 같다.

우린 병원 복도에 같이 등을 대고 한참 앉아 있다.

간호사가 병실로 들어간다.

따라 들어가려고 일어난다. 현도 일어난다.

아버진 여전히 주무신다.

간호사가 아버질 흔들어 깨운다. 까물까물 눈을 뜬다.

"윤대선 씨! 윤대선 씨!"

아버지가 눈을 좀 더 맑게 뜨고 간호사를 바라본다. 표정은 꼭 술 취한
사람 같다. 입 가장자리가 힘없이 아래로 처져있다.

"윤대선 씨, 제가 누굽니까?"

"간호사."

"그럼 환자분 이름을 말해보세요."

"윤대선."

이름을 말하며 또 눈이 가물가물 감긴다. 간호사가 또 흔들어 깨우며 우
리보고

"환자분이 지금 자는 게 아니고 혼수상태니까 자꾸 흔들어 깨워 말을
시키세요."

한다.

알았다. 무슨 뜻인지. 아버진 지금 돌아가시는 중이다. 더 급해질 것도 없
는 것 같은데 갑자기 다급해진다. 해야 할 말이 아주 많다고 느낀다.

어깨를 잡고 아버지를 정면에서 보며 불렀다. 눈 뜨는 게 너무 힘들어 보
인다.

"아버지, 제가 누구예요?"

아버진 애써 뜬 눈으로 이윽히 날 바라보시더니

"정이!"

한다. 내가 엄마를 가리키면서 다시 물었다.

"이 쪽은요?"

"간호사."

눈이 거의 감기면서 한 아버지의 대답이었다. 둘러서 있던 식구들 입에서
동시에 한숨이 터져 나온다.

아버지 몸에서 힘이 빠졌고 그리고 잠에 빠진다.

아무도 아버질 다시 흔들어 깨우지 못한다.

밤이 깊었다.

큰언니와 숙이, 엄마는 병원에 남았다.

선, 미 언니는 각자 집으로 가고 현과 나도 집으로 왔다.

현은 말없이 제 방으로 갔다.

나는 안방으로 왔다.

너무 지쳤다.

옷 입은 채로 맨 방바닥에 눕는다. 방에 닿은 팔이 끈적하다. 온 몸에서 병원 냄새가 나는 듯하다.

벌떡 일어나 화장실로 간다. 머리부터 발끝까지 물을 뒤집어쓴다. 물을 뒤집어쓰면서 울었다. 아버진 혼자 목욕도 하지 못한다. 머리 감을 힘도 없다.

병원에 입원하시기 전에, 적어도 혼자 움직이고 다니실 때, 머리를 한 번 감겨드린 적이 있다. 학교 갔다 와서 씻으려고 욕실에 갔더니 아버지가 앉아서 머리를 감고 있었다. 그런데 머리에 잔뜩 거품을 얹어 놓고는 움직이지 않았다. 두 팔로 바닥을 짚고 버티고 계신 거였다. 거품을 내고 문지르다 그것도 힘에 부쳐 앉아 있었던 모양이었다. 엄마를 부르기도 그랬던지, 쉬엄 쉬엄 쉬면서 어떻게라도 혼자 할 작정이었던지, 그건 물어보지 않았다.

난 떨리는 아버지의 팔을 보고야 말았다. 바닥을 짚고 있는 아버지의 팔이 가늘게 떨리고 있었다.

"제가 감겨 드릴까요?"

하며 팔을 걷어 부치고 안으로 들어갔다.

"그래 줄래?"

아버진 그렇게 대답했다.

거품을 일으켜 문지르고 샤워기를 갖다 대어 다 헹구어 낼 때까지 아버진 팔을 떼지 못했다. 수건으로 머리를 닦아 말릴 때까지도.

그 이후론 머리를 감겨드린 적이 없다. 엄마가 했을까. 아니면 혼자 그렇게 버티고 천천히 해내었을까. 나는 왜 물어보지 않았을까. 아버지 머리 감겨 드릴까요? 라고.

이제 밤에는 선풍기가 필요 없을 정도다.

얇은 이불로 몸을 감고 눕는다.

잠이 온다. 그래도 잠이 온다.

조금만 자고 일찍 가 보자.

엄마가 큰일이다. 엄마는 얼마나 지쳤을까.

자자.

아무것도 생각하지 말고.

자는 동안은 잊자.

* * *

저녁때가 된 것 같다.

자꾸 눈이 감긴다. 애써 떠보려 하지만 뜨기가 힘들다. 잠이 오는 건지 어지러운 건지 분간이 되지 않는다. 그리고 몹시 불편하다. 어디가 어떻게 불편한지 분명하지 않지만 몹시 괴롭다.

속이 확 달아오르며 가슴이 답답하고 아프기 시작한다.

그동안 괜찮았던 건 진통제 덕분이었구나. 정말 죽는가보다.

못 견디게 답답하다.

벌떡 일어나 앉는다. 참을 수가 없다.

아니, 참아야 하는 거 아닌가. 진통제 자꾸 맞는 게 좋을 리가 있나.

헉,

숨이 쉬어지지 않는다.

나는 비상호출 버튼을 누르고 있다. 인터폰으로 간호사를 부른다. 입 밖으로 비명이 터져 나오는 걸 겨우 참는다. 식구들이 얼마나 놀랄 터인가. 아픈 중에도, 말을 하다가도 자꾸 깜빡깜빡 잠이 든다.

언제 왔는지 간호사가 내 앞에 서 있다. 왜 이렇게 아프냐고 물어보고 싶은데 얼른 말이 나오지 않는다. 잠이 오는 건지 말이 나오지 않는 건지 구분이 잘 되지 않는다.

주사기를 들고 공기를 뿜어 올린다. 진통제 주산가 보다. 저걸 자꾸 맞아도 괜찮은 건가. 무슨 말을 하려는데 말이 되어 나오지 않고, 온 몸이 저릿해지며 아픔이 사라진다.

주사를 놓았구나.

이래도 괜찮은 건가.

잠이 온다.

9월 2일 – 그날 새벽

눈이 아프고 귀가 아프다.

왜 이렇게 아플까, 아플까 하는데 전화벨 소리가 시끄럽다.

전화가 왔다.

눈을 떠야 하는데 접착제로 붙인 것처럼 들러붙어 떨어지질 않는다. 손으로 눈꺼풀을 떼다시피 한다. 희미하게 보이는 방 안에서 전화기가 빛을 내며 요란하게 울리고 있다. 수화기를 들었다. 숙이다.

"언니야, 놀라지 말고 들어라. 아버지 지금 퇴원하신다."

"퇴원?"

밤새 아버지 상태가 심상치 않았단다. 몰랐던 것도 아닌데 가슴이 철렁한다. 잠자는 게 아니라 혼수상태라 하지 않았던가. 놀라지 말자.

"계속 잠만 자고, 언니도 알고 있겠지만 자는 게 아니라잖아. 엄마가 집으로 모셔가고 싶어 해서. 의사한테 물어봤더니, 병원에서 장례치를 것 아니면 지금 집으로 모셔 가는 게 맞다고……."

수화기를 놓는데 눈물이 흐른다. 요즘은 눈물이 자동이다. 바보 같다. 울고 있을 때가 아니다. 운다고 뭐가 달라진단 말인가. 이런 내게 짜증이 난다. 눈물을 신경질적으로 닦아낸다. 하지만 소용도 없다. 눈물 저장고가 이다지 큰 줄 몰랐다.

밖은 아직 어둡다. 4시다.

일어나 불을 켰다.

하루도 기약할 수 없구나.

난 늘 아침에 올게요, 하고 집에 오면 아버지가 나보다 먼저 길을 나선다. 아버진 어두운 때 집에 오시는구나.

마루로 나가 불을 켠다. 밖이 더 캄캄해진다. 현이 방도 캄캄하다. 일어났을 테지. 한밤에 울리는 전화소리는 정말 요란하니까. 일어나 어둠 속에 그냥 앉아 있는지 모르겠다. 현이 방문을 두드리려다 그냥 두고 부엌으로 들어간다.

싱크대 위가 휑하다. 몇 날 며칠 밥을 해먹는 사람이 없었다. 행주는 바짝 말라 있고, 엎어놓은 그릇들 위로 먼지가 희미하게 깔려있는 듯하다.

냄비를 꺼내 물을 붓고 가스 불 위에 얹는다. 냉장고 문을 열고 검은 비닐봉지에 들어있는 와송을 꺼내 씻어 냄비에 넣는다. 와송이 간에 좋다는 말을 듣고 뒷집 기와지붕에서 뜯어다 놓은 것이다. 와송은 오래된 진짜 기와에서 자라는 것이란다. 그 와송이 마침 뒷집 기와에서 자라고 있었다. 기적 같았다. 그 사실을 알았을 때, 하늘이 돕는구나 싶었다. 주인의 허락을 받아 그걸 딴 날, 엄마는 말은 안했지만 얼굴이 정말 밝았다.

하지만 소용이 없나 보다.

소용이 없었지만 난 지금 그걸 또 끓이고 있다. 무엇인가를 해야 하지만 할 게 없었다. 생각나는 게 이것밖에 없다. 가스 불을 줄여놓고 부엌에서 나온다. 현이 방에 불이 켜져 있다.

방으로 들어와 이불을 개고 청소를 한다. 밖은 아직 어두운데 집안의 불이란 불은 모두 켰다. 환영의 표시다. 엄마가 늘 그랬다. 식구가 덜 들어왔는데 집안을 깜깜하게 해 놓으면 안 된다고. 사람 사는 집은 훤해야 들어오는 사람이 기분이 좋다고.

아버지, 불 켜 놓고 기다릴게요.

조용하다.

열어놓은 문으로 밤바람이 설렁설렁 불어 들어온다.

정적을 깨는 개 짖는 소리. 그리고 찻소리. 곧 이어 대문 앞으로 뛰어오는 발자국 소리.

'아버지가 오시는구나.'

뛰어나가는데 대문을 두드린다. 선이 언니가 내 이름을 부른다. 현이 뒤따라 나오더니 나보다 먼저 뛰어나간다. 현이 대문을 열고 밖으로 나가고 현이 뛰어나간 문으로 선이 언니가 들어온다. 양 손에는 보따리가 들려 있다. 아버지 옷이 삐죽 보이고 미음 담았던 냄비 손잡이도 보인다. 난 보따리를 받아들며 울었다. 보따리를 내게 준 언니는 다시 돌아서 나간다.

골목이 끝나는 곳에서 엄마와 숙이, 진이 언니가 한 덩어리가 되어 아버질 부축하여 내리는 게 보인다. 현이 열려진 차 문 앞에 등을 대고 쭈그리고 앉는다.

현이 아버지를 등에 업고 오고 있다. 그 뒤와 옆에 엄마와 언니들이 붙어서 따라온다. 아버지의 등에, 다리에, 팔에 손을 댄 채.

병원가실 땐 걸어 나갔는데 업혀서 들어오신다. 현이 등에 업혀서. 그렇게 기다려 얻은 현이 등에 업혀서. 난 보따리를 든 채 그 자리에 서 있다. 주저앉고 싶은 심정이다.

엄마는 깔아놓은 요 위에 아버지를 눕힌다.

몹시 혼미한 표정. 표정을 가다듬을 수 없을 정도로 고통이 심한 걸까. 어제 낮에 보았던 아버지가 아니다. 하루가 얼마나 무서운 시간인지.

"여보, 이제 집에 왔네요. 당신이 집에 가자고 했지요?"

"그래."

아버진 대답을 한다.

그러나 아무런 표정 변화가 없다.

누굴 보는 것 같지도 않고 어떤 의지도 보이지 않는다.

* * *

배가 아프고 정신이 혼미한데, 나를 어디로 데려가는 것 같다.

"어디 가노?"

물었더니, 아내가

"이제 집으로 갑니다. 당신, 아까 집으로 가자고 안 했습니까."

한다.

안개 속이다.

감각이 또렷하지 않다.

들리는 것도 보이는 것도 희미하기만 하다.

나를 어디엔가 태운다. 차에 태우나 보다.

아, 집에 가는구나. 집으로.

밖은 새는 날인지 지는 날인지, 어둑어둑하다.

"새는 날이지?"

물으니까, 아내가 그렇다고 한다.

안개 속을 달려간다. 흔들릴 때마다 안개가 흩어졌다 모이는 것 같다. 나는 잠이 들었다 깨는지 자꾸 놀란다. 깜박 정신이 들고 또 정신이 들고.

조용해진다. 흔들림이 멎었다.

많은 손들이 나를 이리 당기고 저리 당긴다. 그리고 덩실, 떠오른다.

'내가 어딜 가나?'

아들놈 등에 업혀 있다. 집으로 들어가는구나. 내가 왜 업혀 있나. 업혀서 집으로 들어가는가. 죽으러 가나. 어디서 자꾸 울음소리가 들린다. 기분이 좋지 않다.

9월 2일 – 그날 오후

아버진 일 분도 계속 누워있지 못하고 일 분도 계속 앉아 있지 못한다.

분명 몹시 괴롭다. 잠시도 앉아 있지 못하고 잠시도 누워 있지 못하는 걸로
봐서. 그러나 알 수가 없다. 어디가 어떻게 괴로운지. 아버진 말을 안 하신
다. 눈이 마주치는 것도 겨우 일, 이 초다.

베개를 베고 누워 눈을 감는가 싶다가 금방 눈을 뜨고 일어나려 하신다.
그러나 혼자 일어날 힘은 없다. 등에 손을 대 앉도록 해드리면 사람들의 팔
을 뿌리치고 당신 팔로만 몸을 지탱해 잠깐 앉아 계신다. 그러나 곧 눈이
감기고 아버진 요를 더듬어 베개를 찾아 베고 눕는다.

베개를 찾아 베는 건 평소 습관임에 분명하다. 아버진 아무 데나 쓰러져
그냥 눕는 법이 없었다. 아무리 고단해도 누울 땐 요를 깔고 베개를 베고
반듯하게 누워야 했다. 잠이 오면 아무 거나 베고 일단은 누워버리는 엄마
는 늘 그런 아버질 보고 웃었다.

해가 완전히 떠올랐다.

아버진 몇 시간 째 누웠다 앉았다 하고 있다. 그리고 이젠 배를 자꾸 만
진다. 어젯밤부터 소변이 나오지 않았다. 배가 점점 불러온다.

아버진 때때로

"괜찮다, 괜찮다."

고 말한다. 아무도 묻지 않는데도, 아무도 보지 않으면서.

혼미한 가운데서도 식구들 마음이 걱정되나 보다. 안심시키고 싶은가
보다.

난 아버지 옆에 한없이 앉아 있다. 얼굴을 보며. 눈이라도 마주치길 기대
하며.

그러나 아침 시간이 지나고 햇살이 뜨거워질 즈음, 10시가 지나면서부터

사람을 알아보지 못한다. 부르면 잠깐씩 마주치던 눈빛조차 사라졌다.

바로 앞에서 "제가 누구예요?" 물어도 "그래.", "무슨 말이라도 해보세요." 해도 "그래"라고만 한다.

정오경에 외삼촌이 오셨다. 못 알아보신다. 외삼촌은

"대선, 날세, 날세. 자네가 왜 이러는가. 대답 좀 해봐."

하며 방바닥을 치셨다. 하지만 아버지 귀엔 아무것도 들리지 않는가 보다. 아무런 반응을 보이지 못한다. 그냥 하염없이 일어났다 앉고, 배를 만지고, 그럴 뿐이다.

외할머닌 딸 둘, 아들 둘, 사남매를 두셨다. 지금 방바닥을 치며 애통해하고 있는 분이 맏이다. 작은 외삼촌은 6·25 때 전사하셨고 이모는 스물셋에 청상이 되었다. 그래서 외삼촌에겐 아버지가 맏동무도 되는 귀한 매제였다. 그런데 이제 막내인 엄마까지 혼자가 되려한다. 얼마나 기가 막힐까.

외삼촌은 방바닥을 치며 애통해하다 마루로 나가신다. 마루 끝에 앉아 하염없이 밖만 바라보고 앉아 계신다.

아버지 옆에 엎드려 있다 잠이 들었다.

꿈을 꾸었다.

사람들이 우리 집 열려진 대문으로 몰려들어왔다. 집에 큰일이 났으니 떡을 해야 한단다. 머리에 무엇을 이고, 손에도 들고 삼삼오오 들어왔다.

마당에 멍하니 서서 들어오는 사람들을 바라보다 눈을 뜬다.

아버지,

화들짝 놀라며 일어난다. 아버진 누워계신다. 천장을 향한 채 반듯하게.

그런데.

아버지 눈동자가 움직이지 않는다. 나는 울면서 아버지 팔을 잡고 묻는다.
"아버지, 제가 누구예요?"

아무것도 보지 않는다. 눈은 그냥 천장만 향해 있다. 배는 더 불러졌고 이젠 일어나려고도 하지 않는다. 아주 가끔 눈이 감기고 힘겹게 다시 뜬다. 아버진 소변을 보지 못한다. 나는 화장실에 가고 싶다. 그러나 아버지 곁을 떠나지 못한다. 갑자기 눈을 뜨고 정신을 차려 무슨 말을 할 것 같다. 아니 그런 기대를 하고 있다. 한 번만 더 날 알아보고 '정아' 하고 부르는 소리가 듣고 싶었다.

식구들이 모두 아버지 주변에 둘러앉았다.
아버진 이제 눈을 뜬 채 계신다.
아무런 움직임도, 반응도 없다.
꿈속 같기만 한 현실.
내 몸은 무게도 없는 것처럼 둥실 떠오른다. 언니와 엄마가 둘러 앉아 있는 이 시간이, 공간이 세상에 존재하고 있는 현실 같지가 않다.

아버지 팔에 갑자기 경련이 일어난다. 현이 경련 이는 아버지 팔을 붙들고 운다. 꿈이 아니구나. 또 다시 일어난 경련. 식구들이 모두 아버질 잡고 운다.

아버지 배는 너무 불러 그렇게 헐렁하던 바지가 터질 듯하다. 난 배가 몹시 아프다. 경련이 점점 잦아진다. 그저 울기만 한다. 아버지 팔을, 다리를 잡고 울기만 한다. 살리려고 애쓰는 사람은 아무도 없다. 이제야 인정을 한다. 기가 막히다. 죽음을 기다리고 이렇게 울고 앉아 있다니. 손가락이라도 깨물어야 되는 것 아닌가. 정말 그렇게 하면 살아나실까.

엄마는

"편히 가소. 집 걱정 말고. 뭣 땜에 이렇게 못 가는 거요."

하며 아버지 눈을 쓸어내린다. 그래도 눈은 감기지 않는다. 엄마가 형부들을 불러들이라 한다. 벌써부터 와서 마루에, 마당에 서성이고 있던 형부들이 들어온다. 육 남매와 세 형부, 엄마가 모두 아버지 곁에 둘러앉았다.

무릎이 뜨뜻해진다.

요 위에 대고 앉아 있던 무릎을 본다. 요가 흥건히 젖고 있다. 근육의 기능이 다 끝났나보다. 방광이 열렸나보다. 팽팽하게 불렀던 아버지 배가 내려간다. 편안하시겠구나, 하는 생각은 이제 가시는구나 하는 슬픔에 순식간에 밀려난다.

아버지,

아버지를 부르며 얼굴을 본다. 눈동자가 움직인다. 드디어 움직인다. 몇 시간 동안 아무런 반응이 없던 눈동자가 움직인다. 식구들이 한꺼번에 아버질 부른다. 잠깐 이러는 걸까. 깨어나는 걸까? 아니겠지. 이 시간은 얼마나 될까.

아버진 식구들을 천천히 둘러보신다.

눈물범벅이 된 얼굴들. 눈동자만 움직이는 아버지. 머리맡에 앉은 맏사위는 잘 보이지 않는 모양이다. 애써 한참 동안 눈을 위로 향해 큰 형부를 보았다. 난 아버지의 눈을 따라간다. 날 알아봐 주었으면. 눈이 마주쳤으면. 하지만 모르겠다. 모두의 눈이 아버질 향해 있고 아버지에겐 시간이 없다.

입이 조금 움직인다. 무슨 말을 하고 있지만 소리가 되어 나오지 않는다. 입술이 움직이지 않는다. 그 소리를 들어야 하는데, 말을 들어야 하는데 소리가 나지 않는다. 귀를 갖다 대지만 아무 소리도 나지 않는다. 다급한 마음이 미쳐가고 있다. 이제 가신다. 그런데 아버지 말을 들을 수도 없고 가는 길을 막을 수도 없다.

아버지께 꼭 해드리고 싶은 말이 있다. 지금이 아니면 영영 할 수 없다. 말은 할 수 없지만 들을 수는 있을 것이다. 죽은 후에도 한참 동안은 귀가 열려있다 했다. 나는 울음을 참고 아버지 눈빛 속에 얼굴을 들이민다.

"아버지, 정말 좋은 아버지였습니다. 고맙습니다."

소리는 들리지 않았지만 대답을 들었다. 아버진 분명히 '그래, 그래.' 하셨다. 아버지 눈꼬리에 눈물이 배어 나왔다. 마음을 읽는다. 아버지 마음을 눈물 속에서 읽는다. 폭포 같은 울음 속에서 아버지의 입 가장자리가 아래로 쳐진다. 아버지가 우시는구나. 죄송합니다. 우린 끝까지 불효를 저지르고 있다. 의연한 자세로 보내드려야 하지 않는가.

아버지의 마지막 눈빛은 아래 어느 쪽을 향해 있다. 눈이 향한 곳에 엄마가 있다. 엄마는 아버지 발을 만지고 있다. 엄마는 아직도 애쓰고 있구나. 아버질 살리려는 노력을 하고 있구나. 아버진 이제 가시는데, 이별을 하려고 엄마를 찾고 있는데. 몹시 급하다. 황급히 엄마를 부른다.

"엄마, 이리 오세요. 아버지가 찾아요."

엄마가 얼굴들 틈으로, 아버지 시야에 들어오는 순간, 거울에 스친 햇살처럼 눈빛이 반짝한다 싶더니, 곧 빛이 가시고 눈이 감긴다. 엄마는 아버지 가슴에 얼굴을 묻으며 울음을 터뜨린다.

호흡이 아직 남아 있다.

힘들게 공기를 들이마시고 천천히 조금씩 내뱉는다.

아주 느리다.

불규칙적이다.

혀가 안으로 말린 듯하다.

숨이 없는 것 같더니 갑자기 크게 들이마신다. 그리고 다시는 내쉬지 않았다. 이마부터 비로 쓸어내리듯 얼굴빛이 노랗게 되었다. 평화로웠다.

이제 잠 편안히 주무시겠구나.

진이 큰언니가 아버지 손을 잡고 말했다.

"아버지, 못 살려드려서 죄송해요."

* * *

돌아가신 어머니가 내게 자꾸 돈을 주신다. 내가 어머니 용돈을 드려야 하는데, 이러시면 안 된다고 극구 말린다. 억지로 어머니 손에 돈을 쥐어드리고 돌아와 보니, 내 호주머니 속에 동전이 한 움큼 들어 있다.

눈을 뜬다.

내가 잤구나. 꿈이었구나.

식구들이 다 모여 앉아 있다. 반가워서 말을 하려는데 말이 안 된다. 그런데 얘들이 왜 전부 울고 앉아 있노. 나를 붙들고 아버지, 아버지, 부르며 통곡을 한다. 이거 내가 죽는구나. 안 되는데, 반가운 얼굴들이 다 여기 있는데, 얘들아, 어디 있노. 진아, 선아, 미야! 현이, 우리 현이, 정이, 숙이, 이것들을 누구에게 맡기노. 부탁한다. 부탁한다. 자네, 큰 사위, 내가 자네 힘이 돼줘야 하는데, 미안하네.

여보, 당신한테 짐 다 맡기고.

당신한테 짐만 되고.

나비 애벌레를 손바닥에 얹어본 경험이 있다.

눈으로 보고 있지 않았다면 믿지 못했을 정도로 아무런 감각도 느낄 수 없었다. 애벌레는 자취 없이 내 손바닥 위를 기어갔다. 보고도 믿을 수가 없어서 눈을 감았다 떴다 하며 그 존재를 피부로 느껴보려고 애를 썼다. 하지만 피부는 실패했다.

세상엔 자취 없이 존재하는 것이 얼마나 있을까. 아니 사람의 감각으로 느낄 수 없는 것이 얼마나 많을까. 들을 수 없고 볼 수 없고 만질 수 없지만 존재하는 것들이.

그러니 보이지 않는다고 없다는 말은 할 수 없을 것이다. 그리고 보이는 것조차 세밀하게 쪼개어 들어가다 보면 공(空)과 마주치게 된다지 않는가. 그래서 삶과 죽음이 같다는 것인지.

가족을 잃고
그리움과 자책으로 오랜 동안 가슴 아팠던 이들에게
이 글을 바친다.